里下河生态文学写作计划丛书

一根思想的芦苇

薛 梅◎著

中国民族文化出版社
北 京

薛梅，别号雪君、亦枚，江苏泰州人，现居泰州。江苏省作家协会会员，散文作家，亦涉笔诗歌。

20世纪90年代初开始创作，著有散文随笔集《何处是归程》《坐看云起时》等。曾获泰州市首届政府文艺奖等。

目 录

第一辑　花开花落

植物迷恋者 /003

29棵树，29个传奇 /006

老槐树，我想对你说 /011

城市的花语 /015

人淡如菊 /019

吉祥草 /023

朱顶红正名记 /025

夜饭花 /028

相看如故人 /030

寂寂泡桐花 /032

过年不可无此君 /035

等你，如约而至 /038

春随香草，人与梅花 /042

第二辑　大地生灵

蝉歌 /047

蛙鼓 /050

流萤 /052

蛮吟 /054

窗外的鸟窠 /056

柳园的生灵 /058

白鲟之殇 /061

护生者，护心也 /064

多德记趣 /067

第三辑　梓里风尘

徐家垛，我永远的胎记 /105

稻河，你在我心上流淌 /122

泰堂明月照今古 /125

南濠渔唱柳一行 /128

与学政试院为邻 /131

我家隔壁是乔园 /133

家住殷家巷 /137

能饮一杯无 /139

感知唐甸 /141

罡杨归来话桑麻 /145

第四辑 写意人物

种树的人 /151

清风徐来一先生 /155

一根思想的芦苇 /161

单声先生的三个镜头 /166

速写林明 /172

我的小学老师 /175

那时的星光曾照我前行 /179

桃李锦绣自芳菲 /182

唐风遗泽今犹在 /188

乡间的一棵老树 /195

清芬如兰 /201

水流云在 /206

第一辑 花开花落

植物迷恋者

我对于花草树木的喜爱似乎出于一种本能，即便不知它们的名字，即便并不属于我。我喜欢侍弄花草，10多年来家里前前后后养过的花草不下数十种。新近将几盆君子兰和芦荟一一送人，于是得了一个"花儿姐"的好名头。

其实，我以为戴顶这样的"帽子"——植物迷恋者，可能更适合。我的脑瓜子里时常会蹦出许多关于植物的胡思乱想。比如我常常想如果自己有几亩田地，我会分作三畦，一畦栽树，一畦种果蔬，还有一畦种花草；比如我会想等我退休了，可以到家门口的乔园去做园丁、义工，每天去亲近、打理园子里的树木、花草；我甚至冒出成立植物保护学会的念头，等等。因为喜爱得近乎迷恋，近乎苛求，便有许多的看不得。看不得人家随意攀折花枝，看不得因为不爱惜和不负责而把好好的绿植生生地养死，看不得违背自然规律、不问时节地移树迁树，更看不得对一座城市里的古树老树的漠视和随意处置。

有时我都觉得自己有些执念了，好在我很快找到了依据和借口。

读《论语》，看到孔夫子有这样的话："诗，可以兴，可以观，可以群，可以怨。迩之事父，远之事君，多识于鸟兽草木之名。"这一句是孔子对《诗经》教化功能的权威解读，特别是最后一句，乍一看与前面几句似有些关联不大，细细揣摩，"多识于鸟兽草木之名"绝非仅仅字面上所说的多认识些鸟兽草木的名字，其实孔子想说的是，学诗，可以让人温柔敦厚，让人思想无邪，与草木鸟兽自然亲近，可理解为心与自然同化，更多的是指一种思想境界上的修为。

读西汉枚乘的《七发》，有八个字入眼入心——"原本山川，极命草木"，意思是考证山川的本源和草木的名称之意。这八个字被中科院昆明植物研究所引以为铭，勒石以记之。诚然，翻开《诗经》，葛覃、卷耳、桃夭、苤苢、蒹葭、隰桑、楚茨等，散发的尽是田野和植物的芬芳。

打开古往今来文人墨客的书卷，那些泛黄的书页里无不浸染了植物的芳香。"制芰荷以为衣兮，集芙蓉以为裳""青青园中葵，朝露待日晞""采菊东篱下，悠然见南山""感时花溅泪，恨别鸟惊心""人闲桂花落，夜静春山空""林花谢了春红，太匆匆""原来姹紫嫣红开遍，似这般都付与断井颓垣"，等等。

近现代，最富"草木精神"的我以为是汪曾祺先生，他的家乡高邮与我的家乡可算近邻，他有一本散文集《人间草木》，立足于家乡的自然风物而兼及各地的花草景致。他把一个知识分子的人文观照，寄托在广大的山野之中，可谓一草一木总关情，他用恬淡平和的笔调描摹葡萄、紫薇、秋葵、车前子、枸杞等，笔下的植物仿佛都成为他安放灵魂的精神所寄，也成为他表达人文情怀的一组组文学意象。

诗文如此，绘画也不例外。中国的文人画大体分为人物、山水和花鸟，而后两者则是表现人与自然的关系以及自然界中的生命，中国画讲究采风、写生，就是到大自然中去发现山川风物的美，体悟自然，再现自然。徐青藤、八大山人、吴昌硕、齐白石都是写意花鸟的大家，尤其是白石老人笔下的果蔬、花、木、虫、鱼，寥寥数笔，简洁清雅，"蔬果气""园圃气"扑面而来。不难发现中国的传统文人对草木、对田园、对山川、对自然历来有着深深的依恋、尊崇和敬畏，这种"草木精神"和"田园情怀"又使他们缘物寄情，托物言志，赋予喜爱的植物以自己追求的精神气质和人文意象，一脉相承，代代绵延。每当在书卷中读到这些草木的清芬、田园的气息，我就忍不住心中的感动窃喜，原来除了我之外，还有这许多的植物迷恋者，仿佛找到了前世的隔代知音。

当然，如若我们把目光放到更广阔的历史长河中去，溯源农耕文明的起始，传说中的中华民族的人文始祖"三皇"，无一不与植物关联紧密，伏羲氏用蓍草卜卦，炎帝神农氏辨药尝百草，被奉为"药王神"，黄帝轩辕氏"艺五种"，人类才有了"稻、黍、稷、麦、豆"五谷。到了魏晋时代，中国诞生了

第一部植物学专著，嵇康的后人嵇含写出《南方草木状》。到了唐朝有陆羽的《茶经》。到了明代，李时珍历时27年撰写的《本草纲目》，成为集大成的中医药典籍。毫无疑问，这些作者必定是这世间万千草木的疯狂迷恋者。这些专著是跨界的，它们是植物学的，是医学的，又是人文的，是科学的，是技术的，但又是诗意的、文化的，超越本草学和专业领域的局限，成为涵养和滋润一代又一代中国人心灵的书籍。

潘浩泉先生知我一向喜欢侍弄花草，曾经特意选了一本河南人何频先生所著的《杂花生树》送给我，这本书是记述作者寻访历代草木圣贤的实录，使我增长了不少见识。最有趣的是这本书的封面上缝上了一个小纸袋，里面装的是一些不知道是什么植物的种子，我至今没舍得拆开去种它。这是我迄今收到的最别致、最正中下怀的礼物。

撇开时间的纵切面，再来看空间的横切面，我们的地球，我们的国度，我们的山川河流，我们的广袤大地，如果没有森林、草原等植被的护佑，人类的生存将无所依赖、无从谈起。你能想象童山秃岭、不毛之地、遍地荒芜的景象吗！我们每天吃的米面果蔬，身上穿的棉麻衣衫，所处的故里家园，哪里少得了绿色，少得了植物，无论是生态视角，还是物质层面、精神皈依，植物都是大地母亲给予我们的最大恩赐！从这里生发开去，对于我们所处时代因迅猛发展造成的生态失衡，不免又充满了深深的悲悯和执着的守望。

而今，在远离田园和乡野的嘈杂喧嚣的城市里，在自我生存的狭小空间里，辟一隅小天地，种养一片小园林，在葱茏的绿意中呼吸花木的清芬，或许可借着这小小的草木寻求那份人文情怀和田园意趣，寻求那种与天地精神相往来的意境。

当然，喜欢一个人或一件事物实在是无须理由的，因为喜欢所以喜欢了，因为爱所以爱了。我对花草植物的迷恋也许就是出乎一种本能，实在不需要人文上的拔高或者理论上的装扮。不管怎么说，我愿意做一个植物迷恋者。

2016年10月23日

29棵树，29个传奇

泰州是一座古城。我们可以从博物馆的麋鹿化石溯源她的悠长历史，可以从漫漶的史料中翻阅她的古老苍茫，可以从璀璨的诗文中回味她的蕴藉深厚。

也正因为泰州是一座古城，我们还会有这样的福分：不经意间在哪个街头、哪处园子与一棵古老的树不期而遇。它们是这座城市中活的化石、活的文物。

泰州市区海陵域内现在还存活的古树名木只有为数不多的29棵，29棵树中的每一棵树都有一个故事，每一棵树都是一段传奇。

最苍老的是3棵宋代的古树，都已是近千岁的高龄。必须首先提及的无疑是我的母校——老省泰中校园里的那棵古银杏，相传是北宋胡瑗先生回乡讲学时所植。胡瑗是著名的教育家和思想家，主张建立"敦尚行实"的学校，提出"明体达用"的教育思想，他首创分科教学，设立经义和治事二斋，依据学生的才能、兴趣志向因材施教。胡瑗曾在西山寺旁的经武祠内讲学，原址就在老省泰中校园内，追根溯源，一脉相承，"明体达用"如今已被这座百年老校奉为校训，成为泰中人共同追寻的教育理想。这棵老银杏迄今已有980多年，是泰州市区最古老的一棵树。可喜的是，老银杏虽然历尽岁月的沧桑，但古老而不失生机，春来蓬勃而发，秋来硕果累累，像一位精神矍铄的长者智者，庇荫着一代代莘莘学子求知成长。更称奇的是，主干中一枝挺出，又宛若是一位"怀中抱子"的慈母，仿佛寓意着"十年树木，百年树人"。老银杏自然也成为一代代学子永远的眷念和牵挂，去年外地的老同学回乡小聚，执意要到母校的银杏树下合影留念。

紧随其后的是暮春桥畔的那棵桧柏，枝干已经将枯未枯，不得不倚靠搭起的钢架，虬枝盘旋，只剩下一个弯下的枝头顶着一簇还算苍翠的柏树枝叶，它像一只衰老不堪、敛翅低垂的仙鹤,940多岁的高龄,使它再也无法振翼展翅,但它弯下的枝头又倔强地昂起头来,每年还会结下不少柏树籽儿。树下专门勒石记之,赫然3个字:"千年柏"。相传它是宋朝许元所建南园的孑遗,许元曾任江浙荆淮制置发运使,与欧阳修是好友,欧阳修在扬州做太守时与许氏有交集往来,并专门为他写了《海陵许氏南园记》。文中这样写道:"凡海陵之人过其园者,望其竹树,登其台榭,思其宗族少长相从愉愉而乐于此也","见其园间之草木,有骈枝而连理也,禽鸟之翔集于其间者,不争巢而栖,不择子而哺也。"每次路过这桧柏,总忍不住驻足流连,遐想当日南园内林木葱茏、禽鸟翔集、其乐融融的景象。

还有泰山公园的千年紫藤亦不得不提。老泰州人说起紫藤花架都不陌生,原先西坝口东北角有条紫藤街就因它而得名。相传是北宋宰相查道所植,紫藤倚木架盘曲生长,树干蟠若游龙,每逢暮春花开时节,紫色的花串串相连,繁盛绚烂,清香四溢。正如当时旁边的花神庙门上的楹联所写:"此树独含千古秀,名花常占四时春。"可叹古紫藤命途多舛,南面的富春饭店翻建成高楼遮挡阳光,逼仄空间,油烟熏烤,老紫藤苟延残喘,渐显衰态。2004年,此地又要拆迁建设购物广场,老态龙钟的老紫藤迫不得已离开了生长了780多年的故地,被移栽到泰山公园人工湖中的一处小岛上,所幸在养护人员的悉心栽培下,老紫藤枯木逢春,重又焕发生机。

每每站在一棵苍老的树下,我仿佛穿越古今、思接千载,总忍不住由惊叹而生景仰,由景仰而生敬畏,由敬畏而生珍惜。昔已往矣不可追,扼腕叹息于20世纪相继凋亡的松林庵的六朝松和水关的老槐树,更当珍惜眼前这为数不多的老树们!这29棵古树名木,星散在这座城市的各个地方,除了少数在私家院落或乡野远郊而未曾前去拜谒,大多数我都曾瞻仰过多次。尚有遗漏者,我定要找时间前往探望,一一拜谒行礼!我熟悉它们的容颜,谙习它们的境况,有的长势良好,有的前景堪忧,有的饱受迁移之苦,我看它们,像一位位令我尊崇的师长,又像是一个个让我愿意倾心交谈的老朋友,多时不见,总有几分惦念。

我曾经煞费心思寻访城北的一棵老槐树,后来在弯弯曲曲的槐树巷终于找到了它!那是一棵国槐,是海陵唯一的古槐树,已经超过了500岁,算来应是明朝弘治年间的遗留。老槐树生长的空间非常局促,根部和树干少有光照,形成了一个偌大的树洞,好在它的身躯伟岸高大,枝条竭力往上往外伸展,以承接阳光雨露,枝叶倒是葱葱茏茏的,站在它的浓阴下仰望它,我踯躅良久,猜测它偌大的树洞里隐藏着什么样的秘密。

我也曾忧心忡忡于两棵银杏树的何去何从,那是暮春桥对面的老居民区,不知从何时它们陷入困境,雌的与一所公厕为邻,雄的甚至被人家砌进了房子里。我不止一次地去看望它们,期盼着它们哪一天能够摆脱这逼仄污秽的环境。好在如我所愿,这里已经拆迁成为一片瓦砾场,不久之后,将会华丽转身为一座古银杏生态公园。你看它们,虽然身处凌乱不堪的蓬蒿瓦砾之中,但依旧凛凛然、赳赳然,好一派玉树临风、气宇轩昂的神态,高大秀颀的身姿让人丝毫看不出已有200多岁的高龄。

古树往往与园林庙宇和老屋旧宅相互依存。离我住处不远的日涉园,是第一任园主——明代万历年间的陈应芳就任太仆寺卿时兴建的,被古典园林建筑专家陈从周先生认定为苏北现存最早的古典园林,故又称"淮左第一园",它的镇园之宝就是山响草堂前假山石上的一棵桧柏,已经有430多年,与园子同龄。古柏虬枝盘旋,瘿疣累累,与两侧斑驳陆离的3支石笋相映成趣。

29棵树中最多的是银杏。都天行宫门前有一雌一雄两棵老银杏,城河畔东墩关帝庙前后各有一棵高大的银杏树,泰山公园里的临湖禅院也有一棵老银杏,税东街蒋科进士第里面也有两棵上百年的银杏,还有一棵百岁黄杨。人民医院北院内有一棵上百年的老银杏,一棵120岁的老紫藤,还有好几棵近百年的水杉,不由让人追怀起这里曾是海陵八景"驼岭清风"的遗迹。范家花园里却是一棵罕见的蜡梅,100多岁的光景,是从歌舞巷迁移而来,虽无性命之忧,但身量却显得单薄纤弱,让人心生怜惜。

29棵树中有28棵是百岁以上的古树,只有一棵例外,那是2012年12

月,胡锦涛主席来到泰州,在阔别了53年的母校省泰中校园内亲手栽下的一棵银杏树,这棵树和那棵千年银杏互为顾盼,遥遥相望,一校之内,两棵银杏,跨越千年,若干年后,又是一段佳话流传。

从北宋到明清到民国到当代,29棵树既像一卷长长的编年体史册在我们面前徐徐展开,又像一条历史的长河由远及近缓缓流淌而来,树们默默无语,但一个个故事在娓娓道来,一幕幕传奇在接续上演。

《天仙配》里有个槐树精化身月老,为董永和七仙女指树证婚,成人之美。《聊斋志异》里有段传奇讲菊花精陶氏姐弟,酒醉后"玉山倾倒,委衣于侧,即地化为菊",可谓妙趣横生。《醒世恒言》里有个章回"灌园叟晚逢仙女",讲的是花痴老秋翁舍命护花,感动了牡丹花仙让花死而复生的故事。不妄语怪力乱神,但我却愿意相信这世间有花神树仙,知冷暖、晓情义、懂感恩、通灵性!不妨效仿灌园叟老秋翁,做一个花痴树痴,为之驻足发呆,为之摹写吟哦,为之呼吁守护!

正如我在《老槐树,我想对你说》那首诗中所写,我亦深情地告白这29棵树:

> 我不要你像松林庵的六朝松
> 哀戚地躺在几行追怀的格律诗里
> 我不要你像水关的古槐树
> 成为公园里供人瞻仰的一节树桩,毫无生气!
> 我不要你沦为谁照片里的标本
> 我更不要你湮没在谁也记不起的巷名地名里!
> 我只要你
> 挺直了脊梁
> 好好地活在这里!

胡公的千年银杏会记得,为了不伤它的根系,改建学校图书馆的时候,地下室退让缩小，专门为它造了沉井；海陵路上的千年柏会记得，为了给它让出更多的生长空间，玉带河弯了几弯；东进路上的"福杏"会记得，为了避让它，跨过东进路的鼓楼路北延没有取直而东移了不少；梅史馆里那棵已经300多岁、如今奄奄一息的老山茶也会记得，当初把它从宫氏住宅移植到这里，那种不由自主的无奈，谁人能读懂？

老树们必定会感恩人们今天为之所做的一切，你且听，风吹过来，树叶沙沙作响，似与你窃窃私语；风停下来，它又那样静穆安详，似合十静祷：祈愿这座城市和她的子民吉祥安泰！

2018年3月26日

老槐树，我想对你说
——致城北槐树巷老槐树

走过弯弯曲曲的槐树巷

我终于寻访到了你

你已经在这里站立了 500 年

站成了一卷厚重的历史

往前翻过多少章节才找到

你最初的年轮

站成了一条竖立的长河

溯源多少个河滩才能落脚

那个叫作明朝弘治的码头

我仰望你，崇敬你甚至膜拜你！

你粗壮的树干

擎起的是五个世纪的风霜雨雪

你伸展的手臂

摩挲的是无穷无尽的天光云霓

你的皮肤已经凹凸粗糙

岁月的道道刻痕诉说着怎样的沧海桑田

你的腰肢已经不再年轻婀娜

偌大的树洞隐藏着什么样的秘密

你没有高贵的出身

不是周朝宫殿外的槐树

只能让三公站立

不是东坡笔下三槐堂前的槐树

福禄了王氏子弟

也不是广陵人南柯一梦中的槐树

冥想了一个乌托邦的安乐府邸

你应是平民人家的子孙后裔

南迁的北方人总说

"要问祖先在何处,山西洪洞大槐树"

有一位作家也写过

"我老家的门前,有棵老槐树"

它们或许就是你远方的姐妹和兄弟!

槐树在哪里

故乡就在哪里!

老槐树,你的日历里

少不了风刀霜剑的凌虐

少不了电闪雷击的侵袭

少不了衰老病痛的困扰

少不了蛇鼠虫豸的咬噬

而你只是默然伫立!

一个年轻的母亲抱着可爱的婴孩

哼着儿歌在你的树荫下走过

一个白发的老妪在不远处劈柴

神色安详而又宁谧

或许忘却了岁月煎熬的苦楚

你分明融入这人间的烟火日常里!

老槐树,我想对你说

我不要你像松林庵的六朝松

哀戚地躺在几行追怀的格律诗里

我不要你像水关的古槐树

成为公园里供人瞻仰的一节树桩,毫无生气!

我不要你沦为谁照片里的标本

我更不要你湮没在谁也记不起的巷名地名里!

我只要你

挺直了脊梁

好好地活在这里!

老槐树,请你对我说

我可以为你做些什么?

拘囿在这狭小的空间

你是否委屈?

仰人鼻息在吝啬的阳光里

你是否怨怼?

你依旧不作一声,静静伫立

只有鸟鸣啾啾

在风中传递……

冬天已经来临

寒风冷雨将至

落叶簌簌成一树苍凉

你将陷入漫长的沉寂

让我们等待
等待春风的讯息
让我们相约
相约在来年的四月
相约在你美丽的花期

2016 年 11 月 16 日

城市的花语

去年3月去深圳学习，认识了一种从未见过的花。我的家乡3月里还是春寒料峭，这里已是一派春意盎然，榕树的枝叶新鲜逼眼，木棉花在枝头灼灼其华，在深圳的道路、街头、公园还随处可见一种牵牵蔓蔓的灌木，满头满脑地开满了红艳艳的花，叶连着叶，花连着花，聚生成团，红艳如火，真的是繁花似锦，让人惊叹。

正好晚间相熟的几个同学老乡请我小聚，我请教他们，才知道这花叫作簕杜鹃，是深圳的市花。这花易栽易养，生命力非常旺盛，而且花期长，在深圳的气候条件下，几乎从年头开到年尾，红色的居多，特别的鲜亮热烈，开起花来往往满身披挂，姹紫嫣红，仿佛有着永不衰败的热情，有着持续不断的繁华。当年深圳人采用民意投票的方法决定这座城市的市花市树，簕杜鹃最终以高票胜出，可见人们对它的钟情和喜爱。说来有趣，那天一起吃饭的几个人，两位是家乡的学长夫妇，一位是我的大学老师，还有一位是大学同学，因为都是远在异乡的家乡人，彼此认识，大家聊得很开心，这几位都是20世纪90年代先后南下深城做"弄潮儿"的，20年打拼下来，各个事业有成，生活滋润得很。学长也一直由衷地称赞深圳这座城市，四季如春、开放包容、日新月异、充满活力，等等。深圳是一座地道的移民城市，这几位都是深圳的移民，当年他们抛下令人艳羡的公务员和大学教师的工作，南下深圳开辟新天地，足见这座城市的魅力。他们没有水土不服，都很快落地生根，就像当年的簕杜鹃从巴西漂洋过海移植到这里，很快融入这块热土，并且开出了灿烂鲜艳的花朵，心中不禁莞尔，顿时觉着他们都是一株株行走的簕杜鹃。

从南方回来，对簕杜鹃灿烂夺目的笑脸久久不能忘怀，因为我从来没有见过开得那样繁盛绚烂、热烈奔放的花。到网上搜搜它的图片，过过眼瘾，才知道，它的别名很多，不仅叫光叶子花、九重葛、宝巾花，还有一个名字叫作三角梅！三角梅，我是知道的，曾经在舒婷的诗里不止一次读到，原来簕杜鹃就是三角梅啊！真是对面相逢不相识！南粤人称"刺"为"簕"，簕杜鹃的枝上有小毛刺，所以当地人称之为簕杜鹃。它的花小，顶生，常常三朵簇生于苞片内，三枚大苞片虽然并非花，但是颜色鲜艳瞩目，成为主要观赏的对象，所以又叫作三角梅。

舒婷有一首《日光岩下的三角梅》，诗中这样写道：

是喧闹的飞瀑

披挂寂寞的石壁

最有限的营养

却献出了最丰富的自己

是华贵的亭伞

为野荒遮蔽风雨

越是生冷的地方

越显得放浪、美丽

不拘墙头、路旁

无论草坡、石隙

只要阳光常年有

春夏秋冬

都是你的花期

呵，抬头是你

低头是你

闭上眼睛还是你

即使身在异乡他水

只要想起

日光岩下的三角梅

眼光便柔和如梦

心，不知是悲是喜

舒婷写于1979年的这首诗，无疑是对三角梅精神的最好诠释：坚韧、顽强、奉献、美丽，正和三角梅热情、坚忍不拔和顽强奋进的花语相契合。舒婷是厦门人，她的家在鼓浪屿，日光岩是鼓浪屿的最高处，厦门的市花刚好也是三角梅，三角梅想必在厦门也随处可见，在诗人的笔下，三角梅已经成为凝结了特别感情的独特意象。

由此我想到，一座城市的市花，往往就是城市品格的精神象征，也是城市文化内涵的彰显，每一座城市都应该有自己的花语。上海的市花是白玉兰，上海人推崇它刚开春就早早开花，勇当先锋，而且高雅洁白，有朵朵向上的精神，因此选白玉兰作市花。市花有时还是一座城市的文化名片或者旅游名片。说到牡丹，自然就会联想到洛阳和菏泽，说到琼花，自然就会想到扬州。作为各自城市的市花，成为这座城市形象的重要标志，外地游客冲着这牡丹、琼花纷至沓来。

在众多的花卉中，月季花最受国人青睐，是选用最多的市花，全国有52个城市选月季作市花。北京就选了月季作市花，另外还选了菊花，市树也是双的——国槐和侧柏，恐怕实在难以取舍了。"只道花无十日红，此花无日不春风"，月季一朵花未谢，另一朵又开，自春天的百花争艳，到冬日的傲雪凌寒，只有月季始终如一保持本色。月季的花语是持之以恒、等待希望、美艳长新。

梅花是中国十大名花之首，"万花敢向雪中出，一树独先天下春"，端庄静雅、不畏严寒、独步早春、高风亮节，我知道的就有七八个城市选它作市花，江苏有3个城市，南京、无锡，还有我们泰州。南京梅花山是"中国第一梅花山"，植梅面积1500多亩，有400多个品种，4万多株梅树，旅游高峰时赏梅人数每天在10万人以上。我去过梅花山多次，漫山遍野的梅花远眺如烟如雾，近看如诗如画，让人流连忘返。南京自1996年开始年年举办国际梅花节，通过一系列大型旅游、商贸、文化、娱乐活动，向世界展示南京美丽的自然风光和悠久的历史文化。无锡荣氏梅园也很壮观，是江南三大赏梅胜地之一。

我们泰州是 2002 年确定市树市花的，市树是银杏，市花是梅花，都很恰当。泰州选梅花作市花，有很大的因由是作为京剧艺术大师梅兰芳先生的故乡，泰州有梅园、梅亭，每年都举办梅兰芳艺术节，很热闹。但是市民对市树、市花的知晓率和美誉度还远远不够，梅兰芳艺术节这张名片自然不能丢，但是除此之外呢，如何嫁接市树、市花的精气神，来体现泰州这座文化古城和新兴城市相交融的城市气质和内涵，真的还需要不断深思和挖掘。

2016 年 11 月 2 日

人淡如菊

一

一清早,我依旧骑着单车匆匆碾过空空的柏油路,一如往常地赶赴学校上班,路边的梧桐树叶在秋风中翩舞、飘落、卷积,不觉中秋意竟深了呢!走过校园,在花坛边不禁驻足,那一簇簇蓬蓬勃勃的菊,令人好不惊心,花朵密密擎起,枝叶横斜,恣意无余,哪有半分寒风中的瑟缩!

于花草树木,我一向泛爱并无偏好,而猝然与菊相对,竟有种相谙已久的亲切。

如今求本溯源,与菊初识并无好感,只依稀记得幼时父亲购置两株盆栽,一黄一白,一金钩一团状,姿色平平,更兼后来蚁虫相侵,秋季末了便相继憔悴而死,于是并不觉得有什么出色之处。

与菊真正相识应是在文字中,先是那则"白衣送酒"的逸闻,陶渊明性嗜酒,而家贫不能常得,但他有满篱的黄菊,"尝九月九日无酒,出宅边菊丛中坐,久之,满手把菊",恰好有个叫王弘的江州刺史想结识他,因而"送酒至,即便就酌,醉而归。"陶先生有菊,即便短褐穿结,箪瓢屡空,却也心颐!再有白衣送酒,菊丛中二人把盏对酌,情何萧闲雅致!便是我也想成全这等美事了。自此,虽不得与古人相晤,而从文字上却是神交相契的伊始,我羡陶公有菊更有酒,更羡陶公那份淡泊而丰盈的情怀。

再后来是在《红楼梦》中再识菊。湘云、宝钗夜拟菊花题,又是访菊又是对菊,又是问菊又是画菊,俨然视菊为友。诸裙钗竞相大逞诗才,潇湘子"孤标傲世偕谁隐,一样花开为底迟"之问一腔素怨秋心,谁能作答?蕉下客"高情不入时人眼,拍手凭他笑路旁"足见三姑娘的唐人豪逸,魏晋风度。湘云"萧疏篱畔科头坐,清冷香中抱膝吟"又是何等形神生趣。叹服诸女腕底生香、毫端蕴秀,更叹服曹翁别样思情,生花妙笔。曹翁于《红楼梦》开篇即云:"虽今日之茅椽蓬牖,瓦灶绳床,其晨夕风露,阶柳庭花,亦未有妨我之襟怀笔墨者。"正因有这样之襟抱,才能奋扫如椽之笔,独创千古《红楼梦》!

再后来在宁读书,契友亦石在沪,读书每得妙章佳句必抄录互赠,久之成为自然。一次,亦石赠我《二十四诗品·典雅》一章:

玉壶买春,赏雨茅屋。坐中佳士,左右修竹。
白云初晴,幽鸟相逐。眠琴绿阴,上有飞瀑。
落花无言,人淡如菊。书之岁华,其曰可读。

那种恬淡从容、疏朗清新令我心颤良久,尤其"人淡如菊"四字化形为神,妙处更是"难于君说"!之后总想得一二妙句与之匹敌而回赠。一次,在山水画上得"万壑松风和涧水,芦荻飞霜载月归"相赠,可惜仍觉压不下"人淡如菊"。再后来又从宗白华《我和诗》中截取一段孤寂而远引的箫笛描写,境虽佳,可惜文字又累赘了,因此这竟成了一段不了情。如今契友在都城闯生活,我为人师,在孩子群中穿梭来去,蹙眉展颜间,日子淡淡如菊开菊落,竟都辜负了往日寻章摘句、谈笑诗文的情怀!爱"人淡如菊"的好诗章,更爱亦石当日那份相知相慰的随意。

今观菊,那清丽挺傲之姿已动人心襟,更想起陶令,想起曹翁,想起红楼女子,想起亦石,这些书中的友人,书外的友人。想起菊应非菊,是某种文化底蕴,某种精神气质,某种情怀襟抱,至此,我又不敢造次唐突,言称我与菊相谙已久,菊若有言,当笑我痴,我又解它几分?

1996年秋

二

菊开的时节，到花市逛一圈，每个花摊上都排列着不少菊花，待价而沽，且一律地高不盈尺，粗硕的根茎支着一两朵将开未开的花，很饱满的样子，颜色也大抵是紫色、白色和黄色。它们近乎妩媚地绽放着，招惹得不少路人驻足，我也随俗选了两盆，不，是购买，因为它们姿态仿佛、色泽雷同，挑选已毫无意义。

这一黄一紫的菊花置于花架上，朋友一进门忍不住赞一声"雅致"。我却有些不以为然，眼前这菊，或许是因着园丁的刻意培植，反使之妩媚有余而清丽不足，匠气太重而少脱俗的本真。遥想当日，范成大菊圃成畦，该不会如此拘囿于盆泥，李清照那"人比黄花瘦"中的菊该不会如此丰硕而乏逸致。曾在校园花圃里看到不加修饰的菊丛，枝条盘结，绿叶横生，小小的花朵密密擎起，黄灿灿的直逼人的眼。我极喜欢那样恣意生长、个性张扬的丛菊，亦格外爱那灿然的黄色，心中很偏颇地认为，黄才是菊之本色。

当然，那两株菊既然购为己有，自然不可怠慢。好在菊非娇弱之列，还不必过于小心侍弄，只需适时地佐以清水，晒以阳光，便生机盎然地渐渐展瓣了，前前后后，花期竟延续了一个多月。此间有一次出差几日，回来看架上的花与叶都委顿不堪，毫无精气神，淋漓地洒了一场水，次日竟毫不碍事，蓬勃如初，我不觉对这两株菊心生爱意了。硕大的花朵开足了劲头终于败下阵来，然而终不凋落，抱枝而枯，这份不舍的执着不由人不心生感叹，于是不免有些后悔当初的苛求太甚。

菊谢的时节，不少人家窗外的平台上都放着三两株垂死的菊，任其风霜相侵，干涸而死。"菊残犹有傲霜姿"。看那绿的枝叶一寸寸褪去光泽，褪去神采，仿佛完成了使命般硬生生地赴死去了，只余那仓促的一季绚烂。我不忍弃之不顾，压根剪去枯干，让它攒足精神萌发新芽，果不其然，不多久，满盆新叶初绽，青翠喜人。它们既为我之菊，我即为园丁，且由它们任着性长去，不必删繁就简，不必去欹求正，待来年秋风起时，看着两株蓬蓬勃勃的菊长成一片率性天然，长成满庭芬芳。

1997 年秋

三

今秋，居无菊，菊不在家里，在楼下的花坛里，那还是去年的两株菊的遗留，然而又分明不是。

去年秋天买了一黄一紫的两盆菊花放在家中，足足风光了月余，待花谢茎枯，不忍弃之，因盆中局促，故还诸自然，移至楼下绿篱内，虽居五楼之高，亦可俯视得到。一簇蔫叶，两株余根，不觉又是一年四季轮回，日日餐风饮露，几番秋霜浸染，竟然长得枝叶纷披，花朵如攒了。待到花开烂漫之时，一律的紫玛瑙色，着实令人惊艳。只是风格与去岁大相径庭，明明是一黄一紫两株，却长得虬结匍匐，不分彼此，且一下子热热闹闹地绽出十数朵来，花均是无杂色的艳紫，那种热烈的紫，全不似去年带着几分羞涩的浅紫。更令人不解的是，黄色的那种却全然没了，不知何处遁形而去，然明明的两株根依然长在那里，难道菊生楼上为黄，菊生楼下则为紫？怎不令我大呼怪哉！

蒲松龄在《聊斋志异》中曾有一则故事写及菊花成精，忽忽变成俊俏的后生，一时又变成菊花，皆大如拳。读之，每每称奇。想来，我的黄花变紫，与留仙老先生商谈，或可入"志异"之列。曾闻菊花中有一品，曰"紫气东来"，颇有仙意。吾家紫菊，说不准真有几分灵异之气呢。就此打住，一笑耳。

有语云：年年花相似，岁岁人不同。今之菊恐已非昨日之菊，今岁我的心境又仿佛不是去岁的心境了。

1998 年秋

吉祥草

我所居住的楼下东山墙有一条狭长的绿化带，原先的低矮灌木枯死了不少，我看不得它荒废，今年补白一株月季，明年补白一株牡丹，几年下来，从南到北，月季、牡丹、蔷薇、栀子花、万年青、吉祥草、晚饭花等，一溜儿排开，终于成为我的特色小花园。最近秋意渐浓，几场凄风冷雨，初冬悄然而至，花谢叶落，小花园显得有些冷清了。好在那万年青和吉祥草还是一贯地不改声色，精气神足足的，尤其那一蓬吉祥草长得蓬勃纷披，格外地惹人注目。

这株吉祥草说来有年头了。当初还是我怀女儿快临产的时候母亲催生送来的。按我们泰州当地的风俗，出嫁的女儿生孩子，娘家人，通常是孩子外婆要送礼物催生的。记得那年母亲备了孩子的摇床、推车、包被、毛衫、鞋头袜脑，送过来满满当当的一大堆，还有两个小盆栽，一盆万年青，一盆吉祥草，都是常绿的，图的就是个好口彩和好兆头，说是催生，其实是祈福了。

这两株小盆栽因为是为孩子催生用的，虽然不起眼，但是我很看重，一直不离不弃，先是在旧居楼上养着，后来搬家，它们也随我而迁。它们越长越大，花盆承载不下了，我索性把它们移植到楼下的小花园里，本来就泼辣皮实的它们，一接了地气，更是长得一发不可收拾。万年青还算含蓄些，不时地结一些红果果藏在叶丛中。吉祥草就不老实了，像个活泼好动的孩子，一个劲儿地向高处、往左右伸展它的手臂、腿脚，占了好大的地盘儿，修长的叶子似乎变宽了，乌绿乌绿的，看起来很健硕。到夏天，密生的叶丛中会抽出一根根花轴来，紫色的小花像麦穗样地缀在上面，然后结出绿色的圆圆的小浆果。吉祥草年复一年地长着，转眼，女儿也已经长成亭亭玉立的青春美少女了。

这条绿化带最北边的路牙边还残存着几簇麦冬，叶子很细，瘦瘦精精的，这么多年来好像没怎么长。端详麦冬与吉祥草，总觉着有几分相似。我拍了它们各自的照片，请教学园艺专业的同事，她很慎重地查找资料后告诉我，我所说的吉祥草其实是一种宽叶麦冬，泰州民间通常称之为吉祥草，我所说的麦冬是一种细叶麦冬，开的花有点儿像兰花那样从根部抽蕾。

麦冬还有个文雅的名字叫"书带草"。相传，东汉末年经学大师郑玄，字康成，其人性恬静，不愿做官，在康成书院讲学著述时，经常到书院附近的野地采集一些草叶用于编竹简。这种草比较特别，叶子宽而长，十分坚韧，而且四季常青，郑玄将这种草编作草绳用以捆书，这草就是麦冬，后来人们称之为"康成书带"，又称"书带草"。书带草，名字诗意得很，有淡淡的书卷气。

据说园林专家陈从周先生非常推崇"书带草"的称谓，并且大力推崇，使之广泛用于园林绿化中。我也以为种植它是个很好的选择，它常绿好长，经冬耐寒，无须劳烦人经常修剪打理。而且它几乎是个"百搭"，有"沿阶草"的特性，最适宜做绿化补白，在溪边，在阶旁，在角落，哪里都用得着，哪里都不多余，不抢眼，只做陪衬。

吉祥草，园艺学上称之为沿阶草，中医学上称之为麦冬，文人称之为书带草。然而，不管它叫什么，它依旧都是我心中的吉祥草！

2016 年 10 月 29 日

朱顶红正名记

家里的三盆朱顶红次第抽出花葶要开花了。

这花在我手上养已经有 4 年多了。当初是我的婆母带给我的，她说，你会养花，放你这儿养肯定比我养得好。我问婆母这花的名字，她说，有一年见它开过花，跟百合花长得差不多，门口的邻居也说是百合。我打量它，叶子有点儿像君子兰，但中间有一根白色的叶脉，也少了点儿清雅之气，缺少名贵气质，应属于草花之列。

我养花不分高低贵贱、草本木本、开花与否，通通接纳。然而它只是一味地长叶子，很茂盛，但左右不开花。我猜测是不是盆子太小，长得太拥挤，营养跟不上，于是决定分盆加土。分盆时发现它的茎是球茎，有点儿像水仙花球，也有点儿像洋葱头，大大小小的"洋葱头"真不少，居然分了 3 盆，一盆里是一株大球茎搭配两三个小球茎，用土就是小区绿化带里的，有点儿板结，不够疏松，于是试着将盆里的球茎一半埋在土里，一半冒出土外，我头脑简单地想：这样它顶破土长叶子、抽花葶的阻力会小些。其余两盆则按照老办法把球茎全埋在土里，心想不妨做个对比，看哪种方法更容易开花。奇妙的事情很快发生了。不出一个月，那盆将球茎半埋在土里的花真的抽出了花葶，而且是两枝，花葶很快长高了，两两对应地开出了花，那花粉里泛白，带着几分羞涩，带着几分妩媚，样子确实像百合，跟花店里卖的香水百合长得很像，我于是确信它是百合花了。

一直到前年五一节，我去扬州老朋友尤尤家小住，我俩时隔多年重逢，相见甚欢。尤尤说，家里的朱顶红突然提前开了，原来是来客了，该叫作"迎客红"了。我一看她阳台上的那盆花，叶子、花茎、花朵都与我家的百合长得一样一样的，只是这花是大红色的，更明艳、更讨喜。尤尤告诉我这花叫作朱顶红。我还有些疑惑，于是请教"度娘"，可不是嘛，是叫朱顶红，别名不少，红花莲、华胄兰、孤挺花、百子莲、对对红等。还有一个别名叫得绝，叫"炮打四门"，我仔细一想，不禁哑然失笑，它的花是在一根花葶上两两对开，往往4朵，正好是4个方向，可不是"炮打四门"么！朱顶红是被子植物门石蒜科朱顶红属，虽然与百合酷似，其实风马牛不相及，真是个潜伏很久的"伪装者"。不识庐山真面目久矣，这才为朱顶红正了名。

朱顶红喜欢温暖湿润的气候，原产南美巴西，后来辗转传播到北美、欧洲，然后到亚洲，目前在我国遍布大部分省份。它不喜酷热，也不耐寒，最适宜10℃～25℃的温度，5℃以下必须移至室内。它冬天有休眠期，需要充足的阳光。土壤最好是疏松、肥沃的沙质土，忌积水。养鸟知鸟音，养花识花性。后来我分别把那两盆球茎也提出土外，顺着它的脾性好好打理它，果然几盆都年年开花，有时一年开两次。

但其间也有一次因为我的疏忽，致使朱顶红濒临绝境。那是一个秋冬季节，突然一夜北风紧，天气撂了冷性，放在楼下露天里的朱顶红盆栽，我忘了捧回家里。早上一看，叶子全耷拉下来，冻坏了，拿回室内抢救，还是不行，不几日，叶子全黄了，萎了，掉了，只剩下光秃秃的球茎孤单地杵在那里。我心存侥幸，想它或许死而不僵，还是隔三岔五给它浇浇水、晒晒太阳，这样子持续了两三个月，一直到开了春，天气回了暖，几番春风呼唤、春雨滋润，朱顶红终于从休眠期的沉睡中悠悠醒转，涅槃重生，先是一星绿芽，很快就生机勃发，满盆葱翠，让我好不喜出望外！很多东西就是这样，当你拥有它的时候毫不在意，当你即将失去乃至真的失去的时候才觉得心中原来也有点儿放不下、丢不掉。

今年，家里的3盆朱顶红又相继抽出花葶，打出花苞。好东西要分享，分享使彼此愉悦。于是趁着其将开未开，一盆送给好友云玲，一盆送给孩子的姑姑。

这花起先其实是我的公爹，也就是孩子的爷爷养的。公爹是农民出身，后来在部队当兵，复员后在地方企业做一个普通工人，一直到退休。他是个忠厚、老实、本分的人，在城市多年仍然保持着当年的农民本色，特别喜与泥土打交道。他手脚闲不住，在家附近的城河边找了片荒地开垦种菜。我劝过他多次，让他不要去吃这些苦，费这些折腾，每每无果而终。他一生所种的蔬菜、瓜果不计其数，但是花花草草不能当吃当用，以他讲实用的性情估计并不太会喜欢上养花。这盆花是他在公园玩的时候一个老朋友顺手送给他，他才带回家养的，这恐怕是他养过的唯一的一盆花。

公爹已经离开我们3年了。他留下的朱顶红越长越盛，繁衍生息，年年花开。待到明年春天花期过后，我留下的这一盆估计又要分出几盆小朱顶红，当然，它们也会越长越旺的。

2016年10月28日

夜饭花

有一种花从不会在花市上去卖，也无须用心栽培，谁都养得活，而且哪怕你种了一棵，只要长了一年，开花结籽，结的籽掉落到地里，第二年那个地方自然会长得蓬蓬勃勃的一片。这就是夜饭花。夜饭花白天不开花，你看它在白天，花朵蔫不拉几的，但"人约黄昏后"，傍晚时分人家吃晚饭的当口儿，它就精精神神地开放了，一枚枚长柄小喇叭密匝匝地俏立在枝头。

记不清哪一年春天，我从办公室楼下的花圃里拔了两三株刚出芽的嫩苗，移植到我家楼下墙角的一块狭长地方，几年下来，每到春夏之季，眼见它抽枝散叶，眼见它攻城略地，不多时日枝叶层层叠叠，红的、黄的，一簇一簇开得闹哄哄的，也顾不上姿态，也不讲究婀娜，野得不上路子，把周遭的月季、牡丹、栀子花统统围剿，狂野霸道得让我瞠目结舌。为了拯救陷入重围的月季、牡丹和栀子花，我不得不变成摧花辣手，把太过繁密的夜饭花修剪掉甚至连根拔掉，它长得实在太狂野了。

夜饭花多半是不讨喜的，汪曾祺先生称夜饭花为晚饭花。他曾经给晚饭花这样的评语："这种花公园里不种，画家不画，诗人不题咏。它的缺点一是无姿态，二是叶子太多，铺铺拉拉，重重叠叠，乱乱哄哄的一大堆。""三是花形还好玩，但也不算美，一个长柄的小喇叭。"这是他在其短篇小说集《晚饭花集》前的一段文字。

夜饭花确实不登大雅，从未见过谁家把夜饭花种在花盆中让它登堂入室，那似乎太没品位了，它也似乎天生只能长在篱笆边、角落里。但我对夜饭花还是有几分喜欢的，它走的是平民路线，不是高大上，算不上是小家碧玉，更不是大家闺秀，它是村庄里的邻家姑娘，但它不挑不拣、随处安身立命的姿态倒是使我惊叹甚至有些钦佩。而且它不需要谁去伺候，没有娇气、没有傲气，爱长得啥样就长得啥样，开起花来一簇簇的，红的明艳，黄的灿烂，非常热闹喜庆！虽然有时看似不懂收敛，但是选择晚饭时候开花却是别具一格，剑走偏锋，收放自如，值得一赞。

"我的小说和晚饭花无相似处，但其无足珍贵则同。"汪老对夜饭花的评点其实是为这句话铺垫。老先生对自己的文章自谦了。年岁越长，越爱读汪老的文字，清简素淡，但是隽永有味。

夜饭花虽然不够美，但我还是要种它的，今年几场秋风冷雨过后，它也有几分偃旗息鼓、鸣金收兵的态势，且待明年春夏的那丛绚烂。看看夜饭花，翻几页汪老的《晚饭花集》，这样的日子也是极好的。

2016 年 9 月 30 日

相看如故人

麒麟湾的牡丹开了,赶着上巳节三月三的好时日,我们作协一行人相约雅集赏花,想不到还是去晚了一步,园内的牡丹已然绿肥红瘦,多半谢了,还有些将谢未谢,也已发了蔫,夹杂其间的晚樱弱不禁风,落红点点,随风飘零。原本是来探春赏花的,这倒好,多情却被无情恼,使人心生几许惜春的惆怅。聊以欣慰的是,还有稀疏不多的牡丹开得正盛,多半是黄色和白色的品种,花型硕大,精神饱满,不是小家碧玉的玲珑秀丽,而是大家闺秀的端庄雍容,不愧是国色天香、艳冠群芳的花中之王,即便这所剩不多的牡丹也足以让我们觉得不虚此行了。

仰望天,天蓝得明净,温煦的春阳照得人心发酥。站在这偌大的牡丹园子里,四下里都是团团簇簇的牡丹植株,这片牡丹园毕竟苦心经营了六七年之久,如今绿意葱茏,长得特别茂盛。

牡丹自古以来似乎就有着特别好的人缘,最早把牡丹写入诗歌的,是《诗经》,迄今已近3000年。《诗经·郑风·溱洧》中有这样的句子:"维士与女,伊其将谑,赠之以芍药。"诗中所说芍药即牡丹,古时牡丹与芍药并不区分,牡丹亦名木芍药。"自李唐以来,世人甚爱牡丹""唯有牡丹真国色,花开时节动京城""云想衣裳花想容,春风拂槛露华浓",都堪称千古绝唱。

到了宋代,欧阳修在洛阳做官时,更是遍访民间,专门为牡丹写下第一本专著《洛阳牡丹记》。时至今日,有关牡丹的传说故事依旧遍布于民间花乡,牡丹也依旧遍布于诗文歌赋,成为历久弥新的好题材。

泰州与牡丹也是有缘的。早在1000年前的宋朝,吕夷简到泰州西溪任盐监,在任上的时候,种下了一株牡丹,并留下了一首脍炙人口的七绝:"异香浓艳压群葩,何事栽培近海涯。开向东风应有恨,凭谁移入五侯家。"巧的是,没隔多少年,范仲淹也到西溪做盐监,他为前任留下的手植牡丹题了首五绝："阳和不择地，海角亦逢春。忆得上林色，相看如故人。"好一句"相看如故人"！在他的眼里，牡丹和人的意象已经重叠为一体。西溪如今虽属东台，但也邻近不远，可见泰州的水土自古就是适宜种植牡丹的。我脚下的这片土地唤作麒麟湾，吉祥如意的一方福地，牡丹又寓意着花开富贵，麒麟加牡丹，无疑更是吉上加吉，圆满如意！

牡丹的气质独步群芳，雍容华贵，然而你若以为她是娇弱的小女子，就大错特错了。我自家种有两株牡丹，就随意地长在楼下的小花圃里，并不怎么打理她，而每年春来都要热热闹闹地开上几朵，今年有一株一口气开了11朵，且每一朵花都比碗口还要大，花瓣闪着紫色丝缎般的光泽。牡丹性格泼皮得很，她适合露天生长，无须温室，栽在地里，只要接了地气，严寒风霜，不足惧也。你别看她在冬天只剩几支枯枝，看上去好像毫无生气，但是春风一吹，春雨一落，牡丹经过漫长的休眠期，慢慢醒转、复苏，然后迅速地冒芽、抽蕾，以攻城略地的气势一发不可收拾，花苞很快膨胀长大，要么不开，一开就是硕大一朵，让你不得不为之惊艳。足见牡丹是毫不娇气，也无骄矜之气的。她深谙"藏"与"露"的奥妙，该藏的时候蓄而不发，该露的时候毫不吝啬，开他个彻头彻尾、灿灿烂烂。这也成为我钟爱牡丹的又一个理由。

一年一度春风来，一年一度看牡丹，我看牡丹，牡丹看我，但愿岁岁年年，相看两不厌，相看如故人！

2018 年 4 月 18 日

寂寂泡桐花

前几日开车途中,瞥见迎春桥西头有一株高大的泡桐开满了花,远远看去,像一团淡紫的云。不记得有多少个年头了,这株泡桐好像一直都在那里,每年这个时候都开得很繁盛。你在意或者不在意,它都在那里兀自开着。

五一小长假,终于得了空,念兹在兹,我准备去好好寻访几株熟悉的泡桐树。在这座小城生活久矣,哪一条街巷、哪一处拐角有怎样一棵树、怎样一簇花,我大抵都晓得。

海陵城最美的泡桐花应该是在城北的草河畔,尤其是在涵东街这侧有好几株高大粗壮的泡桐树,隔一段路有个一株或者两三株,长得随心随意。这些树有年头了,估摸总有数十年的光景,都已长成合抱之木,霸实的根甚至把沥青地面都拱破了。泡桐是先开花,后长叶,开花的时候,远远地看去,满树盛开,一朵朵小喇叭似的花开成了团儿,开成了串儿,满眼都是那淡淡的、优雅的紫色,映着悠悠流淌的草河水,衬着两岸斑驳沧桑的老民居,别有一番独特的风致。这都是我往岁的记忆了。

今儿个我和夫君相携前往寻访,从海陵路穿过几个弯弯的小巷来到徐家桥,站在徐家桥上,向南向北放眼一望,一切都已了然。哎,我们终究还是来迟了,草河两侧涵东、涵西的几株高大的泡桐,桐花无一例外地都已经谢了,树枝上已经长出了嫩叶,在风中招摇。我不甘心,跑到跟前打量它们,不看也罢,地上零零落落的是没有来得及扫去的桐花,残破的、萎靡的,路过的人们不经意地在上面踏过,车轮在上面碾过,让人不胜唏嘘。不过才是几天前呢,还看到迎春桥边的泡桐开得那样热烈!

时光真是行色匆匆,我怎么总是追赶不上它的步履?"春雨惊春清谷天,夏满芒夏暑相连",谷雨已过,立夏将至,不得不承认,桐花落去柳絮轻飞,已是暮春时节,我们分明站在夏的门槛外,再往前一步,就一脚踏进夏天。

泡桐树是一种非常普通、常见的树，也很好长、肯长。母亲曾经跟我说过，小时候我们在乡下老家的时候，没有木头打家具，母亲在宅前屋后栽了不少榆树、梓树，也栽了泡桐，长得最快的是泡桐，不几年就蹿得很高，树干也粗壮起来，尽管泡桐的木质不算结实，比较疏松，但是后来还真是派上了用场，救了急，而其他的树等到我们回城都没有长成材。

看到泡桐树，还使我想起校园，想起毕业季。我的小学在城北一座非常小的学校度过，学校地方不大，总共三进平房，印象最深的是校园里有一棵高大的泡桐树，树干挺直，树冠很大，我们围着它追逐、打闹，在它的荫凉下跑步、做操。每年春天，它都要开许多粉紫色的桐花，像孩子们笑得咧开了的一张张小嘴巴，不大的校园里弥漫的都是浓郁的桐花香。而今，学校早已在城市的变迁中夷为平地，那棵泡桐树也不知所终，然而不管它是否还存活，它都长在我童年的记忆里，砍不掉，也拔不去。

高中时我在省泰中读书，校园大了许多，除了人人尽知的那株千年银杏外，操场的西北角还有一株泡桐树，也很高大，因为在校园角落里，所以大家都不在意它的存在。那是"为赋新词强说愁"的年少时光，偶尔我会到泡桐树下偷偷读一些诗歌，读一些闲书。每年泡桐花开花落，总惹我几分感伤，花落春尽，夏天就要来了，每年的毕业季就逼近了。毕业那年，在不少同学的毕业留言簿上，我写下这样的句子：桐花已残春易老……

桐花，寻常、素朴，并不起眼。其实它是清明节令之花，《月令七十二候集解》云："清明，三月节。桐始华。"古诗文中写梅花、桃花、牡丹、荷花者比比皆是，桐花却鲜见，似乎并不入流。

到了唐代，桐花遇到了知音，那就是诗人元稹。他曾写过一首洋洋洒洒的五言长诗，诗名就叫作《桐花》，诗中有这样的句子："胧月上山馆，紫桐垂好阴。可惜暗澹色，无人知此心""自开还自落，暗芳终暗沈。尔生不得所，我愿裁为琴。"看得出，诗人正处失意之中，借寂寞不为人知的桐花而寄托情怀。

与元稹同时代且常有诗歌唱和的白居易也有一首诗——《云居寺孤桐》，

"一株青玉立,千叶绿云委",诗中借物喻人,借物说理,写寺中的孤桐,拔从萌芽,始自毫末,"四面无附枝",但由于"中心有通理"长成"亭亭五丈余",但仍"高意犹未已",还要继续生长,作者由此"寄言立身者,孤直当如此"。这里没有写及桐花,但可以推断这个"孤直"的"孤桐",不是梧桐,应该就是泡桐,泡桐高大挺直,且少有附枝。

其实抛开桐花不谈,早在东汉,就有蔡邕和"焦尾琴"的故事传于后世。《后汉书·蔡邕传》云:"吴人有烧桐以爨者,邕闻火烈之声。知其良木,因请而裁为琴,果有美音,而其尾犹焦,故时人名曰焦尾琴焉。"蔡邕依据木头的长短、形状,制成的是一张七弦琴。琴有五不弹之说,即疾风甚雨不弹,于尘市不弹,对俗子不弹,不坐不弹,不衣冠不弹。

赋予了人文精神的桐树和桐花似乎抬高了其品味和身价,然而,泡桐还是那样,很平民地、随意地长在街头、巷陌、河畔,你看与不看,赞与不赞,它都在那里,灿灿地开,静静地谢。

2018 年 4 月 30 日

过年不可无此君

"寒家岁末无多事，插枝梅花便过年"，梅花是"四君子"之首，有梅花一枝，即便家里再寒素，陋室里也添了几许生趣和雅韵。是啊，过年怎么能少了花呢！于我，则是买盆水仙来过年，过年不可无此君，水仙成了我家必备的"岁朝清供"。

新年来了，家里的水仙花也次第开了。绿裙青带，亭亭玉立，绿叶间，一簇簇"金盏银台"，素净淡雅，且清气四溢，满室盈香，春意也随之蔓延充盈起来。"凌波微步，飘忽若神"，小小的水仙，只需这一抔清水，就能绽出清丽芬芳如许，怎不令人欣喜！

今年的这六株水仙来路可不一样。有两株是到花市场买的，专挑已经抽了花箭、打了花苞的，算好了大年初一前后开，正好图个好彩头。不曾想，又有朋友特意送了四个水仙球茎给我，说这可是传说中的漳州水仙，我打开来一看，干巴巴、黑黢黢的，真不起眼，心下狐疑，这能养得活，开得了花吗？养水仙是要先"刻"球茎的，漳州人养水仙已是一种创意，要对球茎先"开盖"，再"疏隙""削叶""刺心"，须得一道道程序下来。我摩挲良久，终究不敢唐突，只去了外面枯黑的一层衣，里头倒是白净净的，找来家里常备的青花瓷花盆，用几粒卵石去敧扶正，贮上清水，摆在案上。有了水的滋润，看似毫无生气的水仙球很快活转过来，不出几日，绿叶抽出来，根须长出来，到后来，长势更快，绿叶丛中，花箭也悄悄地探出头，很快就吐蕾绽放了。果然是"天下水仙数漳州"，鳞茎硕大，尽管并没有先"刻"一下，但每个球茎都长得不错，箭多花繁，色美香郁。

人有人的"格"，花也有花的"格"，故才有"岁寒三友""四君子"之类。水仙亦非俗流，兰、菊、水仙、菖蒲历来被称作花草"四雅"，水仙行三，成为自古以来文人最喜欢的案头清供之一。明人张岱在《陶庵梦忆》中描述他的书房"不二斋"的陈设，除了"图书四壁，充栋连床"，便是四季光景常新的花草点缀，"夏日，建兰、茉莉，芗泽浸人，沁入衣裾。重阳前后，移菊北窗下。菊盆五层，高下列之，颜色空明，天光晶映，如沉秋水。冬则梧叶落，蜡梅开，暖日晒窗，红炉毹毵。以昆山石种水仙，列阶趾。春时，四壁下皆山兰，槛前芍药半亩，多有异本"。水仙与梅、兰、菊一并博其青睐，如此"不二斋"，好不令人欣羡，张岱堪称一位园艺家、生活美学家！

"四雅"格调都雅，但却略有不同，兰淡雅，菊高雅，菖蒲清雅，水仙则可谓素雅。李东阳有一首《咏水仙》这样写道："澹墨轻和玉露香，水中仙子素衣裳；风鬟雾鬓无缠束，不是人间富贵妆。"说的正是水仙朴素无华之美。更难得的是在天寒岁暮之际，水仙凌寒独自开，这一点竟可与梅花不相伯仲。东坡居士曾云："宁可食无肉，不可居无竹。无肉令人瘦，无竹令人俗。人瘦尚可肥，士俗不可医。"种竹栽梅，都需空间，兰、菊、菖蒲之类总离不开用心侍弄，唯小小水仙，不染尘泥，所求甚少，供养起来最是简便。在茶桌、书案上摆上一盆水仙，盆里衬上几枚值得把玩的石子，再浅浅养上一泓清水，让水仙伴着茶香、砚墨暗渡清芬，物件还是那物件，但气息却分明不一样了。每年辞旧迎新之际，案头上怎可无此君呢！

也正是水仙的"格"高，引来骚人墨客入诗入画，若让我排个座次，我觉得高居榜首的非宋人黄庭坚莫属。黄庭坚一定是非常喜爱水仙的，不然他的朋友王充道不会一下子送了他五十枝之多，不然他也不会欣然提笔为之作咏，一气写了八首咏水仙的诗，其中最有名的是这首：

凌波仙子生尘袜，水上轻盈步微月。
是谁招此断肠魂？种作寒花寄愁绝。
含香体素欲倾城，山矾是弟梅是兄。
坐对真成被花恼，出门一笑大江横。

好一句"出门一笑大江横"！这粲然一笑，应是知己朋友之间，无须多言而心领神会的会心一笑吧！这知己，是赠水仙的友人王充道？还是这案头的凌波仙子？

此刻，我也坐对这水仙花簇，阵阵清香沁人心脾，幸有此君相伴，乐与此君为友，心中亦不禁粲然一笑。

2019 年 2 月 20 日

等你，如约而至

大院里的海棠、杜鹃次第谢了，该是栀子花要开的季节了！

从办公大楼北门的台阶下去，一圈花圃里是长了数十株栀子的，去岁我还曾看到开过花，零星的几朵，不知是欠光照，还是土壤贫瘠，长势并不好，枝叶稀疏，精气神不够。

今年我一直关注着这几丛栀子，期待它的花开时节。每年的花期，总像赴一场美好的约定。可惜这几丛栀子今年还不如去年，不少枝条已经枯黄，长势略好的也只是抽了新叶芽，却不见花蕾，叶心中间有一些小蚁虫，有些叶片上有黏液，是虫患，栀子们病了。我找寻多次，竟未找到一个栀子花蕾，看来这栀子花今岁要与我失约了。

好在我自家小园子里的一株栀子长得不错，聊以慰藉。每天上班前，我总要到这株栀子跟前驻足半晌，左看看，右瞅瞅，抽出的花蕾数了一次又一次，有数十枝之多，却总数不出个确数。这株栀子有年头了，当初是在超市里看到它，看它叶子青翠欲滴，花朵含苞待放，芳香馥郁，忍不住买下来。我知道，栀子其实是泼辣皮实的，小时候在乡间，人家门前屋旁时常会见到一簇簇的栀子。长在花盆里，实在是委屈了它。买回来我便把它栽在小园子里，几年下来，不觉竟有七八岁孩子那么高了，长得也葱茏可喜。每年花开的季节，远远地就闻到那甜甜的、浓浓的香气，我喜欢摘几朵下来，放在书桌上，放在床头柜上，放在衣兜里，跑到哪里都有栀子花的香，栀子花瓣即便枯黄了，香气都久久不散。

栀子的叶是四季常绿，经冬不落的。一朵栀子花的盛开需得经历三个季节的等候，早在寒冷的冬季就悄悄孕蕾，到了春天，就看那花苞慢慢地长大，慢慢地饱满，你得有足够的耐心去等待，等到立夏之后，天气渐热，花蕾才日渐饱满，渐渐地露出一丁点儿白色的花，渐渐地舒展开它洁白的花瓣，像一袭优雅的长裙。

各人眼里自有各人心里的栀子花。

"栀子比众木,人间诚未多。"这是杜甫的诗句,花通常五瓣居多,栀子花却是不多见的六瓣。失意的诗人,眼里的栀子花是与众不同、孤芳自赏的。

"升堂坐阶新雨足,芭蕉叶大栀子肥",被一场雨滋润过后的芭蕉和栀子更加壮硕,充满了勃勃的生机,韩愈那种不为世俗羁绊的豪迈之情跃然纸上。

一向有趣的汪曾祺最是顽皮,他这样写道:"栀子花粗粗大大,又香得掸都掸不开,于是为文雅人不取,以为品格不高。栀子花说:'去你妈的,我就是要这样香,香得痛痛快快,你们他妈的管得着吗!'"

栀子花于我,第一直觉却是青春季少女系。

刘若英有一首歌叫《后来》,曾经风靡一时。我也百听不厌,喜欢奶茶的声音和气质,也喜欢歌中那淡淡的惆怅和忧伤,属于青春年少的那种滋味。刘若英在舞台中央深情地独唱:

> 栀子花,白花瓣,
> 落在我蓝色百褶裙上,
> 爱你,你轻声说,
> 我低下头闻见一阵芬芳,
> 那个永恒的夜晚,
> 十七岁仲夏,
> 你吻我的那个夜晚,
> 让我往后的时光,
> 每当有感叹,
> 总想起当天的星光。

人海充斥的露天剧场里成千上万的人在和声,响彻云霄:

后来，

我总算学会了如何去爱，

可惜你早已远去，

消失在人海。

后来，

终于在眼泪中明白，

有些人一旦错过就不再。

百褶裙上的栀子花，一低头闻到的芬芳，哦，这是一个有着栀子花一样芬芳的姑娘。

前几年，何炅拍了一部青春电影——《栀子花开》，主题曲也是这个名，何老师亲自上阵，唱得很卖力：

栀子花开，

如此可爱，

挥挥手告别欢乐和无奈。

光阴好像流水飞快，

日日夜夜将我们的青春灌溉。

栀子花开呀开，

栀子花开呀开，

像晶莹的浪花盛开在我的心海。

栀子花开呀开，

栀子花开呀开，

是淡淡的青春、纯纯的爱。

但是，我却总觉着少了点儿什么，找不到共鸣，或许是年龄的缘故吧。

刘若英的《后来》是年少时候就听的，一听就喜欢上了，现在听听，那甜甜的栀子花香依旧弥漫，让人萦怀。

这段时日天气晴和，微微的小南风柔柔地吹送，我在耐心地等待，静待花开，静静地等待青春季少女系的栀子花如约而至。美好的事物是需要等待的。最近才知道，栀子花的花语是：永恒的爱和约定，一生的守候。

2019 年 5 月 11 日

春随香草，人与梅花

今春，沙黑先生题赠了一副对联给我：春随香草，人与梅花。特别好，我欣然接受，专程上门拜访，取回珍藏。沙翁并非书法家，是文人，但字写得很好，隽秀清朗，这八个字也好，意味深长。我的名字里有一"梅"字，看来沙翁是用心而为的，晚生唯有感激矣。

这八个字是有出处的，是徐霞客《题小香山梅花堂诗》中的一句，但沙翁化用而生新意。原诗如下：

　　幻出烟萝傍玉京，须知片石是三生。
　　春随香草千年艳，人与梅花一样清。
　　混沌凿开云上下，崆峒坐倚月纵横。
　　峰头且莫骑黄鹤，留遍江城铁笛声。

明崇祯二年（1629），徐霞客应其族兄雷门之邀，访游其结庐隐逸之地江阴小香山，小香山遍植梅花，徐霞客有感而发，一连写了五首诗，这是其中一首。这首写于390年前的诗之所以流传下来，我以为主要在于颔联这两句极佳。沙翁分别掐去后三字，留白了，又现一派新意。沙翁对送我这副对子，为什么题写这两句，没有做任何说明和注脚，我也没有追问究竟，有些事，不必太明白，太分明了也便无趣，且留着自己领悟和揣摩吧。"人与梅花一样清"，徐霞客是用梅花的高洁来赞美其兄的，沙翁题赠给我，我视作一位师者、长者对晚生我的期许和寄语。

这梅花堂与苏东坡还有故事。据说，这梅花堂早已有之，时光再往前追溯500年，北宋年间，晚年失意的苏东坡曾经应江阴的友人相邀，数度到梅花堂小住怡情，并有一首《红梅》为证：

怕愁贪睡独开迟，自恐冰融不入时。
故作小红桃杏色，尚余孤瘦雪霜姿。
寒心未肯随春态，酒晕无端上玉肌。
诗老不知梅格在，更看绿叶与青枝。

梅花堂位于香山山顶，正门上方的横匾有"梅花堂"三个大字，落款便是"眉山苏轼"，堂后还有东坡的洗砚池。遥想东坡在清冷的梅花香气之中，借着酒意，挥毫写下"寒心未肯随春态，酒晕无端上玉肌"的同时，也写下了晚年被贬谪的孤苦与失意，不知这满园春色能否安抚一点儿坡翁寒凉的心呢？"尚余孤瘦雪霜姿"的梅花哪里仅仅是梅花啊，分明也是东坡自己的写照，又一个"人与梅花"。

虽然这"梅花堂"三字的由来颇有争议，是东坡现场所写，还是后人因仰慕他而集其字所题？未有定论。东坡生前去常州多次，最后终老在常州，而当年小香山归属江阴，江阴在常州府所辖范围内，所以字是东坡所写也不是没有可能。我更愿意相信这"梅花堂"三字是东坡亲写的笔墨。

再看"春随香草"这句，香草为何呢？提起香草，自然会想到更古老的诗人——屈原，我们得溯着时光的河流继续逆流而上，穿越过北宋，再往前推移到战国时期。"香草美人"的象征意象是屈原创造出来的，用以表达他不与世俗合流，保持高洁的、坚贞不屈的个人操守。他把草木分为香草和恶草两类，香草有兰、芷、椒、蕙、江蓠、揭车、杜衡、秋菊、荷、芙蓉、扶桑、留夷等。在屈原的香草名单里，最尊贵的当然是"兰"，是君子的象征，"扈江离与辟芷兮，纫秋兰以为佩"，以兰为佩，可见兰在他心目中的尊崇地位。自奉"帝高阳之苗裔兮"的屈原，赋予自己高贵血统的同时，也赋予自己强烈的责任感和使命感付诸"美政"理想，他常常自喻是被君王失宠的美人，这"美人"之"美"，不仅是皮相之美，更是精神之美。而这些美人往往餐英饮露、佩玉饰花，以渲染其美的程度，这香草从根本上代表了屈原的心性气

第一辑 花开花落

质和价值追求。据我看来，屈原是有着极端精神洁癖的人，当他发现理想破灭，无力改变"举世皆浊"的世态时，他无法做到"沧浪之水清兮，可以濯我缨；沧浪之水浊兮，可以濯我足"，只能自沉于汨罗江，以保持自己"质本洁来还洁去"。

如此看来，这一联两句，字数极简，而意味颇深，尤其是一一对应的"香草"和"梅花"，很值得玩味。

如果用屈原的"美人"之说来对照，屈原是美人，东坡自然也是美人，徐霞客也可算一个，因为在我看来，他们的精神境界都很高，皮相的颜值大可忽略。

承蒙沙翁赠我此联，不妨悬于我的书斋——抱朴居，效颦先贤，也做个小小美人，簪一朵小小梅花，如何？

2019 年 12 月 28 日晚

第二辑　大地生灵

蝉歌

夏日里的一个午后，有个朋友打电话给我，没有什么事，单单让我听她话筒那头的一片蝉的合奏，响亮、激越，织成一曲壮阔豪迈的夏之声交响乐，她的家就在泰山公园一片树林子的后身。

整个夏天，我渴望听到蝉的歌唱，然而这样的机会实在不多，蝉这个热情高亢的歌手需要演唱的舞台，它的舞台不是其他，是高高的树木，林木荫翳就更好了，在树木不多的城中心，我难得听到蝉声。我总觉得夏天是少不得蝉声的，骄阳似火，热浪滚滚的夏日，蝉放开嗓子高歌，"知了——知了——"，不绝于耳，多么热闹和浓烈！你别说，少了它，夏天还真有点儿单调，有些乏味。

对于昆虫，我大抵不喜欢，蝉是个少有的例外，尽管它没有蝴蝶和瓢虫的斑斓，黑不溜秋的，并不漂亮。之所以喜欢它，追根溯源，最初是因为年少时的捉蝉经历曾经为我的童年增添了许多乐趣。那时住在城市的边缘，经常和顽皮的小弟去捉知了，在长长的竹竿上绑上塑料袋，在高高密密的树枝间循声而觅，一旦发现蝉的踪影就蹑手蹑脚、静心屏气地凑上去，"吱——"的一个长音，蝉终于中了圈套，一番苦等过后终于得手的欣喜真是一大乐趣，如果碰巧捡到蝉蜕也快乐得很，这些都给漫长的暑假添趣不少。

年纪稍长以后，知道蝉有尖利如锥的嘴，以刺破树皮吸取树的汁液为生，在干渴的夏日，蝉有不竭的琼浆玉液可饮，是多么惬意的事情，蝉的欢歌或许就是心情的表达。但这也说明蝉原本属于害虫，至少对树木有害无益，心下便有些不喜。但是蝉非常热衷唱歌，它翼后的空腔里带有一种像钹一样的乐器，不仅如此，还在胸部安置一种响板，以增加声音的强度。因为有这种巨大的响板，使得生命器官都无处安置，只得把它们挤压到身体最小的角落里。看来蝉还是不惜代价的"发烧友"呢。最可贵的还不在此，《昆虫记》的作者法布尔说:"四年黑暗的苦工,一月日光中的享乐,这就是蝉的生活。"这小小的生灵,为了不足两个月的阳光下的歌唱,在黑暗的地穴生活大概要达四年之久,辛勤掘土多年后的某一天,它终于蜕去旧衫,穿上新衣,用它轻薄的羽翼,飞上枝头,用它的钹和响板,放声高歌。"不鸣则已,一鸣惊人",那声音能高到足以歌颂它的快乐,歌名应该叫作"欢乐颂",知道这一切,我们又怎能厌恶它歌声中的烦吵聒噪?

然而这样快乐的高歌并不长久,立秋后,蝉声渐次稀疏,如若几场秋雨一落,秋风一起,蝉声越发的寥落。断续蝉声断续风,这时节的蝉声不再像盛夏晴日下的高亢激越,侧耳细听,有一丝惆怅,有一丝悲凉,有一丝无奈,或许是对这生命短促的嗟叹,是对这繁华世界的眷恋,听着听着,心中也仿佛凄清起来。加之,因为蝉高居枝上,餐风饮露,与世无争,向来被视为纯洁、清高的象征,诗人常常以蝉自况,寄托情怀。或许秋天的蝉声更带有悲悯的诗意,诗人笔下似乎大多是秋天的蝉,无论是虞世南的"居高声自远,非是藉秋风",还是骆宾王的"露重飞难进,风多响易沉";无论是孟浩然的"日夕凉风至,闻蝉但益悲",还是柳永的"寒蝉凄切,对长亭晚",都是秋天的寒蝉,至于王沂孙的"乍咽凉柯,还移暗叶,重把离愁深诉"写残秋哀蝉,完全是亡国悲音了。蝉入诗、入词,又赋予了这小小的昆虫以浓浓的诗意和悲悯的情怀,让人回味不已。

蝉在我国古人的心目中地位颇高,不仅诗词中常常吟咏其高洁,而且更赋予其神秘的寓意。曾看到一份资料,北方的红山文化遗址有大量的玉蝉出土,在南方的良渚文化和石家河文化遗址中也屡有发现。追溯到两汉以前乃至新石器时代,玉蝉则更多地作为死者殓葬的口含,以祈求死者身体不受邪魔侵扰,净化身体。古人有金蝉脱壳之说,而且蝉从土中再生,或许也有预示生命再生、以达仙果之意吧。

随着岁月的流逝,人们对蝉的喜好后来演变为佩戴蝉的习俗。唐宋以来,特别在明清时期,玉蝉曾经是一种极为流行的配饰。有一出古戏叫《双玉蝉》,戏中玉蝉是男女主人公私定终身的信物,可见玉蝉在当时民间的普及。

我曾看到过参加展览的一枚古代的新疆和田碧玉蝉，温润通灵，高洁雅致，十分惹人向往。直至今日，金石中还常见蝉的雕饰，我曾经在福州一个大型的寿山石场淘了一块上好的印石，材质很润，最富情趣的是上面刻了一只蝉，栩栩如生，雕工精细，甚至连蝉翼的纹理都清晰可辨，我一见倾心，毫不犹豫地买下。蝉，这不起眼的小东西，竟凝结了几多深长的意蕴呢。

  眼下时节已立了秋，本来就难得一听的蝉声日渐稀疏，终将消失于无。与嘈杂的市声、扰人的搓麻声相较，蝉歌，这大自然的天籁，多么让人向往和值得珍惜。心下决定，何时寻得一片密林，去独享鸣蝉的高歌，然后实实地握一把响亮清脆的蝉声带回去。

2005 年 9 月

蛙鼓

说来奇怪,在这暑热渐褪的夏末秋初时节,眼见着丰硕的收获季节来临,久居城市的我竟有些怀想那久违的蛙声了。

"稻花香里说丰年,听取蛙声一片",写得多么好,而想起蛙声,便又想起了田园乡间,想起了稼穑农事,更仿佛听到了水流的潺潺,远远嗅到了泥土的气息,还有庄稼独有的清香。

"乡村四月闲人少",初春时节,几场春雨一落,万物复苏,生机盎然。蛙的小生命也不甘寂寞地蠢蠢欲动,潮湿的池塘边、沟渠里,蛙卵渐渐孵出,一团一团黑黑的小蝌蚪簇拥着、蠕动着,进而嬉戏着、追逐着,那真是个兄弟姊妹极其繁盛的大家族,一律墨黑墨黑的,没有一丝杂色,像一组简洁有力的生命的逗号。

"小蝌蚪,小尾巴,游来游去找妈妈,妈妈,妈妈,你在哪?来了一只大青蛙。"这是一首平白有趣的儿歌。是的,不知不觉,小蝌蚪们长大了,长出了四条健壮的腿、一双鼓鼓的眼睛、一张大大的嘴巴,还披上了绿色的衣衫。蛙们喜欢待在水土潮湿的地带,在水边的草丛里,更多地在水汪汪的秧田里。它们时不时从水里蹦到岸上,又从草窠里"扑通、扑通"跳入水里,划出美丽的弧线,瞧,各个可都是跳远和跳水的水陆双栖运动健将。它们觅食庄稼地里的昆虫,成为庄稼的守护者,成为农人的朋友。人们亲昵地称它们为"田鸡"。

蛙们是一群很有感染力的鼓手。乡间的雨后或夜晚,侧耳去听,或许刚才还是一片寂静,"呱呱",忽地不知哪一只青蛙领了个头,打破了宁静,很快的,东、南、西、北,蛙声四起,蛙声如潮,好不喧腾!你听,"呱呱呱""咯咯咯""叽咕叽咕",不同的声调,一样的热情,迅疾变成气势恢宏的合奏曲。广阔的田野成为演奏的舞台,不计其数的青蛙成为加盟的乐手,世间哪个歌剧院能有如此大的舞台，如此壮观的演出阵容！蛙——我们的乡村歌手，仿佛在和庄稼交流生命拔节的讯息，又仿佛在田地里奔走相告，它们欢快的鼓点应该是喜悦的欢歌，更是丰收的前奏。

然而我们人类的朋友、快乐的鼓手们决不会想到竟会沦为朋友的猎物，成为人们的盘中美餐，我又何曾没有下箸？人类的饕餮之口可谓无所不食，连珍稀保护动物尚有人垂涎，何况这不足挂齿的小小青蛙！我为我们人类的行径感到深深的羞惭。

此刻，习习的秋风吹送，在繁闹的城市一隅，我无从听到蛙们的歌唱，唯有遥想乡间的蛙鸣，并且虔诚地祝祷今年又是一个丰收的好年景。

2005 年 9 月

流萤

说起流萤，使人想起乡间的夜晚，说到乡间的夜，也必使我难忘流萤。

乡间的夜晚，坐在门口的条凳上，什么都可以不想，人家门前门后种着高而直的榆和楝。晚来，没遮挡的风"呼啦啦"地吹着树梢，声响大得有点儿慑人。四下里一片漆黑，只有屋里点着盏小油灯，捻子扭得小小的，愈发地昏暗不明。

可是，这时在那森森然立着的树间，还有高高的屋脊上，许许多多的萤火虫轻轻地飞起来了。它们忽上忽下毫无心机地飞着，甚至撞到人身上来。这些萤火虫悠悠然地飘着，忽闪忽闪的，仿佛是夜的眼睛。"萤焰高低照暮空"，乡间的夏夜不再过于单调沉闷了。

当然，萤火虫并非有闪亮的眼睛，而是因为具有发光器。发光的原理是由于呼吸时被称为"荧光素"的物质氧化所致。知道这，萤火虫的发亮也就不足为奇了。

因为萤在夏季多于水草产卵，而后化蛹成长，所以只在田边、水畔、旷野之处才有，在城市里是很难觅其踪影的。然而古人却误认为萤火虫是由腐草本身变化而成的。《礼记·月令》中就有"季夏之月，腐草为萤"的句子。《红楼梦》中用"萤"打一字，聪慧的潇湘子说出谜底是"花"，也是承袭古人"草化"之说，其实大谬了。

后来，读到杜牧的那首《秋夕》：

银烛秋光冷画屏，
轻罗小扇扑流萤。
天阶夜色凉如水，
卧看牵牛织女星。

不用说，对那萤火如星、流光可爱的情境不禁遥想不已，更何况还有那仰天闲卧、逸兴遄飞的悠然自得之趣。

可是现在，我身处水泥丛林，困居高楼一阁，却哪里见到那流萤翻飞、闪亮如眸的夏夜？

1999年夏

蛩吟

夏日，蝉歌柳月，蛙噪荷风，织成一片喧闹热烈的夏之声。然而，蝉歌是那高亢激越的管乐，多了几分聒噪；蛙鸣是一番铿锵有力的鼓声，多了几分沉闷。唯有夏末初秋时节，窗外墙角下、草丛里，许许多多杂糅的声音，仿佛凝成极细微的一线，远处的、近处的，终于钻入你的耳膜内。那声音是蟋蟀的、金铃子的、蝈蝈的，还有螽斯的，随着断续的风，时而滞涩，时而流转，而你却辨不出哪个是哪个的声音。

这声音该比拟成幽婉低回、耐人寻味的江南丝竹。当然最富有诗意的是蟋蟀的声音。"昨夜寒蛩不住鸣，惊回千里梦，已三更""小蟾斜影转东篱，夜冷残蛩语""离愁万绪，闻岸草、切切蛩吟如织"，这些诗中所写的"蛩"便是蟋蟀，蛩吟本是秋声，加入诗人的忧愤愁怨，就平添了不少悲音。然而，在我听来，蟋蟀的声音是动听悦耳的，一般连续发出"哩哩哩哩"四个音节，节奏分明，音调和谐。

最使我讶异的是，蟋蟀的鸣声竟是因两翅摩擦而发出的。金铃子和螽斯也是如此。但金铃子发出的声音更加动听，难怪有这样的美名，蟋蟀的四个音节比之要略低一筹，稍嫌单调了吧。螽斯颇像蟋蟀，却属螽斯科，然体近草色，常居草丛。它们都是雄性善鸣。

蟋蟀既然别名"促织"，应是纺织娘罗，然而这却是个误解。纺织娘和蟋蟀同是直翅目，但却属螽斯科，颜色为绿色或褐色，体长比蟋蟀要长得多，一般为5～7厘米，而蟋蟀体长约20毫米。而且纺织娘的鸣声如"轧织、轧织"，似古代妇人织车机杼之声。与蟋蟀的最大区别是纺织娘虽善鸣，但却不似蟋蟀一见面就剑拔弩张，好斗得很，以致成为人们挑唆逗乐之物。纺织娘古名莎鸡，《诗经》曰："五月斯螽动股，六月莎鸡振羽……"，斯螽即螽斯，莎鸡即纺织娘。

至于蝈蝈，给人印象最深的是它鼓鼓的腹部，翅膀很短，看上去颇有些臃肿，不似蟋蟀般矫健，却非常善于跳跃。它的鸣声清脆响亮，这不是肚皮大、底气足的缘故，而是它的前翅有发音器，当然与以翅摩擦出声的蟋蟀和金铃子相比非同日而语了。每年秋初，总有人挑着成串的竹编细笼在大街上吆喝着卖，那里面装的就是蝈蝈。但那许多蝈蝈不间歇的合唱，不似欢歌，倒像抗议，实在有些"呕哑嘲哳难为听"。

你听，窗外那杂糅的声音又或远或近，时断时续地响起，你该觉出它的动听，辨出它的私语了吧。听着，听着，不觉间，秋意渐浓了。

1999 年秋

窗外的鸟窠

"叽叽喳喳""扑棱扑棱"……北窗外又响起鸟儿鸣叫和羽翼扑打的声音。这样的声音有一段时日了,看来这群不速之客真的在这儿安家落户了。

我的家在城中心的一个小区里,住在三楼。客厅和主卧的北面各有一间卫生间,窗外加设了防盗窗。没曾想,两三个月前,卧室的北窗外老是发出鸟叫和扑棱扑棱的声音,尤其是早上,叽叽喳喳的,我的睡眠本来就浅,稍有点儿风吹草动就容易醒,更别说这鸟儿分分明明地就在耳边聒噪。好几次,一大清早的,我被窗外鸟儿的吵闹惊扰了美梦,忍不住有些着恼,从床上弹起来,气冲冲地奔到卫生间,打开窗户,粗暴地拍打着不锈钢栏杆,"嘭嘭嘭",它们显然受了惊吓,"呼啦啦""扑棱扑棱",迅捷地一哄而散,它们应该是往高处飞开,一会儿就没有了一点儿声息。防盗窗的顶封住了,我丝毫看不到它们的身影。耳根子是清静了,但是再躺到床上,睡意全无,想想一群小鸟惊恐万状、慌不择路、逃也似地飞走,心里颇有些自责,自责自己好没有风度,连几只窗外的小鸟都容不得。

我确信我是喜欢鸟儿的,也很喜欢看鸟窠,在枝叶茂盛的春夏时节,鸟窠藏在其间并不显眼,到了黄叶落尽的秋冬时候,特别显眼。乘着车在高速公路上疾驰,目光无处着落,无聊的时候,我甚至数过一路上看到多少个鸟窠。远远地看到路两旁那些高大的树,多半是毛叶大白杨,光秃秃的,它们的身影飞快地在窗外闪过,树的枝丫间,间或就支着一个鸟窠,一棵树、两棵树、三棵树……,一个鸟窠、两个鸟窠、三个鸟窠……一路上,心思在无所事事地神游:这些鸟窠的垒建一定是不易的,"绕树三匝,何枝可依",首先要选个好地方,选哪棵树、哪个枝丫,然后不知道要飞多少个来回,衔来树枝,衔来干草,费多少心力才能垒建起自己的安乐窝。有时窗外的风很大,我甚至担忧鸟窠在狂风中如何才能安稳。

还有一次回老家，在一个亲戚家的屋檐下，很惊喜地发现了一个燕子的窝，依着屋檐和墙壁形成的夹角，一圈圈的弧形，呈暗灰色，近距离看到一只燕子自如地飞进飞出，毫不提防，一点儿也不害怕人。那时，我的目光里是充满了羡慕的。

不知什么时候，卧室北窗外好像安静了，但"叽叽喳喳""扑棱扑棱"这样的声音重又在我家客厅卫生间的北窗外响起，我几次侧耳倾听，细加辨认，是的，发出的声响与原来在卧室外的声音仿佛，应该是那群鸟挪了窝，移居到这儿来了，我心中不禁莞尔，看来真是有缘了，瞄上我们家了。或许，三楼这个高度是它们安家落户最适宜的高度；或许，我们家防盗窗的顶棚和外墙形成了一个宜居的空间。又想，是不是它们飞来飞去，考察了半天，发现这儿不会打扰到屋主人睡觉，才"识时务"地搬家呢？又想，也许是我自作多情了，鸟儿哪会这么通人情世故？但无论如何，这回我决定愉快地接纳这群长着翅膀的邻居，不再下逐客令了。

我所居住的小区刚入住的时候绿化很好，有不少树木花草，香樟、玉兰、桂树、杜鹃、茶梅，等等，可惜的是，由于住户们的汽车越来越多，车没法停了，只能绿改停，花被拔掉了，草被铲掉了，树被砍掉了，只剩下四株不碍事的香樟树，还有几株小树苗，孤零零地支棱在角落里。车是有地方停了，但是鸟儿或许找不到停歇的枝头了。它们在我的窗外安下窠来，也许是只能将就的无奈之举呢。果真如斯，怎能赶它们走呢？

早间，我在卫生间洗衣服；晚间，我在卫生间洗漱。屋内，自来水的水流哗啦哗啦的，家常的日子便如这水流，是亲切的、安稳的、悦耳的。窗外，时不时传来鸟儿翅膀扑打的声音、追赶嬉闹的声音，"扑棱扑棱""叽叽喳喳"，它们或许在嬉戏、在吵闹、在求偶、在交谈，然而鸟语实在是听不懂的，只是仿佛欢悦了许多，踏实了许多。

2017 年 6 月 18 日

柳园的生灵

今晨，我决定再去柳园，去看看昨天所见的那几只水鸟。天儿有些冷，寒潮来袭，气温一夜骤降，但寒风也把雾霾一并卷走了，天空瓦蓝瓦蓝的，今天的能见度比昨天好了许多。

泰州的园子颇多，我对柳园情有独钟，时常喜欢去溜达溜达，解解乏闷，定定心神。柳园没有围墙，开敞，随时可出入，方便且幽静，不嘈杂，去的人不多。柳园有野趣，更接近自然风貌，没有矫揉造作的雕琢气。

饮香书场西边那一湾水泊，与南城河有一堤相隔，我唤它为"柳堤"，堤上种着一行柳树，柳枝婆娑，临河照影。堤外，凤城河水淼淼汤汤；堤内，则苇草丛生，蒹葭苍苍，宛然一派湿地风貌。南岸边那一片水杉林，已经长了许多年，个个长身玉立，叶子已然落尽，却别具一番疏朗清癯的风度，似一群幽居的君子处士比肩而行。柳公祠前面是一片杂树林，翠竹、女贞、榉树，还有些说不出名字的，蓊蓊郁郁的，风过处，一阵阵的簌簌作响。

在柳园，时常会邂逅一些有趣的小生灵。一个春天的清晨，在柳堤通往泰慢书房的木桥上，我俯身想看看河边的苇草长得有多高了，却未曾想到与一双清澈而警觉的眼眸迎头相撞，我吃了一惊，定睛一看，是个毛茸茸、灰黄色的小家伙，比猫的身子修长些，应该是条黄鼠狼，我们这儿民间通常称之为"黄大仙"！它显然也被吓着了，机警的眼眸一瞥见我，就"嗖"地往更远的草丛里逃逸开去，其间，还回首又瞥了我一眼，"嗖嗖嗖"，只见拖曳其后的毛茸茸、长长的尾巴在草丛中穿行，一会儿就不见了踪影。但那小小眼眸中的清澈却让我记忆犹新。

可惜近日，水泊里的芦苇、水草被清理一空，岸边的野草、芦丛、杂树也被斫得一干二净，湿地的景致荡然无存，失了不少意趣，颇让人扫兴。当日所见的黄鼠狼如果再来此地，恐怕也少了藏身的掩体，小鸟也缺少了更多可供觅食的草籽、草虫和栖息的草丛、苇荡。

柳园里最多的当然是鸟儿。从柳园的门楼进去，几步便踏入水杉林的小径，"啾啾""唧唧""布谷布谷"，四喜、喜鹊、鹁鸪，更多的是麻雀，或婉转，或悠扬，或急促，鸟儿的声音间或一声，又一声，断续鸟声断续风，却不知它藏身于哪个枝头，四下里愈发地清幽静谧了。你的足音刚在麻石铺就的小径上响起，"扑棱棱，扑棱棱"，鸟儿便纷纷惊飞起来，飞到更高、更远的枝头，不一会儿，又婉转清扬起来。

昨天，在柳堤内的这湾水泊里我惊喜地发现了几只水鸟，灰色的羽毛，个头不大，轻盈地在水中游弋，身后的水面上留下浅浅的水痕。总共四只，游来游去，相互离得不远，像是彼此照应的一家子。一会儿一个猛子扎下去，过了好一会儿，才从水中冒出头来，呵，一下子好远，探出的小脑袋急急地抖索抖索，把水珠甩去。天气有些阴，水面上有些雾气，看不清楚。这究竟是什么鸟呢？比野鸭要小得多，比鹌鹑又大一些。河边有位钓鱼人，正坐在小马扎上悠闲地钓鱼，我上去请教，他告诉我，他们都叫它"油葫芦"，是以小鱼虾为生，不是吃粮食的，所以很瘦，没有什么肉。前段时间有人用弹弓打了一只，想带回去吃的，谁知还不如麻雀肉多，所以也没人惹它们了。钓鱼人的语气透着遗憾，我却庆幸着它们的瘦，幸亏是瘦呢，否则恐怕早都已成为盘中餐了。

回家后我一直惦记着这几只水鸟，得弄个究竟。李明官在《范家村手札》中写到里下河水乡见到的一种叫小鹏䴘的潜鸟，非常善于潜水，喜在晨昏出入河道苇滩，惊警，不易逮得。但小鹏䴘枕部有黑褐色羽冠，雄性的羽毛色彩斑斓，头羽纷扬，很好看，雌性的则色彩单一，呈褐色，与我所见的水鸟，羽色不像。他还写到了一种叫䴖的水鸟，羽毛灰白，体型比鹏䴘略大，也善潜，与我所见的倒更为相似。

有趣的汪曾祺对"䴖"念念不忘。在他的小说《异秉》里提到王二的熏烧摊上，卖一种叫作"䴖"的野味。在《故乡的食物》里又再次提及，他说"䴖这种东西我在别处没看见过"，可见这是里下河一带才有的一种水鸟，嘴长，腿也长。他写道："我一辈子没有吃过比䴘更香的野味。"

吾师一清先生也曾在《鸟的忆念》中写道："在东城河、西城河和北河嘴外的港汊里，我都曾见一群一群的野鸭子，载沉载浮，飞起飞落，远远听来，那鸣声是啾啾的。只它的形体应该更小，也不像野鸭子不怕水淹，于是我又以为是桃花䴘。"他回忆儿时所见："以前的熏烧摊上，到处有桃花䴘卖，春天特别多，大概桃花汛到，䴘就肥美了，故名。""春天的桃花䴘，是我幼时尝过的最美的野味。"是不是冬天的䴘觅食难，所以比较瘦，到了春天汛期，䴘的食物丰富了，所以肥美了呢？

念兹在兹，今晨，早早起来，直奔柳园那一湾水泊。我放轻了脚步，透过树丛，远远地看见了水面上正浮着一只水鸟，在悠闲地浮游，不错，恰是昨天所见的那种。我往前慢慢走近水边，想看得更清楚些，"扑棱棱"，没提防靠近脚边的芦苇丛里却又飞出了一只，哎呀，别是我惊醒了它美美的晨梦！只见它迅捷地往水中央游去，这一回，看清楚了，两只纤长的脚，灰色的羽，长长的喙。它游近先前水中的那只，对岸新冒出的短短的苇丛里，又游出两只来，一共是四只，它们前前后后地迤逦结伴而行。显然，它们发觉了我，离我越来越远，渐渐地变成了四个移动的小黑点。它们游向那边的三孔桥，桥孔与南城河相通，游过桥孔，外面的水世界想必更加森森汤汤，更加宽宽阔阔了吧。在即将通过桥孔的时候，我看见它们几乎同时轻盈地掠过水面，飞起来，落下来，又飞起来。看着它们渐渐消失的小小背影，我心底忽地似可以确定：它们就是汪曾祺和一清先生所说的那个叫"䴘"的小精灵。

到了晚间，天又阴了，淅淅沥沥下起小雨来。已经是腊月了，下了雨，寒意更浓了。我想起一清的文中写到一个夏秋之交的夜晚，他的母亲，拥着儿时的他，望着窗外，悯然道："东边落雨了，天落得沉下去了，鸟儿窠打湿了。"是啊，柳园的那些四喜啊，喜鹊啊，鹁鸪啊，䴘啊，黄大仙啊，它们这会儿在哪儿呢？这样寒冷的冬夜！这样漫长的寒冬！

2020 年 1 月 3 日晚

白鲟之殇

2020年新年伊始，我们失去了一条鱼，一条叫作白鲟的鱼。有专家宣布："长江白鲟灭绝。"

白鲟，曾是长江淡水鱼中的王，但是这个王没能进入2020年。失去了这条鱼，意味着失去了一个物种。我们以及我们的子孙今后只能从图片和文字上看到它。

从百度词条上获取到这些信息：白鲟，体长为2～3米，体重200～300千克，最大的体长可达7.5米。它的名字颇多，又称作中华匙吻鲟、中国剑鱼，因为其吻部长状如象鼻，又俗称为象鱼，主产于宜宾至长江口的长江干支流中，钱塘江和黄河下游也有发现，春季溯江产卵，是中国特产、稀有的珍贵动物，属国家一级野生动物，有"水中大熊猫"之称。

长江白鲟，我们虽素昧平生，从未遇见，但如今听闻却已是永别。这是一个古老的物种，匙吻鲟科鱼类最早出现在距今一亿多年的白垩纪。白鲟是长江中仅次于中华鲟的大型古老鱼类，由于生态环境的恶化，白鲟分布区逐渐缩小，数量逐年减少，个体越来越小。

2003年，白鲟留下了最后的背影。一条白鲟在宜宾被渔民误捕，经过专家的精心救治后重又放回了长江，但是白鲟再也没有出现在人类的视野里。继白鱀豚、长江鲥鱼被宣布野外功能性灭绝之后，白鲟也一样在劫难逃，面临同样的命运。当初救助和放归留下的影像成为最后的记忆。

由白鲟的遭际我联想到了麋鹿。麋鹿曾在我国生活了数百万年，原产于长江中下游沼泽地带，性好合群，擅游泳，喜欢以嫩草和水生植物为食。我的家乡泰州是麋鹿的故乡，历史上的古海陵下辖泰州、大丰、海安等地，曾是麋鹿成群、逐水踏浪的地方，泰州周边曾经出土了不少麋鹿化石。由于自然气候变化和人为因素，在汉朝末年麋鹿近乎绝种。到19世纪，只剩下北京南海子皇家猎苑内的一群。1866年之后,英、法、德等国公使及教会人士通过明索暗购等手段,从南海子弄走几十头麋鹿,饲养在欧洲各国动物园内。1898年,英国福特公爵出重金将饲养在欧洲各地动物园的18头麋鹿悉数买下,放养在庄园里,麋鹿得以繁衍生息,这18头麋鹿成为目前地球上所有麋鹿的祖先。1900年,八国联军攻入北京,麋鹿被劫杀一空,并从此在中国本土消失。直到1985年,22头麋鹿终于远涉重洋,乘飞机从英国运抵北京,麋鹿重新回到了它在中国最后消失的地方——南海子。1986年,39头麋鹿从英国经上海运抵江苏省大丰市,麋鹿重新回到它的祖先最后栖息的沿海滩涂。1996年9月,经省林业部门批准,从大丰引进两雄两雌共4头麋鹿重归故里——泰州姜堰溱湖湿地。回到故土的麋鹿如鱼得水,如鸟归林,种群迅速恢复,当年"呦呦鹿鸣,食野之苹"的美好场景得以重现。目前,我国已在多地实施麋鹿散养计划,形成种群,全国已有麋鹿3000多头,并成功实现了野生放养。从濒临灭绝到重回故土,再到现代野生种群的重新建立,麋鹿传奇的身世,演绎出了一首悲欣交集、可歌可泣的兴衰史诗。

我手头正在看一本小林照幸的书,非虚构作品《朱鹮的遗言》。这本书讲鸟,也讲人,讲人面对珍爱之物离去时无可奈何、无力回天的失落。书中所写的以保护朱鹮为己任的佐藤春雄说的一句话,令我动容。他说:"我把朱鹮看作生命,而不是鸟。人命是命,朱鹮的命也是命。"虽然知道朱鹮行将就木,但他愿意尽自己的毕生之力来为朱鹮做些什么。支撑佐藤先生的,是人心,是爱。

朱鹮是地球上最古老的鸟类之一,曾广泛分布于俄罗斯、朝鲜半岛、日本和中国地区。尤其在日本,朱鹮被奉为"圣鸟",是象征日本国家的鸟。20世纪中叶起,由于战争、猎杀和生态破坏等原因,朱鹮的栖息地面积不断缩小,种群数量锐减。朱鹮栖居树上,在树上筑巢,茂密的枝叶能够遮挡它们的踪迹。可是森林砍伐毁掉了它们的家园,鸟巢安全度和私密性的降低,让鸟卵和雏鸟都无法拥有可靠的亲代保护。朱鹮由原来自由自在地亲近人类变得极度警惕人类的接近。这种羽翅舒展、飞翔姿态优美的鸟,曾经遍布日本全境，但是却渐渐在日本消失了。2003 年，最后一只日本产朱鹮小金离世，纯日本产朱鹮灭绝。

好在朱鹮的保护工作在我国取得了重大进展。20 世纪 80 年代初，人们一度认为，世界上的朱鹮已经灭绝。1981 年，中科院鸟类专家刘荫增和他的朱鹮调查小组历时 3 年，几乎走遍我国境内朱鹮历史栖息地，终于在陕西汉中市洋县发现了 7 只野生朱鹮孤羽，为拯救这一物种留存了一线曙光。这些年来，洋县封山育林 4000 亩，恢复天然湿地 3500 亩，保留和整治水田 1500 多亩，为朱鹮营造了适合生存的栖息环境。从 7 只孤羽到目前的 3000 只千鸟竞翔！一度濒危的"东方宝石"朱鹮正走出濒危困境，上演了一出险象环生的惊险剧，好在以喜剧终场。不少还"远嫁"日韩，成为传递友谊的外交使者。如今，秦巴腹地，成群结队的朱鹮在汉江及其支流的河滩湿地上，时而觅食，时而戏水，一抹抹灵动的绯红扇动出一道靓丽的风景。

然而，我们的白鲟呢？"我们相信，这个物种在长江中，依然存在……"这是 2003 年纪录片《抢救大白鲟》结尾的一段话。多么期望白鲟的命运能如同麋鹿和朱鹮，出现峰回路转和圆满结局，以喜剧而不是悲剧终场。

尽管科学家们认为长江白鲟可能已经灭绝，但是长江那么长，那么浩瀚，竟容不下一条白鲟吗？让人真的不甘心！多么希望在汹涌浩瀚的长江的哪个区域，或者哪一条支流，或者远离人类的偏僻之地，还有幸存的白鲟，只是不曾被我们发现。长江"十年禁渔"之后，白鲟会不会突然出现？会不会出现奇迹？

"风萧萧兮易水寒，壮士一去兮不复还！"不知为何，我总觉得，白鲟之殇涂上了一抹悲壮的色彩，在这越来越不适宜它生存的人世间，白鲟苦苦挣扎多年，终于以身赴死。或许它正是用它的死来唤醒、来敲打人类的良知：难道一定非要等到濒临消亡和灭绝时才懂得珍惜吗？这，是不是白鲟的遗言呢？

2020 年 1 月 7 日晚

护生者，护心也

我的老同学爱东又在微信的朋友圈发出求助图片了，不是为自己，是为一只受伤的小狗，图片很虐心，不忍看。

爱东一向古道热肠，是扬州市小动物救助志愿者协会的一员，时常为流浪的小猫小狗奔走呼号。爱东留言：这是一条在菜场附近徘徊的流浪狗，它之所以一直在菜场附近流浪，也许是因为它的主人就是在这儿把它丢下的。也许只是为在这寒冷的冬季蹭点儿可以果腹的残羹剩菜，可是却被人用开水烫伤了。狗狗不会说话，浑身皮肤大面积溃烂，仍然不敢走远，还在指望人们可以给它点儿吃的，给它点儿温暖。所幸，小动物救助志愿者发现了它，目前已经把它送到医院治疗。爱东说，狗狗好乖，伤成这样也一声不吭，也许伤害对它来说已经习以为常，突如其来的幸福让它不知所措。治疗需要不少钱，爱东在筹措资金呢。

我略表了心意，和爱东通了个长长的电话。爱东讲了前不久发生的一件事：有个双休日，她开车到常州办事，远远地看见前方超车道左侧，躺着一只一动不动的猫，蜷缩成一团。"猫肯定受伤了！"她想救，又有点儿犹豫：猫如果还活着，怎么办？如果已经死了，又怎么办？但是当时车子也没法停下来，后车源源不断地跟上来。她心一横：如果还活着，送它去宠物医院，大不了下周再来；如果死了，到宾馆后想办法埋掉。等她想办法折返过去，发现猫已经死了。爱东把猫装进包装袋。回到宾馆后，又觉得跟人家借工具埋猫，人家绿化得这么漂亮，未必会同意。于是只好第二天把猫带回扬州找了个地方安葬。

爱东一边叹气，一边说："今年我已经埋了三只猫了，差不多都是这样的情况，这些傻小猫啊，到处瞎跑，哎！"

真了不得，死猫的血腥现场，我是断断不敢看的，更不敢去如此善后，为了一只猫有尊严地死去，爱东居然有这股子豪气和胆气，要知道，爱东也是个小女子啊，真是剑胆琴心，侠骨柔肠！在下佩服得紧！且，爱东也不是个闲人，是个媒体人，挺忙的，但她的车后备厢，狗粮猫粮、饮用水、大手套、铲锹等应急救助装备一应俱全，随时随地备用。

前段时间，爱东在微信里发布了一条链接，是11月30日，小动物救助志愿者协会举办第47届流浪小动物领养日活动。内容是这样的：

  它们是流浪的孩子，
  上苍给了灵动和柔软的生命，
  它们却在坚硬的街道无助地徘徊，
  希望能找到一个家，
  遮风避雨，
  享受童年的快乐和幸福。
  它们是乖孩子，
  在你遇到挫折和郁闷时，
  会卖萌讨你欢心，
  伴你度过孤单夜晚和寂寞时光。

领养人要有稳定的工作及固定的住所等条件，还要签订领养协议，协会志愿者将定期回访。好有爱的一群人！

爱东养了一只叫小乖的猫，我养了一只叫多德的狗，都是有萌宠的人呢，但是一比较，我的境界比爱东差了不止一个台阶。我对多德的爱是小爱，格局太小了，爱东已经"幼吾幼以及人之幼"，是大爱！

去年，我们小区院子里曾经来过一条流浪狗，也是田园犬，灰头土脸的，颜值比多德逊得多，嘴尖尖的，尾巴细细地拖在后面，眼神更是怯怯的。好几次我带多德到楼下遛，它都远远地跟着，很想靠近我们，几次动了恻隐之心，想要放点儿狗粮给它吃，都被看门的人制止了，说不能撩事，你对它好，它马上就赖在这儿不走了，他们正准备要把它驱逐出境呢。过了些时日，那条狗真的不见了，我的心里当时只是徒增了几分歉意而已。现在想想，我其实可以为它做点儿什么。

晚上，重温丰子恺先生的《护生画集》，子恺先生一连画过《守塚》等6幅灵犬图，也画了不少猫图，如《小猫亲人》等，感悟颇多。这本画集是丰子恺先生从1927年始，用了长达45年的时间，创作的6集450幅图画，并配上文字，其中第一集、第二集的文字是弘一法师亲自撰作并书写。我推想弘一法师和丰子恺先生的原意就是以佛教徒的慈悲，呼吁世人对生灵存留一些同情，养成善良、博大、谦卑和慈爱的心灵。这套书里，融入了师恩和友谊，也融入了他们所倡导的"和平、仁爱、悲悯"。

诚如子恺先生所言，护生者，护心也。护生，其实是护自己的心，并不仅仅是护动植物。去除残忍心，长养慈悲心，然后拿此心来待人处事——这才是护生的主要目的。

2019年12月20日晚

多德记趣

邂逅

当晚晚饭后，我们母女在老街散步，被两个女大学生拦住去路，"阿姨阿姨，我们送你条小狗回家养，好不好？"我吃了一惊，她们倚站在一个大石磨旁，石磨上放着一个纸盒，纸盒里几只小狗颤颤巍巍挤作一团，嘴里发出呜呜呜的低哼。

"阿姨阿姨，这是人家在垃圾堆旁边捡的几只小狗，总共七只，已经被好心人领走三只了，你也领一条回家吧，不然它们会饿死的。"

一旁的思庄早就挪不动脚，两眼放光："妈妈妈妈，我们领一条回家养吧，你看它们多可爱啊，多小啊，没人照顾，恐怕会饿死的。"

"不行，妈妈工作太忙了，忙起来连你都顾不上，照顾不好，不能带回去。"我语气坚定。

"阿姨阿姨，我一看你，人特别好，带条回家去吧，你看你女儿也喜欢，我们马上要回学校了，学校里是不让把狗带回宿舍的，而且我们马上要放假回老家了，没法管这些小狗，丢在这儿，它们一定会饿死的。"女大学生苦苦哀求。

"妈妈，领一只回家吧。"思庄死缠烂打。

"领一只回家吧，这天恐怕会下雨的，在露天里淋雨，它们恐怕要又冷又饿，不是饿死就是冻死，怎么办呢？"她们几乎带着哭腔了。

"妈妈妈妈，一定要带个回家。"思庄手捧着一只，爱不释手。

几只小狗狗不过比手掌长些，黄褐的毛色，毛茸茸的，小眼睛圆溜溜的，怯怯地打量着这周遭的一切，嘴里"呜呜"的，那么弱小，那么无助，在女儿手心里的那只抖抖索索。

一旦带回去，就要把它养好，这可是一条鲜活的小生命，我丝毫没有心理准备。真的不敢轻许承诺。

"阿姨，求求你了，哪怕你先带回去养段时间，以后再送人，也行啊。"

"妈妈妈妈，我暑假正好放假在家，我会照顾好它的"。

小李飞刀嗖嗖嗖，轮番飞来，闪过这一刀，让不过那一刀，我的阿喀琉斯之踵不幸被射中。

"也罢，带条回去养。"我一边跺了跺脚，一边举手缴械，"但是有言在先，思庄，我们君子协定，只是怕它饿死，暂作收留，最多养到暑假结束，一定要找个好人家送走！"

"行行行，都听你的，妈妈，你最好了。"这厢，女儿欢天喜地。

"阿姨阿姨，你太好了，谢谢你啊，随你挑，挑个好看的，挑公的？还是母的？"那厢，两个女大学生感激涕零。

"领个小男生吧。"

于是她们帮着找了一只小公狗，身上的毛色是黄褐色的，嘴巴和两只耳朵是黑黑的。

我跟旁边的店家找了个干净的纸盒，女儿如获至宝，一路小心翼翼地捧着到停车场上车回家。

2017年7月2日晨

起名

我们赶紧驱车回家，我心里有满满的一筐疑问需要解答：这小东西带回家，怎么养？它吃什么？肯定是饿狠了，嘴里一直哼哼唧唧的，是诉说？是哀告？要命呢？我怎么这么冲动找了这个事呢？还有睡哪儿呢？

想起前年暑假老廖从盐城过来玩，把乐乐带过来，夫妻俩跟前跟后一副仆从样的场景，我就不寒而栗。乐乐是谁？是他们夫妇的泰迪小萌宠、心头肉。因为一家三口都要过来，说是乐乐小，不能一人（狗）丢在家，要随行来泰，且指明不住旅馆，承蒙不弃，要下榻本尊家，以便聊天叙旧。他们告诉我，乐乐都跟他们睡一床，My god！这断断不行！我态度明确：欢迎你们来泰玩，但是有条件，坚决不许把狗狗带上床，也不许上沙发，只许在地面玩耍，需自带狗窝，自带狗粮，保证狗狗的行为习惯，讲文明、树新风！

想及此，我心里连连跺脚，天了噜，我是疯了吗？现在一堆问题在眼前，一头雾水在头顶！

我开着车，心思在跑马。

"妈妈，妈妈，我看要给它起个名儿才好呢。"思庄在后座一直摩挲着小狗狗，言语里字字句句都溢着欣喜。孩子心思简单，她哪里想到后面一团乱麻等着乃母来理，如何理得清。女儿的叫唤把我拉回来。

"妈妈，它有点儿害怕呢，浑身抖抖的。"

"你动作不要太大，温柔点儿，你可是小主人！"

"那是自然的，要起个好听的名字，洋气一点儿的。"

"尤尤姨妈家的那只小泰迪名字叫咖啡豆，我觉得挺好的，我们这只就叫豆豆，你看，它那么小，叫小豆豆，好可爱啊。"

"才不好呢，太普通了，没意思，不要这个名字！"

"那就叫欢欢吧，正好和廖姨妈家的乐乐凑一对儿，希望它欢欢乐乐的，也希望它带给我们欢乐，如何？"

"妈妈，不是我说你，你的思维太僵化，太老套，能不能洋气一点儿，特别一点儿？"

"那你说个名。"

"不是有七条狗吗？人家已经领了三条走，我们领的这只是第四个，也就是说他们兄弟姐妹七个，可以按排行来讲，就叫小四呢，妈妈你看怎么样？"

"一般般，像人家开菜馆的，张三李四的，没文化，对了，好像小四是郭敬明的昵称吧！哈哈……"

"哈哈，对的，对的，就是郭敬明呢，以前有段时间我还挺喜欢他的几本书，不过我现在不喜欢了，算了算了，不叫小四，不叫小四，哈哈哈……"

"天啦，人家郭小四哪里得罪你了呢？！"

"我看叫亚历山大，起个洋名字！"

"亚历山大，压力山大，不好不好，你现在上学压力确实不小，整天把个压力挂嘴边，心理暗示，不好！我看不如叫个约翰、麦克什么的。"

"我看叫亚里士多德吧，是不是个哲学家，蛮有学问的。"思庄迟疑半晌，突然大呼。

"呵呵，还行吧，名字太长了，叫起来好累人的。我看就简称多德吧！"

"多德，多德，多德……"女儿喃喃，琢磨着，"嗯，好像还行！"

"叫什么名字呢，是一个方面，怎么解其实更重要，多德呢，谐音'多得'，今天确实是意外所得，是计划外的获得，反其意而用之，其实是不可多得呢，这是一解。再有呢，多德这个名儿，希望它是一只忠诚守信、品行端正的狗狗，美德多多，期盼多多，这是二解。嗯，不错，我看这个名儿可以。"

"哈哈哈……"一车的笑声，名字起好了，我们也到家了。

2017 年 7 月 2 日上午

半夜狗叫

我和思庄到了家，放下纸盒，赶紧打电话请教尤尤该怎么养这狗狗，自己忍不住说今天自己闯祸了，心血来潮，领了个小狗回家。尤尤在电话那边一径笑。她叮嘱我不要让狗狗胡乱吃，切忌吃咸的，因为狗狗没有汗腺，但是也不要带得太娇气，将来不好伺候。电话里还没聊好，思庄在旁边大叫："妈妈妈妈，多德不见了！"

"啊？"我惊呼。

尤尤在电话里听到，说肯定是躲起来了，到了生地方，狗狗有点儿害怕呢。

挂了电话，娘儿俩满客厅找，不见多德的踪影。

思庄开了手机电筒照犄角旮旯，照它可能藏身的地方。"妈妈，它在这儿呢！"终于发现它，小小的身子蜷在沙发底下的角落里猫着呢。

不敢动作大，怕沙发挤着它，轧着它，我们母女俩费了不少事把沙发拖开，它乌溜溜的眼睛看着我，身子一动不动，并没有试图逃离。小可怜见儿的，我把它轻轻捧出来，轻轻地从上到下地抚摸它的小脑袋安抚它，慢慢地，它战栗的身子平稳下来，可怜的小家伙，又是陌生人，又是新环境，又刚刚离开了兄弟姐妹，孤单失群的小家伙怎么能不害怕和心生提防呢？

把它重又放到纸盒里，见它嘴里一直"呜呜呜"地叫着，想必是饿着了，怎么办呢？家里一时也没有适合它吃的东西，我用米饭调了点儿凉开水，放在碟子里给它吃，它围着碟子逡巡了半天，上前把其中的水给舔吸掉了，但米饭却不吃。

不知道下一步怎么办，想起万能的微信朋友圈，赶紧拍了几张照片晒到圈里，请教各路养狗大神。没想到，来自五湖四海的跟帖飞飞快，连长期潜水难得冒泡的主儿都出来发话了。

"真是缘分呢，狗狗好可爱，留下吧。"点赞者有之。

"狗来宝，狗来福，是好事，自己养吧，挺好玩的。"鼓励者有之。

"先去检疫一下。"有人提醒。

"上网买点儿狗狗吃的羊奶粉和幼犬狗粮喂它。最好泡一泡再吃，它小着呢。"有人指点。

"好巧！我女儿昨天又领养了一只奶猫，家里已经有了雄壮威武的猫蛋了！"有人引为同道。

"要命的事在后面，各种咬东西。"有人泼冷水。

"快点来请教我这资深铲屎官！"还有人主动请缨。

舆论似乎一边倒，一条声地叫我留下自己养。话好说，事难办。我心里竟有些慌慌的。

跟资深铲屎官悠璐又通了个长电话，悠璐很热心，指导我买什么样的狗粮和奶粉，怕收货慢，明天亲自送狗粮来。

晚上准备就寝犯了难，我进了房间，关了房门，想想又折回客厅，怕熄了灯，黑漆漆的，孤零零的，多德在外面害怕，于是把它捧进来，放到我卧室的卫生间里。

"妈妈，你这么紧张多德啊，以前我小时候你是不是也很紧张我啊？"思庄躺在床上问。

"这还用说吗，你自然是妈妈的大活宝！"

"妈妈，你怎么这么好呢，我要睡了，妈妈晚安！"

思庄不一会儿睡了，多德也没了嘴里的"呜呜"声，也睡了。我折腾了一晚，也倦了，很快睡着了。

"呜呜呜——呜呜呜"，不知道过了多久，卫生间里传来一声声狗叫，低低的、闷闷的，但越叫越急，我亮灯起身，一看钟才两点多。赶紧到卫生间一看，多德已经爬出纸盒，趴在地上叫唤不停，身子不远处一坨细细长长的狗粑粑，还有几摊尿迹。三下五除二，赶紧打理干净战场，多德还是叫个不停。我看看旁边的食碟，里面的米饭还是没动。肯定是饿坏了，也是个犟脾气，愣是饿着也不肯将就。没办法，我想起我自己平时吃的美羚羊奶粉，索性试试看。用温开水调开了，倒在碟子里。眼睛涩涩的，我困死了，但只得在旁边等着。多德上前嗅了嗅，又围着转了转，终于扑上去，"吧嗒吧嗒"地吃起来，真是饿急了呢！小尾巴竖起来，左右摇摆着，这是开心快活吧！不一会儿吃得一干二净，碟子也舔得清清爽爽的，然后自己又爬进纸盒里找个角落团起来，准备睡觉了。

总算消停了，各自休息按下不表。可是，我的睡意却跑了，头脑里东想西想，不禁自嗟自叹："哎，我这是何苦来哉，一念之仁，后患无穷。真是一朝家有汪星人，彻底沦为铲屎官！"头顶赫赫然又多了顶官帽：铲屎官！嘿嘿！幸甚至哉！

2017 年 7 月 2 日晚

一仆二主

按照朋友圈的建议,要尽快给狗狗检疫一下,以保安全无虞。

中午下班回来,坐下来赶紧吃饭,跟思庄打招呼:"赶紧吃,吃完饭,我们俩一起带多德去宠物医院看一下,看看需要不需要打防疫针什么的。"

"妈妈,你自己去行不行,我不想去呢,我要看《哈利·波特》呢。"思庄边吃饭边看着电视,目不转睛,电视里正放着《哈利·波特》。昨天期末考试才考好,这两天进入恶补状态,恶补睡觉,恶补电视。思庄有一搭没一搭,吃饭慢悠悠。我已经三扒两扒地吃好,思庄碗里还有不少饭。

"思庄,你真的假的,快点吃,多德带回家可是你极力撺掇的,当时你可自己说的,你放假在家正好照顾它,怎么事到临头只顾着自己看电视?"我声音提高了一个八度,"对不起,请你快点吃,不到宠物医院当面听听动物专家的意见,怎么知道养狗狗的注意事项呢,你必须跟我一起去,我只有中午有时间,快点吃!"

"好吧,好吧,我马上吃好,就来,就来!"看来用她的矛戳她的盾还是有点儿管用的,呵呵。按照老廖的说法,养狗狗还能培养孩子的责任心呢,是的,怎能放过这个机会!

我们娘儿俩驱车前往迎宾路牧院宠物医院,我负责开车,思庄负责照料多德,从下楼到上车再到下车,一路上都是思庄捧着纸盒,多德在里面。

当我们把多德捧到宠物医院的接待吧台上给他们看的时候,医院里的人不约而同都簇拥过来,"啊,好可爱的小狗狗啊!"

"他这么小,真好玩呢!"

我问现在需要打狂犬疫苗或者什么强身健体的针吗?

"你的狗狗多大了?"两个年轻的女医生一起问。

我简要叙述了多德的来历,告知她们并不知道它有多大。

于是,她俩一起研究起多德来,扒开它的嘴一看,"哈哈,他还小呢,还没长牙呢,估计一个月的样子。"

"现在打针还嫌早,再养段时间,等它再大点,再来打针不迟。"从里头走过来一个年长些的医生说道。

我向他们请教养狗的注意事项,他们耐心地一一回答。虽然昨晚通过电话、微信和度娘已经知晓了不少养狗的间接知识,但当面来请教畜牧学院专设的门诊专家,心里觉得更踏实、更科学。

归纳起来重点如下:一是目前食物主要是羊奶和奶糕狗粮,狗粮可以先放在奶里泡一泡,防止它咬不动;二是一个月以后来打针,打针之前不要到户外运动,也不要洗澡,现在遛他还嫌小;三是要买个新狗窝给它,改善一下生存环境。

隔壁就是一家宠物店,于是我们移步隔壁采购粮草装备。买了一个狗窝、一袋奶糕狗粮、两个玩具,立刻把多德抱进新狗窝,丢掉纸盒,多德好像没有什么不适,泰然处之,颇有大家风范。

从宠物店出来,思庄说:"妈妈,我发现你蛮舍得的,给多德买东西,眼睛眨都不眨。"

"嗯,你不要吃醋,这都是养狗狗的必需品!"

"我有时让你买个东西,你还推三阻四的,找理由跟我拖。"

"放心好了,大小姐,你永远是妈妈手心里的宝,撼山易,撼你在妈妈心目中的地位不易,你的首席地位坚决不动摇!"

"这还差不多,妈妈,我想起一句话,叫'女本柔弱,为母则刚'!"

"这句话有点儿意思,是不是表扬我?"

"妈妈,不是的,我觉得我看到小多德这么小、这么可爱,就特别喜欢它,特别想照顾好它,连我都好像母爱泛滥了呢!"

原来如此!

回家的路上,思庄跟我谈心,交代事项。

"妈妈,周六下午要到学校参加家长会,你别忘了。"

"好的,知道了。"

"妈妈,要跟久久哥哥找九上的新书,语、数、外、物、化主科全要,你要尽快找回来,我要预习,辅导课可能也要用呢。"

"好!"

"妈妈,我想和同学约着去体育场跑步,为中考体育开始做准备,你最好送我去,还要接我回来。"

"妈妈,我找的两首钢琴谱,你最好快点给我打印出来,我暑假里有空自己扒一扒曲谱,弹着玩玩,行不行?"

"妈妈,还有……"

"亲爱的宝贝儿,还有什么,回去列个清单吧,免得老娘亲记不住。"我忍不住打断她的话头,又好笑又好气。

哎,忍不住有些怜惜自己了,整个儿一个奴才命!原本是孩奴,现在可好,还加上一个汪奴。一仆二主,这一壶够我消遣的!

2017 年 7 月 3 日晨

必也正名乎

为了让多德入住陈宅后尽快适应新居所、新生活,我采取了渐进式引导适应法。第一晚带进卧室卫生间随时侧耳倾听其动向,才有了前面所述的"一夕沦为铲屎官,半夜就把令来行"的小插曲;第二晚则训练它独自开始在客厅过夜,在客厅陪它较晚,等它在窝里睡安稳了,我才回房间;第三晚不等它睡着,当着它的面关掉客厅的灯,我们回房安寝,竟也一宿无话,太太平平。就这样,小多德也不叫也不吠,很快适应了,开始了幸福快乐的陈宅新生活。

它吃东西也适应得很快,我先是把奶糕狗粮泡在羊奶里给它吃,这两天它吃得不过瘾了,我把奶和狗粮分开放,它干吃狗粮也是风卷残云,许是开始长牙了呢,吃得凶了,劲头也足了,一高兴就在你脚边绕啊绕啊,在你的脚上舔啊舔,冲着你摇头摆尾,种种示好、卖萌、撒娇,那个亲昵劲儿让我和女儿都招架不了。陈宅的三四十平方米的大客厅加上卫生间、厨房、双阳台都成了它的跑狗场,何以见得?一早起来,必须把惺忪睡眼的眼屎擦擦干净,瞪大眼睛,四处看看,一不小心就有"地雷"和"水雷"。多德采取这样的野蛮行为进行了它的"圈地宣言"——这是我的地盘,我的领地!

看着多德越来越活泼神气,体格也越来越浑圆健壮,我心中暗暗偷乐。不由又想及它的出身渊源,观其外貌品相,多德属于通常所说的"土狗",但这并非狗的品名。它究竟属于哪一种品类呢?于是我寻查资料,不查不知道,一查了不得。

所谓土狗,其实有一个非常好听的名称——中华田园犬。中华田园犬是在我国经历了几千年甚至上万年的自然及人工筛选得出的犬种,追溯历史,它的祖先是东亚狼,后来才逐步迁徙驯化。早在《周礼注疏》秋官疏中就有记载:"犬有三种,一者田犬,二者吠犬,三者食犬。"也就是说,根据其能力大小不同,最好的、能打猎的狗成为田犬,不会打猎但还凶猛的狗可以成为看家的吠犬,再没有用的话只能被人吃掉了。据说秦始皇一统中原时牵着的就是这种狗。秦朝丞相李斯临刑时哀叹:"吾欲与若复牵黄犬,俱出上蔡东门,逐狡兔,岂可得乎!"苏东坡词云:"老夫聊发少年狂,左牵黄,右擎苍。"这里的"黄"指的就是这种用于行猎的田园犬。在民间人们称之为"土狗",顾名思义就是本土、本地区的狗。北方有的地方又叫"柴狗",因为北方气候寒冷,狗一般都会窝在柴灶或柴堆旁;江浙沪地区则一般称之为"草狗",当地的农民家中都会养一两条这样的狗看家、做伴,因其白天的主要活动范围为草地等而得名。

这种狗的头部特征更加接近于其祖先——狼的外貌,嘴尖且短,额平。耳朵的耳位高,耳小且直立或半直立,半直立的耳朵是向头部正前方半下垂。尾巴向上翘起,特别在行走时会高高翘起,以金钱尾和镰刀尾为主。明显不同于大多西洋犬种较直且下垂的尾部。毛以中毛为主,毛质粗,容易保持干净。体毛颜色,黄色、白色、黑色、杂色都有。身体匀称而紧凑,中等大小,身长与肩高比约成1:1。多德虽然个头还小,但是对照这些特征,是地道的中华田园犬。令我欣喜的是，这种狗性格比较温顺，不容易主动攻击人类，容易饲养，忠诚度高，不易生皮肤病。必也正名乎，必也正名也！这样的追根溯源很有必要，这似乎加重了我留下它的砝码。

忽又想到，佛家有语云：不执着，无分别心！佛家所推崇的"无我相、无人相、无寿者相"的无分别执着心，其目的是止息人的后天意识活动，而显发人先天的妙明真心直接步入宇宙大道正法的修炼。诚如斯言，多德它是土狗也好，是中华田园犬也好，血统是高贵还是卑贱，又有什么相干呢！领多德回家才几天，倒让我悟道参禅了，又多了个意外收获！呵呵。

2017年7月4日凌晨

兹事体大

到7月4日，多德到陈宅正好满一周，多德平稳顺利地度过了初入陈宅的适应期，表现上佳，但唯独有一件事还不令人满意，就是随地大小便这一行为失分失范，打了折扣，说文雅一点儿，那就是多德的如厕问题。

"养狗看主人"，狗狗的行为习惯如何，可以看出狗狗主人的文明修养如何。上升到这个高度，这件事情就不是个小事情了，正如一开始狗狗刚进门，尤尤就跟我提醒的那样："兹事体大！"于我心有戚戚焉，事不宜迟、刻不容缓，于是决定把接下来的一周，也就是从7月5日开始的这一周，作为多德的如厕集训周。

通过这段时间的观察，可以说，在如厕这个问题上，我发现，多德还缺乏"要成人自成人"的自觉性，属于要"教成人"的这一个层次。那么，下一步，就是怎么教的问题了。

几个资深铲屎官纷纷献计。

扬州老同学爱东说："赶紧训练固定时间、固定地点大小便！"

盐城老廖介绍经验："现在你用报纸训练它在卫生间大小便，等打完针，它也大一点儿就可以定时带它下楼大小便，它就会渐渐自己去了。"老廖言语中透着自信和得意，"我家乐乐现在从来不在家大小便的，还会自己上下楼出去解决问题呢！"

徐州翠荣在我的QQ空间留言："要买好消毒液，去除之前随处留下的狗狗味道很有用的。一晃两年多了，俺家狗狗还是没舍得送出去。"

前两天从网上购买的狗狗厕所以及尿片昨天下午正好到货，收货时发现店家还赠送了狗狗咬棒和漂亮的红领结，哈哈，更欣喜的是，还有一份训厕秘籍！真是雪中送炭！这个店家善解人意，必须要给他五分好评！

虽然我自以为还算是有一点儿文化的知识人，但是在养狗狗这个问题上还是个小学生，零起点！不放过任何一个学习的机会，赶紧细细来研究这份秘籍，理论上先武装起来，然后再来指导实践。

通过学习，提炼要领如下。

训前准备有三点：一是做好所需物品准备，二是选定厕所位置，三是建立狗狗奖惩制度。

训练方式更详尽：一是定点式。确定好地点后不要随意移动，还要在尿垫上喷些狗狗专用诱导剂来吸引狗狗。我决定把多德的如厕地点就放在客厅的大卫生间里。二是察言观色式。狗狗一般在吃饭后半小时内或睡醒后有便便行为，一旦发现它满地嗅、打圈圈，马上带它去厕所便便。三是闭关式。每次喂饭后半小时，让狗狗出来去厕所便便，不便便的话直接关进笼子，小施惩戒，如果便便的话，要有奖励，让它放开玩儿，也可以奖励一些美食。其他还有由面及点式、补充式等，不一一罗列。

我一看心领神会，决定从即日起，从每天的点点滴滴做起，密切关注多德的行为动向，恩威并施、认乎其真地来把这个事情做好。

当然，首先还要培训一下女儿思庄，让她知道要领，毕竟我白天上班，她放假在家陪伴多德的时间比我多。母女同心，其利断金；世上无难事，只怕有心人，励志的话可以找一箩筐。总而言之，言而总之，狗狗如厕集训周，必须见成效、打胜仗、奏凯歌！必须的！

2017 年 7 月 5 日晨

去留之间两徘徊

多德突然入住陈宅，如安静的一池秋水里突然重重地扔进一枚石子，水面涟漪，一圈圈扩散。

为了给中午来做饭的婆母做个铺垫，29 日早晨，也就是多德来家的第二天，临上班前我在留言簿上给婆母打了招呼，专门做了说明，告知她因为思庄喜欢，临时收留一条小狗狗。中午下班回家，还是看到了孩子奶奶板着的一张脸。

奶奶说："怎么想起来的，把这个小狗带回家，本来你就忙得不得了，还找个事回来！"

我在一旁赔笑脸解释："人家都说狗来宝，狗来富，何况是送上门的小狗，多好呦，何况思庄一定要养呦，先养段时间再说。"

"嗯，你就是对孩子太惯，她要上天，你就拿梯子。这东西不能养，养了就丢不掉，趁早快点送人！"奶奶口气里带着气。

不两天，我父母也知道了，在电话里谆谆教导："你把思庄照顾好了最重要，孩子就升初三了，不能分心，还有工作也要紧，不要给自己找麻烦，这条小狗快点别养，赶紧找个好人家送了！"

回头试探思庄口气，思庄说多德这么好玩，这么可爱，坚持要留下。

确实，多德这几天吃得好，睡得香，长得也结实了，越来越好玩了，一早就来扒我的房门，免费叫醒服务。思庄说，是你自作多情，人家多德是肚子饿了，找你喂食呢。

早起一打开卧室门，嗨，好么，人家蹲这儿守着呢，一见了我，好似久别重逢，那个欢天喜地哦，径直地扑将过来，舔脚、咬鞋、跳起来拽裙子，一个劲儿地跟你闹着玩儿。中午一下班回家,听到我关门的声音,不管它在哪儿,都像一条小闪电似的奔过来,缠着你脚边绕啊绕的,步子都不能大步迈,生怕踩了它。你别说,还真有点儿舍不得送人。

经过这几天跟奶奶慢慢做工作,奶奶的态度也有所缓和了。综合分析形势,家人态度分为以下几派:①坚决要送人派——孩子外婆、外公;②认为最好送人派——孩子奶奶;③坚持留下派——思庄;④中立派——孩子爹;⑤墙头草派——孩子娘,也就是我。

哎,多德啊多德,情况真有点儿复杂。多德是好玩,但是在楼房养狗确实诸多不便,等长大了,如果待不住,老是汪汪叫,邻居会有意见;等大一点儿还要天天遛狗,要洗澡,要打理,精力确实要耗费不少,等等。悠悠我心,思来想去,我真是去留之间两徘徊!

前天晚上,吃过晚饭后,我陪思庄去体育场练习长跑,到了那边,没想到黑压压的人在场子上兜圈跑,思庄也约了同学跑步去了。我是个喜欢静、怕运动的人,就坐在旁边的座椅上一边候着,一边心思散漫地想多德的去留得失。突然间想到一个好去处,把多德送到老家乡下去——我的大伯大妈家,他们家的孙女小妍比思庄小两三岁,一定也会喜欢小狗,我的弟媳小玉人不错,他们一家住在一起,小别墅,还有个大院子,多德如果到乡下去,照顾的人多,空间又大,玩耍的地方也多,真好呢!而且,我们还可以时常到乡下去看多德。不求所有,但求所在,这样岂不两全其美!于是拨通了小玉的电话把来龙去脉说明了一下,小玉很爽快地答应了。

正说着,抬头看到跑道上两个人在快跑,手里分别牵着一条狗狗。主人在快跑,狗狗也在快跑呢,四条小短腿跑得起了烟。突然想笑,不知怎么的,突然鼻子又酸了,眼里竟湿润起来。哎,真的要把多德送到乡下吗?我是不是有点儿入戏太深了,真没出息!

跑完步,我载着思庄开车回家。跟思庄商量:"要不,我们把多德送到老家的小妍家养好不好,也没有送给外人,我们还可以时常去看看多德,偶尔还可以带它回来玩几天,如何?"

"到乡下肯定不会喂狗粮喂羊奶，多德肯定不适应，要去看你去看，我才不去呢。送了就送了，这个家反正你做主，送了还又藕断丝连，真是的！"思庄反应激烈。

话不投机半句多，我决定不吭声了。

2017 年 7 月 8 日晚

多德的表情包

多德越来越壮实了，也越来越黏人，越来越调皮了。

最犯嫌的时候是我们吃饭的时候，显然，它已经对羊奶和狗粮有些腻味了，饭菜一上桌，许是菜香四溢诱惑了它，它要么在桌子周围转悠，要么蹲坐在一旁眼巴巴地看着你，有时甚至把前爪搭到你腿上，试图往桌子上够，分明也想分一杯羹呢。

狗狗不能吃咸的，因此不敢随意给它吃，被它纠缠得没法，吃顿饭都不安生，这几天我们吃饭时只好把它关进卫生间，然后我们飞快地吃完，再把它放出来。

在客厅里现在也不敢开空调，有一次才开了一会儿，多德就连着打了几个喷嚏，赶紧把空调关了，陪它一起挨热。饭后收拾停当后，我和思庄就到开了空调的房间去，几天下来，多德似乎意识到什么了，我们一要到房间去，它就飞快地也跟过来，甚至几个箭步冲到我前头，横躺下来，拦住我的去路，"好狗不挡道"，嗯，多德，你是想做一只耍赖的癞皮狗吗？进房间是不行的，入住陈宅以来，我就跟家人达成共识，采取"画土分疆"，限制多德的活动空间和疆域。客厅、卫生间、厨房和阳台铺的是地砖，好打扫，是多德的自由活动场地，但是铺了木地板的房间和书房是不可以去的，一则怕不好打扫，二则怕多德的贪心越来越大，有朝一日想登堂入室，跟主人同榻而眠，这个我似乎还不能接受，喜欢归喜欢，但也不能逾矩逾规，所谓宠而不溺。这一点我只能望季羡林老先生之项背了。老先生曾经写过一篇《老猫》，文中充满温情地描摹了他养的几只猫，虎子，还有咪咪一世、咪咪二世等，都是和季老先生同榻而眠的，为了不惊扰小猫的好梦，老先生即使双腿僵卧很久，又酸又痛，也都强忍着，决不动一动双腿。

  研究多德的表情包，很有趣。它的五官长得周正紧凑，嘴巴一圈黑黑的，还长了不少长短不一的胡须，耳朵也是黑黑的，妥妥地向前耷拉着，而不是竖立着，线条显得柔和了一些。多德的面部表情并不丰富，除了乌溜溜的眼睛能显露一些心机外，脸上看不出喜怒来，不像喵星人会咪咪叫。其实多德最大的表情包不在脸上，而是显露在它的小尾巴上，它长着非常可爱的镰刀尾，小尾巴通常都是高高翘着的，由粗及细，到最末处波俏地向内弯成一把小小的镰刀形。它的开心与否都在这小尾巴上表露无遗，它一高兴，小尾巴就左右摇个不停，不由自主地撒欢儿。

  多德的体态语言也是极丰富的，多姿多彩。若论步态，很有范儿，有稳稳当当、一摇二摆的从容型，有旋风小子的快捷型，有迅雷不及掩耳的闪电型。若论坐姿，多为昂首狼蹲型和狮卧半蹲型。若论睡姿，更是萌死人，才来的几天，天不太热，还老老实实地睡在窝里，蜷成一团，楚楚可怜型；胆子渐渐大了，也放肆起来，天热了，索性离了窝，在地砖上随便找个地儿，五体投地型、轻松侧卧型、假寐偷窥型、自由散漫型……种种憨态可掬，令人忍俊不禁。

  与多德虽不通言语，但交流起来并无障碍，它的小眼睛、它的镰刀尾、它的种种体态是它的表情包，七不离八地泄露了它的喜怒哀乐。而多德又是极聪敏的，在它的眼眸里，或许也把我的表情包窥察得清清楚楚，把我的心思捕捉得明明白白吧，不然，我怎么会这么快被它心甘情愿地俘获了呢？！

2017年7月13日晚

天地以万物为刍狗

多德最近长牙了，有时它仰起头来打哈欠，已经看到两侧的两个尖尖的虎牙，还有一排细齿，喂食的狗粮量随之加大，它一旦肚子饿了，不等你把狗粮倒好，就吼吼地扑将上来，幸好没有抢食的主儿，饶这么着，还是迫不及待，一副饿狼的样子，好几次差点儿把食盆都打翻，哎，颇难调教，实在不雅。应该说，田园犬在严格意义上来讲不属于宠物狗，性子更野一点儿，也皮实些。多德的爪子也越来越锋利了，攀爬沙发、凳子、门时，发出"嚓嚓嚓"的声响，在脚头玩耍和试图要爬到我身上的时候，我已经感到它的牙齿和指甲的尖锐，不行，牙齿拿你没招，这指甲得要处理一下，我感到了"伶牙利爪"的威胁。

家附近有一家宠物店，晚上准备带多德去剪指甲，但是如何带它出门成为一个大问题，收留至今不过半个月光景，多德已全然不是初来乍到时战战兢兢的样子，个头长大不少，力量也增加不少，在家里跑起来窜窜的，不仅活泼，而且淘气，变得过于奔放，神气得很了。因为它小，还没有置办狗项圈，放在开敞式的狗窝里根本放不住，思忖再三，找了个可以拎在手上的大拎袋，宽宽敞敞的，正好把它放进去，也有一定深度，估计多德爬不出来。于是我先是半拎半捧，然后慢慢放下手臂拎着多德去宠物店，走起路来，晃晃悠悠的，多德有点儿紧张，两只前爪使劲抓住袋子边，几乎站立在里面，探出小半个脑袋，试图看个究竟，看看外面的情况。一路上，生怕它害怕，我叫着多德的名字，跟它说话，告诉它我们去修指甲，而不是丢弃它。它用乌溜溜的眼睛看着我，嘴里也不叫唤，终于慢慢地安下心来，放下前爪，乖乖地待在里面。谁知，宠物店关了门，只得无功而返，明天再说。

也许有人会说，不就是一条小狗嘛，看你这样波斯献宝的。

殊不知，许是因为家里养了多德的缘故，最近不由自主地琢磨一句话："天地不仁，以万物为刍狗；圣人不仁，以百姓为刍狗"，这句话究竟是什么意思？

这句话出自老子的《道德经》，有人从字面上解读这句话："天地残暴不仁，把万物都当成低贱的猪狗来看待，而那些高高在上的所谓圣人们也没两样，还不是把我们老百姓也当成猪狗不如的东西！"还有人批评老子这句话阴险、刻薄，看事情太透彻。天地无所谓仁不仁，生了万物，又把万物当刍狗来玩弄。这是无知识的人加愤青对老子思想的误解，或者故意曲解来做幽默用的。如果真这样解，真要贻笑大方了。

那么这句话究竟是什么意思呢？这里的"刍狗"是指草做的狗。狗在古代常被作为祭祀用的牺牲，后来由于社会风气的演变，不用真的狗，而用草扎一只狗形来代替。刍狗做好以后，在还没有用来祭祀之前，大家对它都很重视，碰都不敢随便碰；等到举行祭祀以后，就把它扔下不管了。但这仅仅是字面上的意思罢了。

众所周知，《道德经》是我国道家哲学思想的源起，道家所主张的"道"，是指天地万物的本质及其自然循环的规律。老子在《道德经》中具体阐释"道"的含义："人法地，地法天，天法道，道法自然"，道家主张"清静无为""返朴归真""顺应自然"。意思是：天地是无所谓仁慈的，天地本就是无爱无憎、无欲无求的，给予万物繁华并不是因为天地喜爱于它们，使万物萧条也并不是因为憎恨于它们。生命便如刍狗一样，当祭祀完毕之时，刍狗的使命也随之结束了。而每个人都有自己的使命，在社会中充当着不同的角色。事物都有自己的规律，就像万物的枯荣，天地的运转，谁也没有办法将其破坏，最终还是要选择不加以干预的"无为"的态度，不如顺其自然、保持虚静！

再细细揣摩，我品咂出老子的这段话其实还包含了一个非常深邃的含义，那就是：在这皇天之下，厚土之上，朗朗乾坤之中，万物都是平等的，各色人等，各类事物，天地不会因为什么而对谁厚爱几分，对谁鄙薄几分。无论是一株默默伫立的树，还是一朵静静开放的花，无论是一只会汪汪叫的小狗，还是一群叽叽喳喳的小鸟，都是大地的生灵，都是大地的公民，每一个生命都有尊严，每一个生命都值得尊重，我们人类不应高高地俯视众生，而应与他们和谐共生、平等相处。

2017 年 7 月 15 日晚

嗨极必囧

多德越发地淘气了。

一家人都在家的时候,它最是做"人来疯"状,在家里横冲直撞、狼奔豕突,生恐你忘了它,一味地抢人眼球。有时为了爬沙发,费尽心机,前两天带它到宠物医院修了长指甲,总算不那么挠人了,爬沙发也就扒不住了,前爪扒上去,滑下来,再扒上去,又滑下来,索性退后几步,弓起身子,以退为进,助跑,冲——,扒上去,最终还是滑下来,看它不气馁、不言败、屡试不爽的傻萌态,有趣得很。观察它最近的动态,有点儿折腾了。只要多德在,我们都不得安生了,你要走路,它一个劲儿地在脚边厮缠,走路时最好把脚拎起来,生怕一不小心会踩着它。你要吃饭,好,它蹲在旁边看着,你吃它也要吃,你不给它吃,行,它找你麻烦,扒你腿上,倒要看看你吃的是啥好吃的。你要到房间睡觉,它也想去,它跟,这时只能调虎离山,给它好吃的、好玩的吸引它,然后我们安全撤退。

多德为什么这么皮,究其深层次原因,我估计有这么两点:一是基因使然。可能它的爹和娘就不是个省事儿的主儿,按悠璐的说法,田园犬好呢,不像那些名贵的宠物犬,为了保证血统的纯正,往往是近亲联姻,算不上优生优育,宠物犬脾气通常很温和,不凶,而田园犬不被人待见,反而多为自由恋爱,因而其后代通常身体健壮,好养活,而且聪明着呢。奶奶一个人在家的时候,它通常躲起不露面,等我和思庄回家了,它倏地不知从哪里就窜出来了,跑到你跟前神气活现。二是性别和性格使然。到底是雄性的,性格豪放张扬、活泼开朗,走路很少慢悠悠,像小旋风、小闪电似的,有时跑得急,来不及刹车,甚至撞到桌凳,撞到人身上来,撞了也不打住,照样往前冲。它不是个温文尔雅的绅士,我看倒像是水浒上的黑旋风李逵、三国里的燕人莽张飞、红楼里的醉金刚倪二这路货色,呵呵。不过,它有时也有小儿女状,我蹲下来冲它一击掌,它不管在哪儿,一路飞奔而来,径直扑倒在我的臂弯里,东蹭蹭,西摩摩,邀宠献媚,波俏得了不得。

但是，太嗨了，就要闯祸了。给你看看多德的三个囧镜头：

第一个镜头，脑袋被卡了！多德总是扒小椅子，试图通过扒上椅子再借劲儿爬到人身上来。终于有一回，它的小脑袋不知怎么卡在椅背两根木条的空档里，进不得进，出不得出，呜呜地叫起来求救。我捧着多德的小脑袋，试图慢慢地帮它出来，试了几回都不行，空档很小，且上下一样大，看起来明显比狗脑袋狭小，也真佩服多德能卡进去。

"妈妈，妈妈，我看要找个木匠来，把椅背锯开，救多德出来！"思庄在旁边干着急。

"不要慌，"我抚摸着多德的背脊，生恐它急躁乱动，更容易卡伤了。

慢慢地，慢慢地，多德很默契，它的小骨头也软着呢，终于使出"缩骨神功"，小脑袋退出来了。谢天谢地！

第二个镜头，跑步摔下了！一天早上，我在卫生间淋浴房里洗衣服，衣衫不多，我坐在小凳子上，用洗衣皂手洗，盆里的水汰过一遍，就翻盆倒掉，多德在外面听到水声了，飞也似的跑过来看西洋景。迅雷不及掩耳，我还没反应过来，它已经冲到跟前，一看到正流淌的水流，就嬉戏起来，甚至出于本能地去嗅去舔，我大呼"不妙！"要知道，这水可是带肥皂沫在里面的，赶紧大声呵斥，让多德离开，多德一看不对，慌不择路，转身就跑，可是脚底下沾了肥皂水，打滑呢，一路跑一路跌跟头，趔趔趄趄、踉踉跄跄、跌跌爬爬跑将出去，哈哈，那叫一个囧哦！

第三个镜头，喉咙被卡了！今晚上，我和思存吃排骨，它照例在一旁热眼觊觎，为了自求安稳多福，我和思存丢了几块肉骨头给它啃，多德快活了，小尾巴摇起来，两只前爪抓住骨头，歪着小脑袋迫不及待地撕扯啃咬起来。思庄躺在沙发上，笑哈哈地观战，看狗狗和肉骨头大战几个回合。突然就听到思庄大叫："妈妈，快来，多德好像卡住喉咙了，一抽一抽，妈妈快来！"

"啊？！"我应声而到。一看，可不是嘛，多德歪着颈项，面部痛苦状，说时迟，那时快，我赶紧固定住它的身体，再腾出手来捏它的嘴，迫使它张开嘴巴，一看，果然一个两三寸长的骨头卡在一侧，还好没有到喉咙，赶紧帮它拿出来，这才有了命，一转身，又飞也似的跑开了。哎，多德，干吗吃这么急呢，又没谁跟你抢！

多德啊多德，古语说得好，得意不宜再往，乐极就要生悲！我看，你可不能太任性，我造个新词送给你：嗨极必囧，你可得悠着点儿吆！

其实，细细想来，这个词，岂止是仅仅适用多德这类萌宠呢，对于我们灵长类中最高级的动物——人类来说，恐怕更是如此！

2017 年 7 月 19 日晚

汪星人和喵星人

多德到陈宅快一个月了，已经跟初来时判若两狗，身量体重都比原来翻了一倍，五官长开了，身量明显高了，小短腿也渐渐变成大长腿了，体型矫健，有款有范儿，俨然一个帅帅的小后生！原来是跟着人跑，现在好嘛，是抢在人前直窜，一眨眼就在客厅里几个来回。思庄几次试图逮住它，想把它关在卫生间让我们吃个安生饭，嘿，不是从你手上挣脱下来，脚不沾地地飞快地窜掉，就是从你腿间一溜烟地跑掉，还真不那么容易搞掂他！一家人就这样被多德折腾并快乐着！

有时我想，多德果然是汪星球来的汪星人呢！你看，它的萌哒哒、酷帅帅都成为它的必杀技，招招致命，迷倒一片呢！所谓汪星人，是网络流行语，最初将狗狗戏称是从遥远外太空的汪星球来到地球的外星人，利用很萌的外表骗取人类的信任，然后出其不意地占有地球的骨头资源。而喵星人则是对猫的网络爱称，将猫戏称是从遥远外太空的喵星球来到地球的外星人，利用很萌的外表骗取人类的信任，然后出其不意地占用地球的鱼资源。汪星人、喵星人的叫法真是叫绝了，爱狗爱猫人士对其萌宠的喜爱之情全在这亲昵的一声呼唤之中。这回我是被汪星人多德萌化了。而早在 20 年前，我家曾经养过一只猫，灰白相间的花纹，名字叫作花子，很妩媚乖巧的一只母猫，那时还没有喵星人这样的说法，可惜后来送了人，遇人不淑，竟不知所终，这段往事至今想来心痛不已，不愿回首。

　　狗和猫成为人类的爱宠跨越了时空之限和民族之界。文艺作品中屡见不鲜，老舍、郑振铎、季羡林等不少文学大家都爱猫，都写过猫。日本作家夏目漱石有一部长篇小说《我是猫》，以一只拟人化的猫的视角来观察人类的心理，是其代表作之一。前两天，我让思庄推荐我看看有没有我不知道的关于猫和狗的文艺作品，思庄一边笑我孤陋寡闻，一边推荐我看日本动漫《她和她的猫》，说是一个治愈小动漫，颇为温暖，值得一看。你别说，我一向瞧不起日漫这类"小儿科"，还真不知道，思庄一向"杂食"，小脑袋里信息量储存不少。于是到网上搜寻来看，《她和她的猫》是日本导演新海诚的动画作品，初创于1999年，是一个仅仅5分钟长的黑白动画，我现在看到的是去年新改版的电视动画，共4话，也就是4个段落，很简短。动漫以一只公猫的视角，讲述了"他"与女主人在同一个屋檐下所过的略带感伤的淡然日子：很久之前的某天，"他"被美丽温柔的女孩捡回家，开始了自认为幸福无比的生活。女孩孤身一人，做着一份"他"不知也不介意为何的工作，"他"在意的是女孩很早出门时的那副面庞、身上的那缕清香、问候"他"时的那声淡语以及爱抚"他"时的那份轻柔……以致后来，一只名叫咪咪的猫咪向"他"表白爱意时，"他"婉言拒绝——"他"早已被女孩深深征服。然而，一个个季节逝去，"他"终究无法抚慰她寂寞的心灵。整个动画不长，不疾不徐的叙述，淡淡的温暖，淡淡的落寞，淡淡的忧伤，就像这淡淡的黑白画面，一切都淡淡的，然而令人寻味。一边看着，一边想，思庄这小丫头，还蛮有品位的呢！

　　开了头就有了瘾，再到网上搜罗狗狗的电影电视作品，也不少呢！关于狗狗感人的电影就有《柴犬奇迹物语》《忠犬八公的故事》《人狗奇缘》《南极大冒险》等。

　　《忠犬八公的故事》略有耳闻，但没有看过，于是静下心来看，不看拉倒，看了涕泪俱下，太虐心了！电影讲述的是教授帕克在小镇的火车站捡到一只走失的小狗，冥冥中似乎注定小狗和帕克教授有着某种缘分，帕克一抱起这只小狗就再也放不下来，小狗身上有一个刻有"八"字的挂牌，帕克就给他起名"小八"。帕克对小八的疼爱感化了起初极力反对养狗的妻子卡特。小八在帕克的呵护下慢慢长大，帕克上班时小八会一直把他送到车站，下班时小八也会早早便趴在车站等候，小八的忠诚让小镇的人们都对它更加疼爱。有一天，小八在帕克要上班时表现异常，居然玩起了以往从来不会的捡球游戏，小八的表现让帕克非常满意。可就是在那天，帕克突患急病去世，不明就里的小八却依然每天傍晚五点准时守候在小站的门前，等待着主人归来，不论寒暑风雪，一直苦苦等了10年，直至老死。简单的故事，舒缓的配乐，忠诚的小狗，暖暖的情意，默默地流泪，非常令人感动的一部片子。狗的一生有多长？人生若只如初见，10年的默默等待，就只为那一份爱，看完这部片子，一向理智的我久久不能平抑自己的情绪。这部影片是根据20世纪30年代发生在日本的真实故事改编。我看的是美国版，好莱坞作品，比日版的更加温馨隽永。影片中小八是日本的秋田犬，跟我国的田园犬十分相似，而且它们都长着可爱的、翘翘的镰刀尾，除小八的耳朵是竖立着的，其他跟我们家的多德很像呢！小八小时候特别可爱，成年时则帅气英武，最打动我的却是渐渐衰老的小八，它放弃了做家犬的尊严，变成了寄居在火车站的流浪狗，只为守候它曾经的主人，小八盯着帕克曾经一次次走出来的那扇门，那种执着期盼的眼神、那种怅然若失的神情让我的眼泪止不住往下流。小八啊小八，奥斯卡欠你一个小金人！

　　看完这部影片，我才知道狗狗通常只认定一个主人，天啦，我心中"压力山大"，当初的接纳有多仁慈，将来的别离就有多残忍！多德啊多德，我该如何对待你！

2017年7月24日晚

户外首秀

从上月 28 日领养多德到前天 28 日,多德到陈宅整整一个月了,这一个月,小多德脱胎换骨,已经全然没了当初的婴儿肥和傻萌萌,长成了活泼好动的大孩子,算上之前的年龄,多德差不多两个月大了。

按照当初医生的嘱托,该去给多德打疫苗了,打完疫苗之后,就可以带狗狗到户外了,而在没打疫苗前,小狗狗是不宜带到户外玩耍的,所以这一个月多德都是在家里度过的。今天 30 日,正好周日,我休息在家,买完菜,洗好衣服,时间还早,思庄还在睡觉,今天没有辅导课,算了,让她再睡会儿。接下来让我好好陪陪多德,平时我上班,思庄也常有课,往往我们一出去就是半天,只能把多德独自关在家里,到了中午或者晚上才回来陪多德,你别说,心里对多德还挺内疚和有歉意。为了让多德及早适应外面的环境,趁着早上外面还比较凉爽,决定先带多德到楼下花圃遛遛,适应适应,然后再带它去打疫苗。怎么下楼呢,多德还小,也没有训练,还不会自己下楼梯,看来只有抱着它下去。说实话,我也蛮佩服自己的,居然为多德改变许多,我家曾经先后养过猫、兔子、小白鼠,对小动物虽然不排斥,但是托在手上、抱在怀里这样的亲密接触还是有些接受不了,然而到多德这里都破了规矩,没了底线。我抱着多德下楼去,它还有些紧张呢,小腿肚子抖抖的,紧紧地依偎在我的怀里,不时还回过头来张望着我,想必在狐疑:"主人,你这是带我上哪儿呢?"

到了花圃那儿,正好没有人,安安静静的,周围有枇杷树、小桂树、小石榴树,还有一些健身器材。我轻轻把它放到地上,多德猫在地上不动弹,但是浑身抖抖索索的,全然不是在楼上家里横冲直撞的神气劲儿。小家伙第一次到户外来,周遭的环境都是从未见过的,敢情是害怕呢!我顺着多德的头、背脊和身体轻轻地抚摸着,安抚它,鼓励它,嘴里念叨着:"多德,别怕,外面的世界很好玩的,宝贝儿,慢慢走起来……"我又走到它前面,蹲下来,拍着手召唤它,终于,多德迟迟疑疑的,慢慢地直起身来,慢慢地跟着我走起来，我步子慢慢地，等着它，它的步子也缓缓地，一边走着，一边打量着周遭的一切，然后始终紧跟在我脚边，不敢稍稍离得远一点儿，那神情，分明就像个拽着大人衣襟学走路的小孩童，充满了对大人的依恋和信赖呢！多德啊多德，本来还想笑你像个"银样镴枪头"，光会在家里凶，看你这个小样儿，怎么倒更加惹人怜爱了呢！慢慢地，慢慢地，我的步子大起来、快起来，多德也紧跟着步子大起来、快起来，多德果然冰雪聪明，很快就适应了，离我的距离也可以远一点儿了，但还是不离左右，我又带着它围着我们的楼房绕一圈，告诉它这是我们家所在的楼房，让它熟悉熟悉。

　　溜达好了，我开车载多德去宠物医院。我找了个纸盒把它放进去，放在后座上，一路上它嘴里呜呜哼哼不停。到了医院，让医生看了看多德的牙齿，说是长得很好，还没有完全长好，还在长呢，还说，到了五个月的时候，也会像孩子一样换牙。称了下体重，四斤左右。我为多德选择了预防犬瘟热、犬细小病毒、副流感和传染性肝炎的四联疫苗，前后共计要打四针，隔十五天打一次，打针后一周内不能洗澡，尽量不要换新环境。两个小姑娘来给它打针，她们都是畜牧学院的学生，招呼这些小猫小狗很有一套，一个抱着多德，一个在多德背脊上推针，我在旁边跟多德说着话，多德还没反应过来，针就打好了，它只轻轻地哼了一声，表现可谓一级棒！

　　然后我带着多德到隔壁的泰爱牧宠物店去玩玩，还买了个带铃铛的玩具奖励多德。宠物店里有不少狗狗和猫咪，有寄养的，有人家带来等着洗澡修毛的，置身于这一堆身量高大的同类中，多德虽然起初有些许胆怯，但是很快就和几只散养在外面的狗狗玩耍追逐起来，这个小家伙，不可小觑呢！

　　回家的路上，好嘛，更厉害，我还担忧它打了疫苗会有什么反应或不适，它倒好，待在后座的纸盒里不安分，先是爬出来，然后蹬鼻子上脸，索性扒到我身上，找了个安稳的姿势团坐在我腿上，这样才消停下来，好不安逸自在！要知道，我正开着车，两手握着方向盘，根本腾不出手来教训它，多德啊多德，你真行，很有眼头见识，真够欺人的！

2017 年 7 月 30 日晚

多德，你慢慢来

　　昨天8月6日，转眼又是周末了。忙完大走访，忙完社区联创共建，到了傍晚，才有空来陪陪我的小多德，计划这样，先带多德到楼下逛逛，练练腿脚，长长见识，再到宠物店去洗个澡，回头再带它去见见思庄的外公外婆。

　　这一周内，多德又下楼户外运动了几次，长进不少。第二次是思庄独自带多德下去的，不一会儿一人一狗回家来，思庄笑多德胆儿小，在水泥地上有点儿怕，也不敢爬楼梯。我对思庄说，你要有耐心，不能急，要多多鼓励多德，你不是看过龙应台的《孩子，你慢慢来》嘛，它还小呢，我们要给它成长的时间。

　　第三次我带多德下楼，稍稍鼓励，它就满地跑了，离我的距离也敢渐渐远一些，但也不会太远，不一会儿又识趣地折回来，跟前跟后。回头上楼的时候，我开始训练它爬楼梯，多德长高了，身体很有延展性，往人身上够、求抱抱或者试图爬沙发的时候，几乎可以直立起来，身体显得够长够高，爬楼跃上一个一个台阶应该已经具备了自身的生理条件。多德站在楼梯口，左顾右盼，若有所思，再往上瞧瞧十几级台阶，不知所措，看来要指导指导，我弯下腰，屈起手臂，做出上下肢爬楼的模样，边做边慢慢拾级而上，多德黑溜溜的眼睛看了看我，立刻明白了，于是前后肢交替往上爬，嘿，真行，真爬起来了呢！照例是个毛躁的急性子，忙不迭地往上爬，重心不稳，跌跌撞撞的，几次磕了下巴，倒也不买账，继续爬，经验和教训往往同在，不经风雨哪能见彩虹，人家有胆有识！我试图让它在楼梯转换时歇歇脚、喘喘气，嘿，多德却要一鼓作气，好像急于完成任务似的，因为跑得太快，路线歪歪扭扭，有一回，跑到楼梯边上，如果稍不注意，踩空了，就会从中间的空处摔到楼下，那就小命难保了，哎呀，我的小心脏啊，生生被它吓得"砰砰砰"心率加快。这个多德啊，给你画个像，聪明、活泼、胆子大，再加一个急脾气，你看，像不像？多德，你慢慢来！

　　今天是第三次爬楼了，多德已然健步如飞、如履平地，节奏控制得稳而准,多德的协调性很不错,有运动健将的范儿!

玩耍够了,我开车载多德去宠物店洗澡,遵医嘱行事,因为小狗狗必须打过疫苗一段时间后才可以洗澡,所以这是多德的第一次。泰爱牧宠物店在牧院老校区门口,堪称牧院学生实习基地,都是些牧院的年轻男孩女孩在那儿实习。一个女孩子抱起多德去洗澡,让我在外面等,我听见多德在里面呜呜叫、抗议呢,我问没事吧,让她手脚轻一点儿,我家多德可是"初洗",一旁的学生们纷纷安慰我,没事呢,第一次都会叫的,过一会儿就适应了,你不要进去,进去了它看到你会撒娇,反而不好弄。一会儿,多德洗好了,被抱到台子上用吹风机吹干毛发,嗯,洗完澡看来很是舒服呢,多德嘴里不叫了,动作很配合,一副很受用的样子。

多德洗得干干净净的,随我一起去拜见思庄的外公外婆,希望他们能够接纳多德,不再劝我送走它。没想到进了门,外公外婆看到多德,倒不排斥,都说,长这么大了,这个小狗儿还长得不丑呢,蛮精神的!看来跟多德还蛮有眼缘的!巧的是,外公外婆都肖狗,思庄爹也肖狗,我平时叫唤思庄,也时常喜欢叫她一声小狗仔儿,多德到我们家,真是进对门啦,进了"狗窝"了!

2017 年 8 月 6 日晚

"中毒"已深

今天,爱东等三位老同学从扬州过来小聚,席间,爱东谈到家里的萌宠,一只叫小乖的猫咪生病了,正在治疗中,言谈之中爱东心急如焚,急欲早归,陪伴小乖猫,看着爱东对猫咪的那痴迷样儿,大家伙儿都忍不住笑。爱东煞有介事地说,我真的中毒了,中毒很深。别人也许不懂,我一听就明白了,因为我也中毒了,爱东中的是她家小乖猫的毒,我中的是多德的毒,这毒,是温水煮青蛙式的慢性中毒。

常言说，日久生情，所言非虚。多德入住陈宅一月余，心中如有明镜似的把自己的心路历程照得明明白白，无处遁形。

一开始，情急之下，收留多德，只是想缓多德的一时燃眉之急，且讨小女思庄欢心，完全乃权宜之计，根本未作长久打算。随着时间推移，看着小多德一天天长大，看着思庄和它乐颠颠地玩耍，特别是它跟在人脚后跟跑前跑后的样子，画风很美！多德最快乐的时候，是我一早起床打开卧室门和上了半天班回家打开家门的时候，一听到开门声，它已经飞也似的窜到跟前，那个久别重逢的快活、热乎劲儿简直无以言表，久别见面三部曲：先是身子几乎直立起来，两只前爪拼命对着你的大腿抱抱抱；然后迫不及待地抬起它的前爪跟你握手，左握握，右握握，小脑袋以及全身想着法跟你蹭蹭蹭；最后不论是你的手心、你的腿，还是你的脚，埋起头来只管舔舔舔！而它的小尾巴始终都是快活地摇个不停，这样的情形要持续三四分钟才得罢休，不管是谁都会被它所感染，你的存在感会倍增，你看看，人家多德对你是何等的在乎，何等的依恋！分明就像个小儿郎等着、盼着自己的爹和娘！让你的心一下子柔软下来，忍不住俯下身来抚摸它的头，这一记叫作"摸头杀"，是多德的最爱。

每天上班的时候，它蹲到门口目送我和思庄上班、上学，神情倒是淡定的，通情达理，也不跟路，它心里一定笃定我们到时候自然会回来的。我们在家的时候，多德总是喜欢跟着人，不会离太远，你看电视，它趴在地上也跟着看；你择菜，它在旁边叨来叨去；你洗衣，它凑上来玩水；你扫地，它跳到簸箕里……有时在你脚头玩耍打滚，甚至四脚朝天、袒胸露腹，特别放松地仰面而睡，这样的睡姿表明它对你是十二分的信赖，是毫不设防的，完全当作自家人了！每每这时，令我心生愧疚，自责不已，为自己居然想要送走它而愧疚和自责，自责自己像个表里不一的阴谋家，多德它是那样地信任你、依赖你，你居然想要送走它，岂不太伪善、太残忍！

特别是看了电影《忠犬八公的故事》之后，留下多德的念头更是潜滋暗长。就这样，一天天过去了，送走多德的想法慢慢动摇，一天天过去了，终于慢性中毒，中了多德的毒了，不是多德离不开我们，不是思庄离不开多德，而是我真的已经舍不得丢下它！出门在外，加班晚归，又多了个让我牵挂的小宝贝儿，原来仅仅是思庄，现在还加上一个多德，多德怎么办呢，它在家等着我回来呢，它饿了吗，狗粮吃完了吗？它渴了吗，天儿这么热！

难得双休有空，难得大家相聚，十几个老同学一起吃饭聊天，最是自在的，话题换了一个又一个，外面大雨如注，下雨留客天，让他们几个人等等再走，爱东心神不宁，执意早点儿回去，她的小乖猫咪等着她！看着他们冒雨开车返程，确实如爱东所说，她中毒太深，还笑我，你早呢，你才是入门级，你中毒会越来越深的，呵呵，好吧，我得有点儿心理准备！

2017年8月12日晚

小别离

时光飞逝，转眼属于思庄的暑假行将结束，因为公务家务诸事缠身，承诺思庄暑期出游的计划眼看泡汤，思庄三番五次嘟嘟囔囔，抱怨不已。好不容易这一周双休日可以喘息一下，于是带她苏州小游，权且交差抵债。

但是问题来了，多德怎么办？我们周六早上离家，到周日晚上回来，两个白天一个晚上，多德托付给谁？颇费思量。不错，是可以送到泰爱牧宠物店，食物饮水可以得到保证，但是我曾经问过，到宠物店通常都是关在笼子里，偶尔带出来遛遛，多德自由惯了，哪里受得了这般拘束？我也不忍心把多德长时间地关在笼子里。我几次去宠物店，总是看到一只被关在笼子里的大肥猫，每次都蜷在睡袋里酣然大睡，一打听，原来是猫的主人到国外读书去了，又舍不得把猫送给别人，就长期寄养在宠物店，已经寄养了大半年了。哦，太郁闷了，我怜惜这只名义上没有被遗弃实际上被遗弃，处境尴尬的猫，我估摸着这只猫大抵得了忧郁症，终日郁郁寡欢，唯有闷头睡觉。宠物店对多德来说环境生疏，何况那里养着几只大狗狗，尤其那只叫皮卡的边境牧羊犬个头特别大，看人总是高冷地翻着小白眼，一副不太和善的样子。多德那次去洗澡修指甲的时候，看见它直发怵。而且最关键的是，如果把多德送到宠物店，担忧多德误解，以为要丢弃它，你算一算、求一求多德心里的阴影面积会有多大？思量再三，还是决定把多德留在自己家中更妥善些，毕竟它不会担忧被抛弃，对环境又熟悉，家里空间也大，主要一个是要解决喂食的问题，还有一个就是要忍受"独守空房"的孤单、寂寞。于是打电话给奶奶寻求帮助，叮嘱奶奶这两天每天抽空来看看陪陪多德，一是满足物质需求，负责给多德喂食，另一个就是满足精神需求，来看看陪陪多德，免得多德一条狗在家苦等我们不回来，太寂寞孤单。电话那头奶奶欣然答应了。

苏州出游两日，看苏州博物院、游拙政园、逛观前街、去诚品书店、玩虎丘，什么都可以想，什么都可以不想，这两天日子倒是天堂般逍遥。但是心里总是少点儿什么似的，哪儿哪儿都有点儿不熨帖、不舒坦。后来总算明白过来了，不是少点儿什么，而是多了点儿，是多了点儿牵挂，对多德的牵挂。在外吃饭的时候，想到多德吃了没，日头晒得烈了，想多德食盆里水还有吗，可知道到卫生间去找水喝，我可是专门备了一盆满满的清水放在那儿。尤其是到天黑了，夜深了，要睡觉了，特别地惦念小多德，一个人在家傻傻地等我们的归来，而我们今晚压根儿回不去，好可怜见的，对多德顿生满满的歉意和心疼！这一天里我和思庄给奶奶打了三次电话问询多德的情况，思庄和奶奶在电话里聊了很长，谈了不少细节，看来祖孙俩又多了个共同话题！

"妈妈，奶奶为多德中午到我们家去了一趟，晚上还去一趟，食盆里狗粮每次倒得满满的，另外再给多德一根火腿肠，两根牛肉棒，奶奶当是喂我呢，也喂得太多了！"思庄咋舌，"妈妈你不是说过，火腿肠和牛肉棒这些狗零食不能多吃吗，否则嘴越吃越刁，将来狗粮不好好吃。"

"呵呵，你奶奶趁这个机会跟多德培养感情呢！多德鬼灵精，亲疏有别，平时奶奶不怎么在我们家，跟奶奶接触少，所以对奶奶退避三舍，避而不见，这回让他们多接触接触！"

第二天返程，一路上竟然归心似箭，想到多德还在家中等着我们，心中有些许急切，更多的是一种柔柔软软的温暖！

　　等我把钥匙插入门锁的那一刻，等我把门打开的那一刻，我知道我的小多德，不管它在哪个角落里沉思还是发呆，都一定会撒开腿飞奔而来。对于等待已久的多德，那熟悉的人打开门锁的声音一定是世界上最欢悦、最好听的声音！果不出其然，打开门，灯还没来得及打开，一条小黑影已经飞奔而来，在我脚边缠啊、绕啊、抱啊，再次上演着久别重逢的轻喜剧！亲爱的多德，我们的分别，不过是不足48小时的小别离而已，请别太煽情，我可受不了！

2017年8月27日晚

多德改变生活

　　家中闲暇之际，倚在沙发上翻几页闲书，活泼好动的多德岂能安分，总是在一旁撩事，逗你玩儿，生怕你忽略了它。最近更厉害，一个箭步就能爬上沙发，老不客气地往你旁边一靠一倚，嗅嗅、闻闻、蹭蹭，完全一副不把自己当外人，俨然就是自家人的模样。倒是让我忍不住给多德点赞称是，你看看人家多德多厉害，不过两个月光景，不仅以每月净增3斤多的速度茁壮成长，如今已有8斤重，从一只楚楚可怜的小弃儿长成长手长脚、矫健高挑的大帅哥，更不简单的是，女主人和小主人已然彻底被多德俘虏，视之为重要的家庭成员，不再为它的去留争执、犹疑，甘心情愿加入汪奴行列。

　　多德的到来，改变了我们的生活。

　　我被多德洗脑了。在此之前，我从来没想过自己会去养一条狗，本来以为偶尔跑个龙套，哪里想到入戏如此之深。之前看到人家养宠物的人把猫狗当个宝，甚至当作狗儿子、狗闺女似的，总觉得太夸张，有点儿瘆人，甚至觉得不可思议，可是现在我被多德洗脑了，觉得什么都可以理解，由此可见，这世间，没有什么不可能。

我更加热爱劳动了。除了卧室和书房是多德的禁区之外,其他地方都是它的地盘,大可以淘气厮玩。多德喜欢扒阳台上的花草,刨花盆里的土,沾着泥的小爪子满地奔,一不小心就留下一串串迷人的梅花印记!多德喜欢躲猫猫,沙发底下是它最热衷的藏身之地,生人来了,它若不愿搭理,就猫在里面不出来,也不作声,傲娇着呢!多德喜欢玩塑料袋,大概喜欢摩挲出的沙沙沙的声响,家里地面上飘动几个红的、白的塑料袋一点儿不稀奇!多德最近迷上撕咬报纸,旧报纸本来是给它如厕用的,好嘛,嘴巴爪子一起上,三下五除二,不一会儿它周遭都是纸条、纸块、纸屑,远远看去,多德宛在纸中央!这些都是我热爱劳动的理由,每天早中晚各拖一回地,扫地更是随时随地,还要跟多德斗智斗勇,因为它一看你拿拖把扫帚就上来抱住拖把和扫帚来阻工。

我的脾气更好了。28日那天,在逗玩多德的时候,不小心被多德误伤,小腿上被多德的指甲划了一道深深的红印,有一处甚至破了皮,见了血,我一看不妙,赶紧到医院动物咬伤科就诊,先是冲洗创口15分钟,然后医生开了免疫球蛋白、破伤风,还有预防狂犬病的针,加上皮试等,前后要挨八九针之多,且此间不能饮酒喝咖啡、可乐,禁忌多多。在那儿打针的时候心中忐忑,这狗家伙还能再养吗?可千万别咬了思庄!

回来跟思庄商量:"要不咱把多德送人了吧,我怕多德不小心伤了你,宝贝,在你和多德之间,我首先要保证你、爱护你!"我言之凿凿。

思庄却淡定:"多德不许送走,都怪你对多德太好,老是抱抱、惯惯、举高高、黏糊糊、腻歪歪的,它当然跟你闹,你跟它态度冷淡点儿就不会被它挠伤了!"

好吧,有一种爱,得保持彼此不伤害的安全距离!小小纠结了一下,还是留下多德了。我越来越没脾气了,拥有一颗多么包容仁爱的心!对思庄,对多德!

思庄也有所改变,因为有了多德小弟,思庄荣升狗姐,思庄的笑容变得更多了;因为有了多德,思庄更细心了,一次在家用水壶烧水,思庄无须提醒，把水壶放在高台子上烧，生怕烫了多德；因为有了多德，思庄的生活愿景发生了变化，以前她特别向往的住所是拥有一幢独立的别墅庄园和可以养几匹马的大院子，我表示她这样的愿景，浪漫瑰丽但遥不可及，现在思庄的愿景变成长期养一条叫多德的小狗，这个比较靠谱可行。

不知不觉中，多德改变了我们的生活，多德使生活更美好！

2017 年 9 月 2 日晚

春天的诗行

日子如流水，多德渐长大。日出而作，日暮而息，多德已经与我们一家朝夕相处快两年了，成为我们家不可或缺的重要家庭成员。

多德呢，六个月左右换过牙后，牙口更好了，更能吃了，一周岁以后，渐渐成年，体格完全长开了，多德属于"死吃不长膘"的那种，大长腿，瘦瘦高高的，体重差不多稳定在十四五斤，身上的皮毛是淡淡的浅黄色，小黑脸也不那么显得黑了，只是那一双圆溜溜的眼睛，还是跟小时候一般那么清澈无邪。最有趣的是一双耳朵，不对称的美。左耳后来长得硬硬地竖起来了，右耳却半硬半软的，半竖着半耷拉着，跑起来，晃晃悠悠的，更添了几分俏皮可爱。

这一年多来，思庄经历了忙得昏天黑地的初三，中考过后，开始了更加辛苦的高中生涯。学校离家有点儿远，为了给思庄节省掉路途上的时间，我们就近租房以便照料，我们到哪儿，多德到哪儿，多德也开始了和我们一起的伴读生涯。高中的孩子累，做家长也挺累的，工作挺忙，加上两边奔波，幸好，有个小多德，在脚边绕啊绕的，时常逗我们解颐，成了我们的减压阀和开心果！

成年过后，多德稳重多了，加之狗爸狗妈调教有方，好习惯是慢慢养成的，终于渐入佳境，进入了人狗相谐的新境界。每天早晚一次遛狗，早上时间紧，小遛遛，晚上宽松一点儿，遛弯就跑一大圈。多德很默契，把大小便问题都——在户外隐蔽处解决，绝少在家犯错误，人家多德长大了，懂分寸知进退，知道啥该做啥不该做！再也不需要狗爸狗妈回家打扫一团糟的战场了！

到了双休日，多德最开心，我们有更多的时间可以陪多德出去多转转，也可以这么说，是多德陪我们转转，疲惫的狗爸狗妈正好也休整一下。这不，今天休息在家，忙好了家务活，午休过后，正好带多德出去。平时，就在家门后附近转转，今天有空，找一片田野让多德撒撒欢儿。清明刚过，外面一片春意盎然，人在家，心早就野到外面了。

我们走到一片空旷的田野，见周遭无人，把多德的牵引绳解掉，哈哈，早就按捺不住的多德迫不及待地撒腿就跑，在田野上奔跑起来，像个小马驹似的，跑一段，打量打量，还时不时回头看看我，东闻闻，西嗅嗅，快活得尾巴直摇，那个开心啊！多德是中华田园犬呢，它本来就应该属于这广阔的田野！就应该在这里奔跑撒欢！平日里，多德大部分时间都是在家里做一个留守狗娃，在等待中消磨时光，想及此，竟然觉得挺对不住多德了！

清明刚过，太阳和煦，空气里都是菜蔬花草杂糅的味道，春天真是好啊，到处生气勃勃的，让人欣喜，让人愉悦。我也找了个田埂，索性坐下来，看着多德在周围自由自在地玩耍。直到太阳西斜，远远地看去，阳光照在多德身上，像是镀上了一身金辉，更显得多德英姿飒爽。

牵着多德回家去，心中冒出一首不太像诗的诗，或者就叫长短句吧，题目不妨叫作《春天的诗行》：

春天的田野，
是一幕音诗画。
菜花即将退场，
密密麻麻的油菜籽，
傲娇地在风中招摇。
蚕豆悄悄地结荚，

麦子正在努力灌浆，

温婉的豌豆花儿，

清秀的红花酢浆草，

都在用自己的表情，

告别清明，

向下一个节气靠近。

得，得，得，

我的小狗，亲爱的多德，

也用欢快的蹄声，

和着春天的韵律，

踏出春天的诗行！

2019 年 4 月 7 日

多德的告白

一早起来，狗妈照例带我下楼遛，这是我最喜欢的事了。出去转了一圈，外面的空气不错，到底是四月天，到处弥漫着花木的味道，虽然这个大院子的树并不多，好在还有四棵高大的香樟树，这两天叶子落了一层又一层，我最喜欢在上面跑跑跳跳，闻闻嗅嗅，找找我的气息。

可惜，狗妈总是忙碌的，她没有太多的时间陪我，一会儿，我就不得不跟着她上楼了，她还有好多家务事要做，单位上事情也不少，总是接电话，处理这，处理那。

上楼了，遇到下楼上班的邻居，没想到，他居然夸赞起我来了，"哎呀，多德长这么大了，你们家狗狗真是听话呢，不怎么听它乱叫，蛮乖的。"这样的表扬，我听得不少了。狗妈一直跟我说，要做个乖孩子，千万不能乱叫唤，更不能咬人，随地撒尿屙屎这样不光彩的事也不要做。狗妈说，要做一个安静的、有修养的美男子。狗妈的话还是要听的,当初要不是她可怜我把我带回来,真的无法想象我的小命是否能够保下来。我一直在努力着,努力做一个有修养的小毛孩。

时间过得真是快啊,转眼我在狗妈身边快两年了,从一个喝奶的弃儿长成了大小伙子。遇到狗妈一家人真是太幸运了,他们一家对我真是太好了,一家人因为我都有了新称呼。妈妈变成了狗妈,爸爸变成了狗爸,小主人思庄也变成了狗姐姐,我也搞不清,反正我听他们家里都这么叫唤。我的狗爸、狗妈、狗姐姐对我都很喜欢呢,尤其是狗妈,她真是个宅心仁厚的人,对我简直算是宠溺了,好得我都不好意思犯错误了,太给她找麻烦就不好了。但是我还是有些闷骚的小调皮,毕竟我还是个小毛孩么,有时真是不容易管住自己,虽然道理都懂。何况,我如果太过懂事乖巧,我的存在感难免也会降低,所以偶尔还是要制造点儿小麻烦让他们不能忽略我的存在。

当然分寸感很重要,上次我咬了一点儿杜鹃花的叶子,味道确实奇怪,我啃得狠了点儿,不小心卡了嗓子,把先前吃的狗粮都吐了出来。狗爸一看急了,跟狗妈嚷起来,怪狗妈把杜鹃花放在阳台上,气得要把杜鹃花捧出去,狗妈不肯,说捧出去就要冻死了。谁知道狗姐姐思庄一看狗爸跟狗妈说话声音拔高了,又跟狗爸叫起来,不让狗爸责怪狗妈,家里一下子陷入一场三国混战,这是我始料未及的,真是不好意思呢,没想到造成这样的后果,那一回我有些玩过火了。

狗妈忙前忙后的,要上班了,哎,没办法,我最不喜欢他们把我一条狗丢在家里,偌大的房子,就剩我一个,真是孤单、寂寞、冷呢。我最盼望的,就是他们晚上都回家了,一家人围坐在饭桌上吃饭,他们说着话,吃着饭,有时有一些香香的肉骨头,狗爸狗妈给我啃啃尝尝,即便不给我,我蹲在他们脚边,或者歪在我的小窝里,看着他们,虽然插不上话,就这样看着他们,一切都是那么的美好。狗妈狗爸偶尔会亲昵地叫上我一声:"小多""多德,乖",我真是心里酥酥的,原来我已经是那么依恋他们了!

2019 年 4 月 19 日

第三辑　梓里风尘

徐家垛，我永远的胎记

一

我称之为老家的地方叫作徐家垛，徐家垛是里下河的一个很不起眼的小村庄，地图上找不到的一个地方。我出生在那里，在那里度过了七八年光景。当年的徐家垛还属于里华公社，长大以后，才知道里华是个挺古老的地方，南宋初年岳飞曾在这里抗金，至今还流传着野营、野马、羊打鼓的传说。母亲说，你出生在那里，徐家垛是你的衣胞地。于是，徐家垛成了我永远的胎记，走到哪儿，我都是徐家垛的人。无论是当年未谙世事的儿时的我，现在人到中年的我，还是将来终究会渐渐老去的我，这胎记永远都在，不是在肌肤上，而是在血脉里、骨子里。

徐家垛是水乡，它好像是被四周的河流托举起来的一条大船，又好像是长在水面上的一片片硕大的荷叶，四周都是汪汪的水啊，那些我叫不出名或者本来就没有名的河流啊、汊港啊，就这么枝枝丫丫、弯弯曲曲地缓缓地流淌着。垛上人家的房子总是挑有水的地方依河而建、傍水而居，人家宅前屋后总有河水迤逦绕过。石板、砖头摞成一级级的台阶下去，就是自家的码头，那时的水啊，是碧清碧清的，家家都到河边去淘米、洗菜、洗衣裳，吃的水也是河里的，水桶挑上来倒在水缸里，放了矾淀一下，就能吃。河畔通常参差长着一两株桃树、皂荚什么的，芦苇子却是疯长成一片片的。

徐家垛分为两块，一块叫庄上，一块叫田里。田里是把庄子围在中央的，从庄上走到我们田里需要走过一个窄窄的木头小桥，没有栏杆，走在上面"吱嘎吱嘎"地响。田里除了庄稼，就是窄窄的田埂和高一些的河坎子。我家住在庄上，庄上可是一幢房子挨着一幢房子，肩并肩、手搀手似的。巷子里的路是小青砖铺就的，时间久了，脚底下的砖像馋糖孩子的牙一样参差不齐。另外还有供销社、小学、肉铺子、剃头店、露天广场什么的。

我家门前有一排高高的楝树，树下有一大丛蝴蝶兰和一大簇月月红。再南面是一畦菜地，一年四季地绿着。屋西有个厢屋，屋顶上爬满藤蔓，丝瓜、瓠子东一个西一个地挂着。厢屋后面疯长着夜饭花、鸡冠花、指甲花，每到花季，浅红、粉白的满眼都是。

屋西边不远就是一条南北向的小河，正好抱着湾儿悠悠地流淌。水清见底，河里的鱼不少，最多的是鲫鱼和小鳑鲏，还有呆头呆脑的小青虾，能看到它们一趟一趟地在水里游。青螺螺就更多了，沿河岸的石板底下、芦苇根上，爬满了螺螺，直接拿手摸，一捋一把。

河里年年还长水菱，菱叶子密密地浮在水面上，坐在木澡盆里边划边采菱，是乡里孩子最乐的一件事。既可以先尝个鲜，嫩的剥着便吃，脆生生的格外甜，又挺刺激好玩，漂在水面上歪歪晃晃地，有时候三五个细孩儿打打闹闹，"扑通""扑通"，一个个不小心翻到水里也不打紧，水乡的细孩儿不论小伙还是丫头个个水性好，个个小水猴子似的，一个猛子就上来了，三下五除二抹去脸上的水，甩甩小脑袋瓜子，嘻嘻哈哈相视大笑起来。

晒谷场边上有个沙梨子林，总有人看管，"三丫头"、几个男中学生一合计，一个人使"调虎离山"，其他的人"哧溜"蹿上树摘几个下来，毫不费事。蚕豆开花的时候，最手巧的小伙伴桂云摘下对称的叶子均匀地摆好，中间扎个细绳，就做成个纯天然的蚕豆叶毽子，只是不禁踢。豆荚结成了，我们纷纷挑个大饱满的蚕豆用大麻线穿成串儿，在饭锅上蒸熟了，挂在脖子上，个个炫耀自己的豆子大而饱满，吃口好。玩一会儿，顾不得脏兮兮的手指头，揪一两个下来嚼着吃，可得意啦！

玩的时候最不觉得时间过得快，尤其是秋冬天，才到了下晚，须臾，天就黑了下来。屋内屋外都是黑黢黢的，通常天擦黑的时候，祖母就开始扯着嗓门儿唤着我和小弟的乳名，叫我们回家。在村头徐家垛小学做老师的母亲，劳碌了一天，这时候也回来了，屋里头点上了煤油灯，把灯捻子捻得小小的，人影又大又晃悠。吃了晚饭，祖母早早地把我们哄上铺，一边轻拍着我们，一边翻来覆去哼着几句老掉牙的童谣：

  凉月子巴巴，
  照着我格宝宝家家，
  宝宝乖乖觉觉，
  一觉睡到大天光。

  玩得疲累的我们不知不觉就睡着了，睡得很沉很香，真的是"一觉睡到大天光"。
  我们更喜欢夏天的夜晚，天太热，在家里闷不住，可以出去乘凉，最简单的是在门口放两张条凳，搁一张大凉匾，我和小弟一头一个，祖母给我们打着蒲扇，一边扇来凉风，一边赶走蚊子。躺在凉匾里，看月亮看星星，墨蓝的天空格外深邃神秘，哪里是银河，哪里是牵牛星，哪里是织女星，找啊找啊，可是一直没有弄清楚。如果不怕麻烦，可以把凉匾扛到村子最南头的徐家垛大桥上，那儿更凉快，湖面上的风一阵阵送来凉爽。时不时地，萤火虫飞过来了，从河边的芦苇丛中，从湖面上，亮闪闪的，像黑夜里晶亮的眸子。
  水汪汪的徐家垛啊，地处偏僻，交通闭塞，如果要出行、下田、去打谷场，要不靠两条腿——走路，要不靠船——以舟代步，不远的话，就撑篙去，路远的话，就划棹去，家家都有撑船划棹的好把式。
  一次夜行船的经历至今让我难忘。那年暑热刚过，天气刚转凉，准备办喜事的堂姐、堂姐夫要"上街"采办嫁妆。所谓"上街"就是指到泰州。泰州，那时还是个县城，是我母亲成长的地方，而作为孩童的我，对于外面的世界总是充满渴慕和新奇，也闹着要去。经过商议，为了方便，决定划自家的水泥划子去。下晚的时候，大伯和二伯带着我们三个一起上了船，他俩轮流划棹，在节奏分明的"哗哗"声中，我们上路了。不知道绕了多少个小河汉子，终于到了大河里，这大河叫作卤汀河，天渐次黑下来，两边的树影、稻田也都渐渐模糊，但那草木泥土的气息却是清晰可辨的，水稻、玉米、豆荚的气息，随着清新的湖风一阵一阵地荡过来，凉月子悄无声息地爬上来了，又大又圆，橙黄橙黄的，像新腌的鸭蛋黄，亮汪汪地诱人。小小的我，躺在没遮拦的船舱里看天，按捺不住一肚子的向往和期冀，竟久久不能入睡。四下里阒寂，只有那"哗哗哗"的划棹声，只有那月亮醒着，照着我们行船。不知何时，我才沉沉睡去，等着伯伯们叫醒，天已蒙蒙亮，远处隐隐约约的是高高的烟囱。泰州城到了，它仿佛也和我一样惺忪着眼，刚刚醒来，在曙色中显得神秘而不可知。

　　这些都是儿时的记忆了。在我的眼里，儿时的徐家垛是那么的美。庄上的老屋，袅袅的炊烟，绿油油的菜地，碧清清的小河，河边的芦苇子，田埂上的野雏菊，还有春天里的麦浪，秋天弯下腰的稻穗，祖母哼的儿歌，小伙伴们的欢歌笑语，这么多年，它们一直都在我的梦里。小时候，站在徐家垛的田野边，看着旷野的风吹过一望无垠的庄稼地，我常常有一种幻觉，仿佛自己也是其中一株麦苗或者水稻，和它们一起在拔节，在抽穗，在成长。徐家垛给了我生命最初的阳光、水、空气和泥土，那些不应舍弃的洁净和质朴的东西，它们成为我的胎记，流淌在我的血脉里。

　　徐家垛是我的徐家垛。

二

　　徐家垛也是父亲母亲的徐家垛。

　　父亲弟兄3个，他行三，徐家垛是他弟兄3个的衣胞地，父亲出生在那里，19岁那年，他离开家乡去当兵，在浙江宁波的大山里扛了18年的枪，所以，在我们儿时的记忆里，父亲的形象是模糊的。1964年，母亲高中毕业，刚好也是19岁，一毕业就插队到徐家垛，开始了知识青年向贫下中农学习的新生涯，这个漫长的学习持续了十五六年，在徐家垛的日子是她一生中最忙碌、最艰辛的岁月。

和母亲那一批分到里华公社的知青多达100多人，分到徐家垛大队的有19个知青，其中有12个人，是跟我母亲一样都是从下坝街道演化居委会分来的，高中生只有两个，母亲是其中一个。当年的徐家垛大队几经分分合合，大概是1967年、1968年又分为徐家垛和汤汪两个大队，后来又合并为一个村，大抵就是如今徐家垛村的前身。母亲和另外两个女生被分到徐家垛大队下面的湾河生产队，不久，正巧里华公社成立了农业技术推广站，母亲被调到农技站做农技员，到农技站时，公社统一砌了10多间小屋，母亲和另外一个插友合在一起分了两间，一间做卧室，一间做明间加厨房。当时上头是按人头拨料拨款到队里，一个人划到0.1立方米的木料，木料不够，勉强够做屋梁，椽子只能用毛竹的了。头一年还有口粮分配，一个月30斤米，到了第二年就跟着所属的生产队走了，按工分拿。

母亲和她的插友们很快与徐家垛的社员兄弟姐妹们打成了一片，插秧、施肥、治虫、薅草、收割、挑把等一样样学起来。有段时间她跟着村里的干部去搞社会调查，我的二伯是村里的贫协主任，看着母亲人好模样好，就主动跟我母亲说："芸姑娘，你一个人插队到乡里也不易，不如就早点儿嫁给我们家老三，我家老三在外当兵！等他探亲家来，你看看，一身海军军装穿在身上，笔笔挺挺的！跟你肯定合适！"二伯成了我父亲母亲的介绍人。出身贫下中农的父亲可谓根正苗红，和成分并不算好的母亲在徐家垛从相识相恋到结婚成家，在那时是跨越了阶级的沟壑的，结婚之前，部队专门派人来调查母亲的家庭出身成分等，好在周围的人都是善良的好心人，终于得以惊险过关。

父亲和母亲是1970年成家的，正好母亲同室的插友结婚离开了，她们合住的两间房就成了父母的婚房，我就是在这间屋子里出生的，一直到1974年小弟出生那年，父亲母亲才砌了新瓦房离开了那里。徐家垛是里华公社最偏僻的村，在西北角落，也最贫穷落后，来去很不方便，村里只有一间卫生室，一个"赤脚医生"，母亲生我们姐弟俩的时候，都没有去医院，都是被乡里人称作姥娘的接生婆在家接生的。头胎生我的时候,父亲从部队告假回来,照顾了几天,等到小弟出生,山高水远,父亲都没能赶回来。母亲常常跟我们说起当年小弟出生的情形,是新年头,正月初六,雪下得那个大啊,到处白茫茫的一片,母亲正在田里大妈家小憩,突然觉着肚子疼,知道要提前生了,赶紧往庄上自家跑,可身子沉重又跑不起来,何况脚底下还有厚厚的积雪,大妈扶着母亲,一路踩着积雪,深一脚、浅一脚地走到家,大冷的天啊,衣服愣是湿透了,前脚才到家,后脚小弟就呱呱坠地了。

母亲是徐家垛公认的有文化的人。徐家垛小学缺老师,1965年,已经做了农技员的母亲被推荐做耕读教师,半天务农,半天教书。到了第二年,"文化大革命"开始了,学校里都停了课。一直到1970年,学校才渐渐恢复上课,因为"文化大革命"中几个老师被打倒了,学校里就更缺人手了,母亲就被推荐去教书,这回是代课教师的身份,拿工资了。陆续的,越来越多的知青也到学校来教书了。我的启蒙老师也是一个女知青,比我母亲晚几年插队到徐家垛,白白净净的,圆圆的脸。不知为何,小时候,虽然年龄不大,却眼尖得很,能在人群中一下子看出哪个是街上来的插队知青,哪个是土生土长的徐家垛人,知识青年似乎有着不一样的气质。母亲才教书的时候也不过二十五六岁,等我记事时,见到母亲身上的衣服总是扯得齐齐整整的,头发有点儿自来卷,揪了两只小辫子,松松地挽在耳朵下面,走起路来,小辫子自然地上下跳动着。老师不够用,班上的学生有大有小,母亲是全能呢,在一个班上分年级分步教,而且是一揽子全包,什么功课都教,语文、算术、历史、美术等,母亲却总是一副清爽干练、不知疲倦的样子。母亲还带领学生到田野里劳动,锄草、捡麦穗,教学生唱歌搞文娱。我至今还记得母亲带着学生排演歌舞《绣金匾》,后来这个节目参加了里华公社的文艺调演,演出是在公社的电影院里,看演出的观众挤了个里三层外三层。将近10年的乡村教学,母亲还真培养了不少农家孩子。很多年之后,庄上的人还说,还是你妈妈他们这些知青在徐家垛小学教书的时候师资力量最强,后来知青都回城了,学校老师的水平一下子拉低了,跟不上。虽然父亲是土生土长的徐家垛人,但徐家垛认识母亲的人反而比父亲多,因为母亲是做先生的人呢!现在每年清明回乡,路上还经常遇到熟人,一看到母亲,老远就热乎乎地喊起来了:"哎呀,沈老师回来了,快来我家坐坐,喝口茶歇歇!"

父亲常年在部队,后来提了干,更是以部队为家,根本顾不到家里,好在母亲是个聪慧能干的人,再加上祖母帮衬,我们姐弟俩的日子倒是过得挺安逸的。母亲有一双巧手,会自己裁剪、做衣服,我和小弟的衣服、鞋子、书包都是母亲一样样亲手做出来的。毛衣在那时还是件奢侈品,大部分人有一件线衫就不错了,毛衣和线衫是有本质的区别的,线衫是把白纱手套拆下来织的,颜色单一,都是白色的,但因为不同的手套纱有色差,所以穿在身上的线衫往往是深一道浅一道。毛衣就不一样了,颜色鲜艳,毛线看起来绒抖抖的,织出的毛衣要好看、暖和得多。我和小弟是徐家垛较早拥有毛衣的人,母亲会织出好多花式来,一团团毛线球在她手底下没几天就像变魔法似地变成一件好看的毛线衣,穿在身上又合身又暖和。母亲生怕我们把毛衣外套弄脏,就在我俩外衣上再套件白围兜,上面用别针别个折叠起来的小手帕,随时用来擦嘴擦鼻涕,也方便及时更换清洗。我和小弟走出去,各个都夸:"沈老师的手这多巧啊,你看,把两个孩子收拾得漂漂亮亮、齐齐整整、清清爽爽的。"

父亲回家探亲的机会不是很多,他和母亲之间更多的是鸿雁传书,来来往往写了不知道多少封信。每次有上街的机会,母亲总要带我们到东方红照相馆去拍个黑白小照,从下坝一直走到西坝口,挺远的,过了三面红旗,再往南就到了。偶尔母亲会带我们去不远的富春茶楼或者功德林素食馆吃早茶或者点心,但凡吃一次,要回味好长一段时间。照片随信寄给父亲,让他看看孩子又长大了,长高了。父亲转业回来的时候,带了一箱子的书,还有好几本相册,家人的、战友的,我的第一张小照也在父亲的相册里珍藏着,还没有过周,胖胖墩墩的,照片旁边有一行字:大海航行靠舵手。

到了暑假,母亲带我们去部队探亲。徐家垛出门的交通工具只有船,我们必须天不亮就出门,赶早从乡下乘船到泰州,需要大半天,先投奔城北的姨母家，过一宿后，第二天一早坐汽车去高港，下午再乘大轮船去上海，在船上过一夜，次日早上抵达上海，然后转乘火车到杭州，再转车才能到宁波，到了宁波再去部队，部队还在大山中，当然也可以从上海乘海轮到宁波，但那会更慢。这样的行程如今听起来真是有点儿弯弯绕，算下来在路上至少需要花费三四天工夫，这是我后来问起母亲才捋清楚的。

因为乘船的机会最多，我对乘挂桨船的印象犹深。泰州的船码头是有好几处的，东进路商业大厦北边下去是下河码头，路对过，城河边的则是上河码头，都是轮船公司开的，公家的。我们下乡回城是到下河码头，有个小小的候船室，有点儿旧了，灰蒙蒙的，有长条椅让等船的人坐。这河便是卤汀河，一直向北，经过朱庄、港口等一路通往兴化。但这条航线并不能直接到徐家垛，只能到最靠近徐家垛的野马下船，走路走到徐家垛，大概需要走三四十分钟的土路，路不好走，坑洼不平，而且还要经过几个走上去摇摇摆摆的木头桥。晴天还好，鞋子上满是厚厚的尘土，下了雨就糟了，踩一脚就是一脚烂泥，鞋子拔都拔不出来。过木头桥，脚底会打滑，每一次过桥都要鼓起十二分的勇气。好在后来有了私营的挂桨船，可以从稻河的韩桥口上船，直达徐家垛，来去便当多了。上了街，这儿比下河码头也更靠近姨母家。挂桨船通常也不大，从船头上去，踩着几级台阶进入船舱，船舱里有背靠背的木头长条椅，座位也就三四十个，坐的人多了，木头都被摩挲得油黑发亮。有时人多了，乡亲们就随意席地而坐，他们手上一般不会空手，上街的时候带的是大网兜，里面装的是自家养的鸡鸭鹅，或者扛一捆甘蔗，装上几袋芋头萝卜什么的，他们到街上去卖，回头的时候就变成需要的被单面子或里子、花衣裳、雪花膏等，所以船舱里通常是闹哄哄的，味道也是杂七杂八的。

母亲带上我们来来去去，再加上大包小裹的行李，实在不方便，出远门，母亲通常一次只带一个孩子在身边。唯有一次，母亲带我们姐弟俩一起去，小弟才两三岁，我也不过六七岁，在上海火车站要转车买火车票，火车站人潮涌动，母亲让我看着行李和小弟，她去排队买票。我一卖呆，没想到淘气的小弟一转眼竟不见了，吓得我大哭起来。母亲一见，急疯了似的，眼前有好几个出站口,不知道小弟有没有出去,如果出去了又不知是从哪个出口出去的,母亲一边声嘶力竭地叫唤着小弟的小名,一边凭着感觉认准一个出口就飞奔出去,真是万幸啊,正好看到小弟在随着人流往外跑呢,母亲一把拽住,抱起来,又是喜又是惊,满脸的泪水和汗水都下来了,小弟是把别人当作妈妈跟着跑了,真是太险了!打那以后,母亲再也不敢同时带我俩去,那次的经历一直让她心有余悸。

到了1978年冬天,忽如一夜东风来,下乡插队的知识青年终于可以回城了!扎根农村10多年的母亲喜不自胜,终于可以回城了,她一直盼着能够早些回到泰州,和自己的老父亲,还有两个姐姐团聚,她也一直盼着早些把我们姐弟带回城,离开偏僻闭塞的农村去接受更好的教育,这一天,终于来了!母亲是那么迫切,一刻都等不及,赶紧收拾行装带我们回到了泰州城。猝不及防的我稀里糊涂地匆匆作别了徐家垛,那时,我读完了二年级上学期,背着母亲亲手做的花格子书包,懵懵懂懂地坐到城里的小学教室里,城里的教室比乡下漏风漏雨的教室好多了,但是周遭的一切都是陌生的,离开了徐家垛的我,离开了小伙伴的我,突然像一叶无根的浮萍飘飘荡荡的,从未有过的孤单和寂寞就这么来了。

徐家垛也随之渐行渐远。

三

徐家垛更是祖母的徐家垛。

贫穷的祖母是从外乡嫁到徐家垛的,祖父家弟兄多,家境也不好,两个贫穷的人,日子过得很是清苦。祖父过世很早,我们没有见过他,自小只知道祖父的坟孤单单地在田里的自留地里,坟圈上的草青了又黄,黄了又青,一年又一年。徐家垛东边有一条大河,不知道叫什么名字,隔河相望的是薛家垛,祖父是薛家垛人。从徐家垛到薛家垛,没有桥,要过去,只有摆渡过去,我还依稀记得那个脸型瘦削的艄公的模样。薛家垛也是一个自然村落,薛是大姓，祖父的几房弟兄们都在那边，按我父亲的说法，薛家垛凡是姓薛的都是本家。遇到婚丧大事，一直都有人情往来，只是到了我们这一辈，枝枝蔓蔓，人太多，已经搞不清哪根藤哪个瓜了。祖父什么时候为什么从薛家垛到徐家垛来安家落户，这个就不得而知了。

祖母生了4个孩子，唯一的姑娘12岁时在河边玩耍不小心溺水死了，她独自拉扯3个未成年的儿子过活，清贫的日子可想而知。祖母从未与我们提及这个早夭的小姑，我也从未见过祖母的怨天尤人，她总是头上梳着一个小髻，穿着她自己手缝的蓝布斜襟大褂，崴着她的八字脚，忙来忙去，莳弄园圃，担水烧火，帮助带大一个又一个孙儿孙女。祖母不识一个大字，许是经的苦难多了，心里装得下事，凡事想得开。父亲常年在外，自打我出生，祖母就随母亲生活，帮助照料我们一家。婆媳两个相处倒是蛮搭调的，祖母心宽，母亲有肚量，偶尔为些鸡毛蒜皮的事也拌个嘴，但倒都不往心里去，知道都是为了彼此好，过后还是一样过活。

祖母是打理园圃的好手。我家门前的菜地和厢屋后临河的园圃都是她大显身手的地方，青菜萝卜、茄子花生、菠菜芫荽，瓜棚豆架，红红绿绿，应有尽有，一派生机盎然，成了我家的"菜篮子"。

到河边摸螺螺也是祖母擅长的活计，有时还会摸上弯刀形的小河蚌，不知道为何祖母叫它"老鹳嘴"。螺螺摸上来养个半天，剪去尾巴，祖母用自家长的小米葱和姜片先爆炒一下，再加点儿鲜酱油红烧水煮，味道好极了！这是水乡的一道极简便、极可口的时鲜，我极爱吃，从小练就啜食螺螺的一套高招。对我来讲，吃螺螺是不作兴用手的，那水平太次了，直接用筷子捡到嘴边啜，只要一啜就把鲜美的螺肉吸溜出来了，不一会儿跟前就是一堆螺螺壳。而今，每回吃到螺螺，自然而然地，会想起属于祖母的那独一份的味道。

印象中，祖母总是喜欢吃酸饭酸面。所谓"酸饭"，其实就是炒青菜饭。祖母把青菜外面的披叶扒下来，舍不得扔，切碎了，用少少的菜籽油略煸一下，然后把熟米饭一起和进去再炒，再撒一点儿盐花儿。盛到碗里，菜还是绿滴滴的，用筷子挖一块熬熟冷却的猪油放进去，眼见着雪白肥腻的猪油遇到热饭慢慢融化流进饭菜里，再拌上一拌，整个饭菜看起来都是亮晶晶、油滋滋、香喷喷的了，好不诱人！扒上这样一碗饭，哎呀，那叫个香啊！不过，祖母自己是很少舍得挑猪油放进去的，那似乎是我们的专利。所谓"酸面"，就是下面时把这些青菜披叶下进面条里，煮得烂烂的青菜烂面。有时则用这些青菜披叶下面疙瘩，祖母称之为"小面鱼汤"，汤稠稠的，"小面鱼"滑溜溜的，我也喜欢吃。长大以后才明白，祖母哪里是喜欢吃酸饭、酸菜、酸疙瘩汤啊，其实她是怕浪费，让我们吃菜心，她吃披叶，生怕我们把披叶扔掉。

至于冬天无论是用焐手的铜炉里的草木灰炸蚕豆，还是在烧火的灶塘里炕山芋，这些美妙的乡间滋味也都是和祖母连在一起的。

祖母多半总是忙忙碌碌的，闲暇时，只有一个爱好，就是打纸牌，不是麻将牌，也不是扑克牌，是一种长长的纸牌。上面印的花花绿绿的，看得人眼花缭乱，我一直很好奇，有时也跟在旁边看，但不会认，看起来好像都差不多。打这种纸牌是要来点儿小钱的，输赢来去不大，都是些年纪大的老头老太玩，玩的是开心。母亲有时给祖母一些零花钱，让她消遣。后来我们都长大了，祖母又回到乡下度晚年，还是有一帮老牌友，祖母一直打，到80多岁了，还打，我们也就由着她，只要她开心就行。工作以后，每次下乡，我都把整钞换成十块一张一张的零钱，专门给她打牌用，哄她老人家开心。有好几回我到牌桌上去找她，那些牌友还说呢，"你奶奶福气呢，能用到孙女的钱，你奶奶打牌精得很呢，想赢她的钱可不容易噢！"祖母一听，就哈哈笑起来，露出所剩不多的几个牙齿。后来我才知道这种纸牌，实际上是一种历史悠久的博戏，是通过雕版印刷印出来的，属于非物质文化遗产，当然随着时代的变迁，早已式微，现在的孩子都没见过。祖母离世后，我再也没见过那种长长的纸牌。

一开始回城，祖母还是跟我们一起过活的，因为父亲还在部队里，祖母于是到泰州继续照看我们。一直到1982年，我小学毕业，父亲刚好从部队转业回来，工作也安顿好了，一家老小终于团聚在一起，祖母却提出来要回徐家垛，且没商量的余地，父亲母亲只得听她的。以祖母的个性，她是不愿意待在城里的，城里的空间太局促了，哪里有乡里宽阔，乡里乡亲的也都熟络，她是属于徐家垜的。是啊，她就是根深蒂固地长在徐家垜的一株老树，根须越来越深，树干越来越苍老的一株老树。

祖母回到徐家垜后，我们每年逢年过节都要下乡去看她，到了暑假，我和小弟有时还到徐家垜待上几天，离了父母，我们就是松了线的鹞子，想飞哪儿就飞哪儿，大大、大妈们又招待我们好饭好菜，我们喜欢只有属于徐家垜的那份自由自在。回乡的路渐渐越修越好，不再是土路，先是细石子路，后来是柏油路。20世纪八九十年代的时候可以骑自行车去，不过路有点儿远，需要好几个小时，后来有了摩托车，不少人开摩托车，来去就快多了。这期间，挂桨船还存在了好多年，不过乘船的人越来越少，记不清何时，大概是20世纪末，挂桨船终于停航了，替代的是私人经营的小中巴，泰州到华港的专线。

我回城后的小学生涯是在城北姨母家度过的，母亲单位分的公房在海光，上班很远，离姨母家也很远。父亲想方设法托人找了一张自行车券，我们家拥有了第一辆自行车，凤凰牌的，当时的喜悦，比我们后来买辆汽车都开心。父亲转业回来后，因为工作需要，单位分配他一辆公车——二八大杠，这样我家就有两辆自行车了，这个在当时不知道吸引了多少羡慕的眼光。这辆二八大杠陪伴了父亲很多年，父亲很爱惜，一有空就擦得锃亮的，把链条上油上得足足的。

有一次，父亲母亲突然决定骑自行车下乡去看祖母。说走就走，两人各骑一辆，行伍出身的父亲骑得快，冲锋在前，母亲一开始还跟得上，路长了，就跟不上了。过一个小桥的时候，母亲的车被桥缝绊了一下，桥没有栏杆，母亲连人带车摔到河里去了，好在河水不深，又有芦苇牵绊托了一把，所以母亲摔下去是站在水里，而不是一头栽在水里的。母亲过后说，那天真是神奇，像是有神灵保佑似的，她除了衣服湿透了，毫发无损，人先摔下去，笔直地站在河里，然后自行车也慢慢翻下来，母亲正好双手接住了，天啊，这是个什么样的场景！而我的父亲大人已经骑得老远，根本不知道我母亲掉到河里了！过了好一会儿被路上的人喊回头才发现。那时候父母大概五十出头吧，还算年轻，之后，我们再不肯让他们悄悄地骑车下乡去。

祖母在世的时候，徐家垛是我们一家喜悦的念想，想到徐家垛，就满怀期待和惦念，因为我们亲亲的老祖母还在，每次去都很开心，终于又可以看到好久不见的老祖母了。我和小弟成家后，有了孩子，祖母见到我和小弟的孩子，就更开心了，满脸的皱纹真是笑成了花儿似的。

然而，祖母终究一天天老去，2006年，祖母89岁，本来准备到年底春节，儿孙们都在家，一起给祖母做寿的，好好热闹一下，不曾想，8月初的一天，接到老家的电话，老祖母在睡梦里无疾而终，之前没有一点儿征兆。接到电话，我们赶紧开车往徐家垛赶，到家的时候，我摸摸她的手，那双劳作了一辈子的手，那双苍老的满是皱褶的手，那双抱过我无数次的手，那双给我打过扇的手，那双给我纳过鞋底的手，还是温热的，我的眼泪止不住扑簌簌落下来了。我在徐家垛最挂念的人就这样悄悄离开了我们，没有留下一句话。选择了南面临水的好地方，儿孙们将她安葬在那里，如她所愿，祖母永远地留在了徐家垛。没了祖母的徐家垛，于我，便像是失去了灵魂，愈发地渐行渐远了。

每年清明，我们一家人还会到徐家垛去，去看看祖父祖母，他们的坟在那里，我们去坟上烧纸钱，我们念念有词，我们心中祝祷，希望有一种神奇的力量可以让我们传递彼此的消息。

四

如今的徐家垛不一样了。

早在2000年，里华和港口两镇合并为华港镇，徐家垛虽几经村庄合并，但所幸名字还在，村庄还在。

最大的变化是路好走了。从泰州到华港镇，有专门的公交线路。从华港镇通往徐家垛的乡村公路，是混凝土的，平整多了，一辆汽车通行没问题，两辆车会车有点儿勉强。春节前回乡，看到路面又正在施工，要继续拓宽了。2000年之后，渐渐有了私家车，尤其近几年私家车越来越多，在徐家垛，谁家门口或者院子里停上一两辆小轿车已经毫不稀奇。我们现在开私家车到徐家垛，很方便，三四十分钟就到了。去的路有好几条，一条江州北路正在重新大修，另一条则更快捷，从快速路长江大道上去，然后再下来，途经罳杨过去，车一直可以开到庄头。徐家垛大桥南面，村庄的外围，一条很宽阔的东西路正在修建中，即将横穿田野，一眼看去大概有四条车道，大道通衢，颇有气派。

村部是新砌的两层小楼，倒是蛮宽敞的。门前有一些健身器材，隔了一条小路过去是个不太大的广场，有个百姓大舞台，听说时常会有人来唱戏，或者送文艺下乡。

庄上原来破旧的老庙修整一新，蛮高大的，高高的台阶上去，屋顶是黄色的琉璃瓦，叫作远尘庵，每天都有几个老者轮值，每逢初一月半，烧香祈愿的人不少。依照乡间的风俗，家里有人过世了，是要到庙上去的，做一些仪式，带扎成套的纸扎到庙前烧化，叫作"化库"，纸扎包括楼房、车马、家具，与时俱进，一应俱全，以表达对逝者的怀念与祝愿。

然而，徐家垛再不是我记忆中的儿时的徐家垛了。

环绕村庄的弯弯的河水变小了，变浑了，除了村南徐家垛大桥下的那水还算清些，大部分的水都不再是碧清的了，有些地方甚至断流。我家老房子旁边的那条曾经碧清的小河已经淤塞不通，看不出小河的模样，变成一段一段的小沟塘。这小河，我祖母和母亲曾经在里面担过水、淘过米、摸过螺螺、汰过衣裳，我和小伙伴曾经在这里采过菱角、打过水仗，现在却污浊不堪，连浇菜地都不能用了。曾经水汪汪、碧绿绿的徐家垛啊，这片硕大的荷叶像经了秋霜似的，又像蒙上了太多的泥土风尘，已经斑斑点点，枯黄了叶，蔫了精气神。

庄上的房子多了，平房都变成了亮堂堂的楼房，一家家的楼房砌得挤挤挨挨的，家里的地方大了，外面的空间倒更逼仄了。房子与房子之间只留下狭小的巷道，七拐八弯，兜兜转转，走进去像入了迷宫。原先的房子与房子之间种下的树木大概因为占地方，砍掉不少，没了树木绿化的装点，整个村庄看起来硬邦邦的、光秃秃的，少了一点儿柔软，少了一点儿温情。

田里的空间开阔多了。我的二伯便住在田里，门前没有遮挡，站在门口远远望去，是成片的庄稼地，远远地看到高高的圩子，依稀的芦苇，疏疏朗朗几棵树，如一幀淡淡的水墨画，儿时的记忆才仿佛找到几分。

庄上东头的徐家垛小学早没有了，现在镇上有里华中心小学。好几回，我凭着记忆试图找找以前学校的遗迹，去转了几次，一点儿看不出当年的痕迹，迎头倒是看到几个不知谁家的坟冢。

庄上原先最热闹的供销社也没有了，供销社门前高高的戏台子也没有了，以前上面是放露天电影的。

徐家垛的年轻人不多了，青壮的男人大部分都到大城市打工去了，有的跑得更远，劳务输出到国外去挣钱了。看到的大多是年纪大的老头老太，也有些带孩子的妇女，他们或者坐在哪个向阳人家的门口搭呱儿，或者约定在哪家打打小麻将，日子也就这么慢悠悠地消磨掉了。如今的农事比以前轻省多了，收麦和割稻都是机械化作业，事先预约外地的侉子来做。平日里，人们到田里侍弄点儿自留地，或者找点儿十边地，种点儿油菜，塍点儿蚕豆、黄豆，种点自家吃的蔬菜，忙一些零碎的农活。

徐家垛无论是庄上还是田里都留下了不少房子空在那儿，他们的主人最近的是到了华港镇上，有的则到了姜堰，有的到了泰州，有的去了更远的地方。

大伯、二伯还在徐家垛，都是七八十岁的人了，他们守着徐家垛哪儿也不愿意去。我的几个叔伯兄弟原本都在徐家垛的，现如今基本上都到城里买了房，我的侄儿侄女们也几乎都在城里安家落户，或者把这个作为人生追求的目标。徐家垛，于他们而言，也终究会渐行渐远的。

前段时间，我对母亲说，等得空了，在徐家垛找一间闲置的老房子装修拾掇下，你们一年也可以到徐家垛去过上一段时日，会会老乡，接接地气，

第三辑　梓里风尘　119

倒挺有利于身心的。满以为父亲母亲一定会赞成，出乎意料的，父亲母亲两个不约而同摇头，连连说不。我没有再去追问什么。细细想来，我在徐家垛的时日年纪尚幼，未及谙习农事，更从未经历过稼穑之苦，我的感受和他们的感受想必相距甚远。我们每个人心中，都有一个各自不同的徐家垛吧。

关于徐家垛的得名由来，我一直想弄个明白而无从下手。最近问起我的堂姐夫，才有了点儿眉目。他的经历与我父亲仿佛，都是当兵的人，只是他晚一辈，差不多是我父亲转业回来，他入伍，在部队里服役10多年，后来转业到地方上。在一直居住在徐家垛的人眼里，他们都是从徐家垛走出去的见过世面的人。姐夫姓徐，对徐家垛比我熟稔得多。徐氏是徐家垛的大姓，他们所奉始祖是朱元璋手下的大将徐达，是其后代的一支。徐氏家族从1993年恢复了清明会，每年公历3月26日是其约定的清明会日，徐氏族人集中祭祖，具体由当年头家操办，供会结束前，下一年的头家接回会牌、会旗、锣鼓等，并收款签字，进行交接，次年同日由新头家召集再举行清明会。

为了溯源薛氏家族的来龙去脉，我查阅了记录华港人文历史和风土人情的《华港印记》一书，其中有一则短文说明了薛家垛的由来。传说是明朝洪武初年，实行"洪武赶散"政策，将苏州主要是阊门一带的市民赶出苏州，强行迁至泰州、兴化、东台等里下河地区来垦荒。薛氏祖先与他姓人等一起带着各自地方标签，划着小木船到泰州北门外，寻找可开垦的土地。不少好地已被人抢先占有，正当失望之际，发现前方有一高垛，薛氏祖先抢先登岸，一看，眼前不仅是个高垛子，而且北面还有千把亩的一个大圩子，是个好地方，赶紧飞快地沿着大圩子奔跑插签，薛氏祖先就以此高垛命名为薛家垛，祖祖辈辈居住在这里，薛家垛之名亦一直沿用至今。

薛氏家族也是有清明会的，也是1993年重新恢复，堂名仍沿用历史上曾用过的"三凤堂"。会日定在每年的4月1日，地点就在薛家垛，仪式大抵与徐氏类似。早几年，父亲基本上每年都去的，这几年身体不如从前，会费照交，人不怎么去了，在省城工作的小弟按理也该去的，只是他工作太忙，很少有空回来参加。发起清明会的族中长者们煞费苦心地经营此事，试图用一种精神图谱让家族中的子孙后代抱团成群,至于响应者有多少热情,这热情又能持续多久,并不得而知。当然,有一点毫无疑问,清明会主要是为祭祖,我想,在祭奠祖先的同时,与会者一定也会把对已故亲人的追怀和思念包含其中。世事难料,人生苦短,这几年,我的长辈、同辈甚至晚辈都有人离开人世,离开我们,让我们不得不一再直面惨淡的现实,世事多艰,唯无语凝噎。

每年清明前、春节前,我们都要驱车回乡,去祭奠逝去的亲人,去看望活着的亲人。从前,回乡的路上我喜欢放约翰·丹佛的那首乡村歌曲,《乡村路带我回家》,吉他弹唱,节奏清新明快。而如今回乡的路上,再没有听这首歌的欲望,车窗外,依然是成片的庄稼地飞快地闪过,却让我想起那本著名的小说《飘》的英文,Gone with the wind,随风而逝。

徐家垛,埋下了我衣胞的徐家垛,遗落了我乳名的徐家垛,让我悲欣交集的徐家垛,似乎渐行渐远但又舍不下丢不掉的徐家垛。

徐家垛是祖父祖母的徐家垛,是父亲乃至像我父亲一样从这里走出去的人的徐家垛,是母亲乃至如我母亲一样插队在那里的知青们的徐家垛,也是留下我们美好童年的我和小弟的徐家垛。

我的平凡而质朴的亲人们,他们有的已经离开,有的将要离开,有的还将继续留在徐家垛。这个幻觉似乎一直存在,我们都是生长在这片土地上的一株麦子或者稻子,不过有的人是行走的麦子和稻子,有的人一直长在这里,一茬又一茬,一季又一季,一岁又一岁,生命在延续,生活也必将继续。

谨以此文献给长眠在徐家垛的祖父祖母,献给今年步入金婚的我的父亲母亲,献给我的徐家垛的亲人们,也献给我自己。

2020 年 2 月初—2 月 18 日

稻河，你在我心上流淌

弯弯的稻河水

悠悠地流淌

流向下河，流向远方

河上舟楫相连，绵延数里

我笃定，海陵的红粟

曾经载满了哪条船的船舱

饮香书场何在

说书人长衫飘飘，折扇挥舞中

铁马兵戈、风云传奇

醒木的咄咄声好像还在耳畔回响

远远地，又恍惚听见俞家花园

排演《桃花扇》的琴瑟悠扬

是谁发出

"燕子不来春又老，赵公桥外柳如烟"的歌咏

是谁发出

"罗浮山畔有高人"的喟叹

平平仄仄的麻石街上

是谁的身影在时空交错中跟跟跄跄

人们都说

进了五条巷，如饮昏迷汤

我却像喝了陈年的枯陈老酒

沉沉地醉倒在你酽酽的酒香

五巷,像一把五弦琴
把洪武赶散的悲凉
演奏成小桥流水人家的思乡
谁家高堂华屋前的旧燕
已经筑巢在市井人家的屋梁

这里曾有多少中医世家
把脉了多少百姓黎民
是否把脉到了这座老城
依旧欢跳的心房
多儿巷头的那株牡丹的绰约
聚焦了多少世人的目光

广胜居、五云斋、绿雨楼
芳踪再难寻觅,总有些许淡淡的惆怅
而今,雅庐的菜肴
雨卿阁的茶
洛七的清咖,还有
万象书院的灯光
让你体验小城的慢生活
最瓷的青蒲
名人堂里的水井
墙角的蕨草,巷子里的老树
又让我消磨多少休闲时光

演化桥、孙家桥、清化桥

倚桥临水谁家住

今夕是何夕

一座座的桥飞虹卧波

一头是古往

一头是今来

担起的是昨日的风霜

明天的朝阳

弯弯的稻河水

悠悠地流淌

流向下河，流向远方

总以为，你牵动的是游子的柔肠

却原来你一直

在我的心上流淌

稻河

我愿是一株柔韧的杨柳

侬偎在你的身旁

我愿是一叶轻盈的扁舟

在你的水面上飘荡

我愿是一条欢快的鱼儿

在你的柔波里徜徉

弯弯的稻河水

你在我的心上流淌

2016 年 11 月 26 日

泰堂明月照今古

泰堂虚且清，明月照今古。
时有鸣琴人，棠阴思召父。

这是明朝时泰州人丘容为海陵前八景之首"泰堂明月"所题的诗句。

"泰堂明月"当年就在州治内，"泰堂"匾额悬大堂之上。因堂前天井开阔，地势高敞，为赏月佳境，故而得名。昔日景象今已不复存在，遗址在今天的海陵区政府大院。

转念一想，不对啊，不存的是当年之泰堂，朗朗之明月犹存焉，你能说今日之明月，非当年之明月吗？"人生代代无穷已，江月年年望相似。不知江月待何人，但见长江送流水。"岁月如流，明月如初，光照古今。这明亮的月光下，驻足过多少应该记住的身影。

必须首先提及的是南宋理宗宝庆年间的州守陈垓，"泰堂明月"即为他所建。陈垓当年知泰州兼权淮东提举之事，之后4次连任，在泰州任职长达12年，政绩卓著。他疏浚城河，加固城墙以防金人入侵，兴建安定书院，建泰堂，迁贡院，以及建坊里桥梁、馆阁亭台等，《泰州志》中有这样一句话赞美陈垓："所营创者凡六十余所，州人享其利焉。"

陈垓所处的时代已是南宋风雨飘摇的后半程，他之前有岳飞，与其差不多同时代的有陆游，之后有文天祥，都与泰州有过交集和渊源。岳飞受命于危难之际，曾任通泰镇抚使兼知泰州，如今泰山公园里的小泰山又叫作"锅巴山"，至今还流传着当年岳飞智退金兵的传说。陆游的祖父陆佃曾在宋仁宗年间任泰州知州两年，有鉴于此，若干年后，陆游欣然为泰州报恩光孝禅寺最吉祥殿题写碑记，发出了"劫火不能坏鸿钟，雷震鲸吼声隆隆"的爱国强音。"羁臣家万里，天目鉴孤忠"，文天祥则在泰州逃亡途中写诗明志，发出坚韧而苍凉的家国之叹。

且把厚重的历史往前翻过一页又一页，不难发现，这区政府大院竟是从南唐建州、北宋以降一直就是州署所在地！2100年的建城史啊，沧海桑田，朝代更迭，只有这皎皎明月亘古不变，依旧照耀着这一方吉祥福地。

如果说南宋的泰州是一轴战旗猎猎的烽火画卷，往前追溯，北宋的泰州则是一轴骚人墨客云集的文人画卷，正所谓"文昌北宋，名城名宦交相重"，构成了泰州史上最华彩的一章！月光下，吕夷简、晏殊、范仲淹、富弼、赵抃这五位后来担任宰相的"五相"接踵而至。月光下，范仲淹、滕子京、胡瑗、周孟阳、富弼这"五贤"纷至沓来，他们雅集于文会堂，把酒临风，诗词唱和，纵论天下！

溯源文会堂之前身，却是泰州州衙后花园之清风堂，滕子京任郡从事时加以修缮，并邀请时任西溪盐监的范仲淹为之作记，遂有范仲淹《书海陵滕从事文会堂》一诗。诗中有云：

东南沧海郡，幕府清风堂。
诗书对周孔，琴瑟亲羲皇。
君子不独乐，我朋来远方。

清风堂华丽转身为文会堂，小小的文会堂，不仅成为诗酒酬和的文艺会客厅，也成为思想碰撞的智慧交换站，范文正公的"忧乐情怀"，胡安定先生的"苏湖教法"，或由此滋养发轫。

值得一提的还有一段曾致尧祖孙三代在泰州为官的盛世佳话。宋真宗年间，1003年，56岁的曾致尧到泰州做知州，曾致尧何许人也？他是唐宋八大家之一曾巩的祖父。后来，曾致尧之子曾易占在泰州治下的如皋县做县令。有趣的是，到了1097年，曾易占之子曾肇，在其50岁那年又到泰州任知州。曾致尧在泰为官期间，体察百姓疾苦，所作所为颇有政声。公务之余，他徜徉于州署内的园林景致，如积翠亭、芙蓉阁、清风楼及池上二桥等，并留下

《山亭六咏》，其中一首便是《清风楼》，"楼号清风颇觉清，玉壶冰室漫传名。"清风楼即清风堂，又名清风阁。俱往矣，亭阁楼台早已不存，唯有一湾荷花池名犹存焉。曾致尧的《池上二小桥》，首联和颔联是：

  最爱碧池好，平桥西与东。
  烟中两飞鹄，波上二长虹。

  诗中写的是当日州署中，有一泓"碧池"，池上东、西各有一座很好看的小桥，像飞翔的鹄鸟，像美丽的长虹。诗中所说"碧池"，是不是就是今日"荷花池"的前身呢？
  另一首《芙蓉阁》，前四句这样写道：

  夏日芙蓉阁，阁前何最殊？
  参差红菡萏，迤逦绿菰蒲。

  "芙蓉""菡萏"都是荷花的别称，两首诗关联来看，就是夏日里在芙蓉阁上看到的最美妙的风景，阁前高高低低绽放着的红色荷花，还有夹杂其间丛生的绿色菰蒲。无论是荷花，还是菰蒲，都是水生植物，非得长在池塘中。这说明当年的池塘里是种着荷花的，不过当时不叫荷花池，而称作"藕花洲"，荷花即藕花，芙蓉阁与藕花洲刚好匹配，"藕花洲"读来文雅些，"荷花池"喊来俚俗顺口些，时光荏苒，藕花洲便成了今天大家挂在嘴边的"荷花池"。藕花洲后来被移建到凤城河畔的桃园内，清风堂则派生出文会堂和清风阁两处景观，如今分别在望海楼和桃园景区移建重现，成为凤城河畔光彩熠熠的明珠。
  皎皎明月光，清清照荷池，也照耀着如今政府大院里人们夙夜在公的忙碌身影。池中虽无荷，心中却有莲。哦，不复存在的仅仅是当年的"泰堂"匾额，千年前的明月犹在，高洁如莲的精神追求犹在！

2019 年 8 月 21 日

南濠渔唱柳一行

莫道鱼湾水一方，高谈有客傲侯王。

及今遗迹人犹记，笑指堤边柳一行。

这是邑人支振声的《打鱼湾》，道出了打鱼湾与柳敬亭的关系。

老城南门外的打鱼湾，素来是一片野水荒泽、人迹罕至的去处。当年垂杨芦荻，夹岸傍水，渔船夜泊，鸣榔互答，景色很是优美，被称之为海陵八景之"南濠渔唱"。

因柳敬亭故居在打鱼湾，故在打鱼湾东侧、城河南岸依水而建柳园，来纪念这位评书评话大师。现在所看到的柳园是在 20 世纪八九十年代建设的基础上，再度修建而成的开敞式园林。主体建筑是具有现代风格的中国评书评话博物馆，辅之以柳园门楼、柳公祠、饮香书场、廊桥、水榭等古典建筑小品，古今风格交相辉映，融为一体，已经成为环凤城河"梅""桃""柳"戏曲三家村的景观之一。

如今的柳园佳木葱茏，蓊郁成林，依稀可寻当年风物，尤其是沿河种植着一行柳树，杨柳依依，树影婆娑。最妙的是选址恰到好处，园内挽着一弯水泊湿地，但见野草丰茂，兼葭苍苍，园外城河又环拥着园林迤逦而行，常有水鸟飞掠栖息，生趣盎然。恰又与城河北岸的名刹南山寺隔水相望，互为借景，风过处，文峰塔上的梵铃声声，吹送耳畔，隔岸可闻，甚是清妙。相较于梅园的雅致、桃园的喧闹，这里更得幽趣和野趣，是一个偶尔静思冥想、"幽人独往来"的好去处。

柳园之柳，不仅是柳树之"柳"，更是柳敬亭之"柳"也。柳敬亭，这个草根出身的评书大师，活动于明末清初朝代更迭动荡之际，本姓曹，少时不受封建礼教的约束，避捕逃亡在外，因栖息于柳树下，自感生涯如柳絮漂泊无依，故改姓柳。后从莫后光学说书，他熟悉各阶层的生活和各地方言风俗，一生颠沛，辗转于扬州、苏州、杭州、南京等地献艺。黄宗羲在《柳敬亭传》中云："五方土音，乡俗好尚，习见习闻，每发一声，使人闻之，或如刀剑铁骑，飒然浮空，或如风号雨泣，鸟悲兽骇。亡国之恨顿生，檀板之声无色。"柳敬亭不仅以说书名世，更可贵的是他虽布衣之身，但忧国忧民，任侠仗义，傲骨嶙峋，流传不少佳话。他曾入抗清名将左良玉幕，为参军，"摇头掉舌，诙谐杂出。每夕张灯高坐，谈说隋唐间遗事"。明亡后重操旧业，在南京秦淮河畔说书，他眷念故国，借古喻今，有"白发龟年畅谈天宝"的沧桑之感。他18岁开始说书，直到耄耋之年还献技于文人名士之家，艺术生涯达70年之久，声名远播大江南北，不仅底层社会的群众为之倾动，而且文如相国何如宠，武如宁南侯左良玉，莫不对他赞赏有加。义士如复社诸君子，诗人如江左三大家——吴伟业、钱谦益、龚鼎孳，都和他交往密切，盛赞他的技艺，器重他的为人。柳敬亭一生充满传奇色彩，书场之上，纵横诙谐，叱咤风云；官场之中，长揖公侯，平视卿相。他继承和发扬了中国古代俳优的艺术传统，同时又开启了中国评书艺术最繁盛的时代。他不仅被扬州评话界奉为开山祖师，而且苏州、福州、北京、湖北等地评书界也分别尊其为宗师。20世纪80年代，相声大师侯宝林来到泰州，探访打鱼湾，追寻柳敬亭遗迹，反复说："我是寻宗来了。"

中国评书评话博物馆坐北面南，北面倚枕着碧波荡漾的南凤城河，南面与柳园文商街区隔街相望，端庄大气，巍然而立，是国内唯一一座全面介绍评书评话艺术史和艺术家的专题博物馆。

柳园景区西侧临河建有柳公祠，2016年4月18日，柳公祠正式落成之际，前来泰州参加中国评书评话博物馆开馆仪式的中国曲艺家协会领导、著名评书评话家、曲艺家、理论家一众人等首先来到柳公祠，祭拜了现代曲艺和评书评话的宗师柳敬亭先生。

博物馆北侧的饮香书场颇值一提。饮香书场原为泰州旧时的著名书场，始建于1880年左右，位于坡子街蓆行巷内，地址大致就在现泰州中百一店北门的位置，原名"饮香茶社"，也叫"饮香园"，曾与"富春""一枝春""海陵春"并称泰州"四大茶社"，名噪一时。后来，茶社老板为了招揽生意，别出心裁地请说书艺人来说书助兴，深受茶客的欢迎。久而久之，茶社也就演变成书场了。20世纪50年代改名为"饮香书场"。听众中不乏文人雅士，更多的是市民阶层。他们来书场听书休闲，品尝香茗，其乐融融。扬州评话名家王少堂多次来饮香书场说书，他的王派《水浒》博采各流派之长，形成了自己独特的艺术风格。其中又以《武松》最为拿手，誉满大江南北。"看戏要看梅兰芳，听书要听王少堂"，当时成为苏中、苏北一带老百姓的口头禅。

惜哉！20世纪90年代，绵延并热闹了一个世纪的饮香书场随着旧城改造和中百一店的扩建而被拆除了。幸哉！饮香书场现今恢复移建甚是恰当，邀上三五良朋，喝一盏下午茶，听一段曲艺评书，檀板声中，享一份属于泰城的安闲惬意，岂不快哉！果然是"水城慢生活，尘世幸福多"！

2019年8月27日

与学政试院为邻

进入大院，东侧自南向北有三座小楼，都是办公楼，居其中的因为偏居大院东侧角落，不妨叫东隅楼。10多年前，我才进机关的时候就在这座楼里工作了两年多，后来调到大楼上班，8年前又回到东隅楼，所以对这座小楼还是非常熟悉的。这一片偏居一隅，但也独得宁静。东隅楼后面的是市档案馆，这两座楼是大院里最老的楼。东隅楼的北墙上不知哪年起就长满了爬山虎，打开窗户，不提防就会有些枝蔓嫩芽探头探脑地闯进来。

我的办公室在最东首，一墙之隔就是学政试院，青砖黛瓦，古色古香。试院前身是明代的都察院。再往史上追溯，这里还是南唐永宁宫的旧址，其东有鼓楼路，鼓楼是永宁宫的宫阙门，其南尚存钟楼巷，从这些称谓也可推断一二。永宁宫这段历史比较悲催凄凉，不忍回顾，我还是喜欢它以学政试院的面目示人，也让比邻的我们沾染些墨香和文气。学政试院也被称作扬郡试院，是清代科举制度下扬州府属八县童生考秀才的试场。在这里进行的考试叫作童试，童试包括县试、府试和院试，院试合格的人方可取得秀才资格，秀才才可"入泮"，也就是进入官办学校读书。童试可以说是功名的起点，之后才好逐级参加乡试、会试和殿试，从秀才到举人再到进士，然后跻身仕途。从隋代开始，科举考试在中国历时1300多年，影响深远，"学而优则仕"，成为中国读书人改变命运的必由进身之阶。泰州地方风俗崇儒重教，以文兴邦，悠悠试院，名家辈出。现在的学政试院是前几年重修的，并开设为中国科举院试博物馆来展示科举文化，成了供人参观游览的文物保护单位。

我印象最深的却是20世纪90年代初，这一片当时被当作办公楼，县级泰州市的文化局、文联就在后面一进，最前面的一进是团委、妇联的办公地点，与灯光球场隔街相望，可惜后来府前路扩建的时候竟被拆掉了。那时候我还在二中做语文老师，课余喜欢到文化局肖仁老先生那儿坐坐，或者到隔壁的文联聊聊。肖爹通音律、擅美术，文章自然写得也好，他当时主编《海陵潮》，每每发了我的小稿子，常常亲自跑到二中语文组找我，特意把稿费送给我，我当时不过20出头，他应该将近60岁了，让我很是过意不去。我至今还清晰地记得拾级而上去文化局时，看到门口墙上的门牌上醒目的蓝底白字，写着"积谷仓"三个字。

我们二中的老校区里曾经有个泓园，我在校时和同事一起创办了一个文学社，就用"泓园"命名。从积谷仓到泓园，是一条弯弯曲曲的小巷，顶多不过一里路，路口就是远近闻名的芦洲茶社，那时我们语文组的老师经常在那儿聚会吃早茶。茶社叫作"芦洲"是有缘故的，这里曾经有个非常著名的景致，叫"雁宿芦洲"，是南宋时泰州知州陈垓所辟建，那时汀洲星列，塘沼潆洄，芦苇丛生，鸿雁栖息。直到清朝康熙年间孔尚任到泰州治水时风景应该还在，他曾与俞陈芳、黄仙裳等同好相约在芦洲雅集，并留下"天高下征雁，水阔芦花肥"的诗句。随着城市的变迁，时光的流逝，不消说这些老地方，就是知道积谷仓、泓园、芦洲这些老地名的人也越来越少了。我在二中执教鞭5年，后来一个偶然的机会进入机关大院里工作，从与试院相距一里路的"远邻"，变成了与试院一墙之隔的"近邻"，20多年，时光倏忽飞逝，却其实从未远离。

现在，我站在办公室的走廊上，打开朝东的窗户，可以看见学政试院后面的一片小树林，葱葱茏茏，蓊蓊郁郁，隔着墙，依稀可辨有几株泡桐、一丛竹林，还有一些皂荚树什么的。四月里，泡桐花开了满树，淡淡的紫，郁郁的香，鸟鸣啾啾，在其间轻盈地飞来飞去。

2014年5月

我家隔壁是乔园

刚刚出梅入伏,压抑了许多时日的天气像淘气的孩子终于憋不住了,撒野似的骤热起来,骄阳灼灼,酷暑难当。最热的天和最冷的天不宜出行,宜闭门读书,顺手翻到乔松年所写的"归就繁阴下,跂脚取凉,婆娑竟日,顿忘炎暑",不由得拍案叫好。"三峰草堂"就是今日乔园中的山响草堂,而乔园就在我家隔壁,何不前往消暑?

从西入口门厅进入,穿过曲廊沿竹林向南,过二分竹屋,顿觉阴凉,再循路向北拾级而上至来青阁,俯瞰全园满眼青翠,然后从石林别径下行至蕉雨轩、午韵轩和文桂舫一线,稍作停留,放眼四望,美景尽收,更喜轩下有小池,池中有睡莲,色彩斑斓的锦鲤自在地穿行其间,炎热难耐的心忽地清凉下来,不由得分享了鱼儿们的那份惬意和怡然。

从文桂舫过小桥沿小径南行,过莱庆堂折向东就来到了整个园子的核心景区,以月洞门为界,园林至此渐入佳境,刚刚一路欣赏的是 2006 年重修的,而此门以东,则是老园子,是精华所在,也是整个园子里我最喜欢的地方。迎面的便是山响草堂,草堂面南坐北,檐下四面虚敞,轩廊相通。草堂正南面是一片假山湖石,虽然不算大,但东有数鱼亭,中有三支石笋,西有歇山半亭,下有囊云洞,间以种植天竹、芭蕉、桂树、蜡梅等四时花木,使得人乍一进入园子就觉得清香袭人、凉风扑面。山上更有一株桧柏拔地而起,虬枝盘曲,历尽沧桑,只剩一枝树干尚活,犹自枝叶苍苍。这株古柏迄今已有 400 年,与这个园子的建园时间刚好吻合,更增添了古拙之美。山响草堂之东还有一片幽静的竹林,风过处,竹叶萧萧。

乔松年所说的"归就繁阴下,跂脚取凉"处应该就是这里。乔松年是清道光年间人,20 岁就考中进士,开始步入仕途,在任两淮盐运使期间已是中年,在泰州购置此园并更名为"乔园"。乔松年对这个私家园林是颇为钟爱的，他曾把这个园子和扬州园林做了比较，"后至扬州，见诸园亭丹艧精丽，结构玲珑，远出斯园之上，独无茂林古木，使池台乏韵，尘土侵人"。并且最终得出结论："小园虽陋而嘉树可誉，青土苍官胜绮阁雕甍多矣。"正因如此，乔松年才有感而发作《后三峰草堂歌》，"并刊著于壁间以谂来者"，也就是要让后来者知道。今天，时隔140多年之后，我这个"来者"，在他当日"跂脚取凉"的繁阴之下，看着他当日徜徉其间、流连欣赏的古柏石笋、草堂亭阁，仿佛也体会到了他当日"婆娑竟日，顿忘炎暑"的那份自得和闲适。

乔氏离泰后做到苏州知府、安徽巡抚等职，是这个园林历代园主中官位最高者，他在泰时交游地方文人雅士，与名流之间唱和吟咏颇多，因而乔园一时名声大噪。中华人民共和国成立后，地方政府依园改建成乔园招待所，前后经营50多年，所以泰州人都习惯称它为"乔园"。

而我更愿意呼之为"日涉园"，让我们把目光往前追溯到明代万历年间，也就是距今420年左右。园林的第一位主人——太仆寺卿陈应芳告老还乡后倚其祖父老宅而建这个园林，取陶渊明《归去来辞》中"园日涉以成趣"之意而命名"日涉园"，这个名字有着浓郁的士大夫气息，也更能体现主人的志趣所在。按时间推算，那株苍老古朴的柏树就是陈应芳建园时所植。但日涉园最盛时却不是初建时，而是到清雍正年间辗转至高凤翥所有之时。高凤翥多方寻得石笋三支，立在假山湖石中，因此将园更名为"三峰园"。这个园子在高氏手上经营最久，历经雍正、乾隆、嘉庆三朝。高氏的家业财力与艺术造诣使得园子在他们的苦心经营下，文化品位和造园艺术都得到了提升，有皆绿山房、松吹阁、绠汲堂和因巢亭等十四景之盛。

时常地，我会痴坐在草堂前的石凳上，桂树婆娑下，竹林萧萧中，四下里静谧无人，遥想400多年前陈应芳栽植那株柏树时的情形，推测高凤翥指点匠人如何在湖石上安置石笋的景象，我无意于作史实上的确切考证，却每每不得不感慨时光倏忽飞逝，那岁月的留痕，分明就在这不知不觉中老去的古柏枝头上，就在这越来越斑驳陆离的石笋之上。而我与乔园亲近的这20多年，只不过是岁月长河中电光火石般的一刹那。

1991年，那时我还在读大三，我家恰巧搬迁到乔园后身的殷家巷，那是一条南北向的悠长小巷，我家就在巷子最南头弯进去的一个单门独院，院子里东半边是父亲的花草，西侧靠门处是一棵有年头的柿子树，每年都结满了让人眼馋嘴馋的柿子。我们院子前还有两排人家，但在院子里的台阶上，稍稍仰首便能看到南边乔园的一角，后来才知道那是乔园最北边最高处的松吹阁。那时乔园是一个招待所，人们都忽略了它还有一个典雅幽静的园林藏在"深闺"，大门朝着海陵路，进去是偌大一个院子。

到1999年税东街扩建，我们这一片都拆迁了，旧日的光景虽已看不出，却被深深地印在脑海里。如今乔园北门不远处竖立的石牌坊这个位置大抵就是殷家巷的北入口处，后来我结婚成家，搬到一路之隔的税西街，有时我会和先生两人到乔园里转转，那时只有个老园子。据我所知，20世纪80年代中期，乔园就老园子这块曾经做过一次抢救性的修缮，并基本保留了原来应有的风貌。只是当时财力有限，里面的厅堂楼阁缺乏家具摆设的装点，也几乎没有匾额楹联等点缀，显得缺乏底蕴和人文气息。为此，2001年我曾撰文《走进城市山林》专门提及。

到了2006年，乔园发生了大的改变，把原来的招待所全部剥离撤出，在老园子以西，按照清代周庠《三峰园景图》的记载方位，对西部园林的八景进行了恢复修建，就是我前文提及的从西门进去的沿途景致。应该说，这次重修花了不少工夫和投入，细节也很考究，且处处有书香墨染的匾额题联，很有些情境。美中不足的是，由于空间局促，八个景点未作取舍，排布过密，就像一幅山水画着墨满满当当，却欠缺了点儿使人遐想的"留白"空间。好在并未对原先的山响草堂前后的老园子作太大的改变，最经典之处得以保留。

巧的是，2007年，我家在新乔园落成不久又搬到打笆巷头的小区，距离乔园南门不过数百米之远。我和女儿成为乔园的常客，休息日经常到午韵轩和文桂舫给池中的鱼儿喂食，在园子里一消磨就是大半天，以至于看门人都认得我们了。冥冥之中，我们一家仿佛与这个园子有缘似的，三番几次在它附近落脚安身，总好像不愿远离而围着乔园转，让我有了亲近它、走进它的足够理由。兴之所至脚一抬便去园子里踱踱步、散散心，这些年间真数不清去过乔园多少次了。

如今，乔园已经走出"深闺"，露出丽容，不仅为泰州人所熟知，更以"淮左第一园"的美誉吸引了来自外省市的八方游客，成为国家4A级景区，去年又从省文物保护升格为全国文物保护单位，在欣喜之余，又不免觉得有未成"完璧"之憾。如果说20世纪80年代的修缮让中间的老园子重焕生机是奏响了第一部曲，2006年的大举重建西部园林则是高歌猛进的第二部曲，那么眼下乔园还差第三部曲，即以山响草堂为中心继续向东拓展至打笆巷。实际上，东边有一块本来作为招待所的原"日涉楼"和法式小楼等一些建筑都已在控制保留中，沿八字桥东街和打笆巷的一些民居则需要搬迁为之腾挪出更大的空间，这当然不急于一时，关键的是要做出科学合理的规划，为乔园的再次提升创造条件。我们期待着第三部曲的早日奏响，期待着在前人的基础上为这个古朴典雅的园林添上一个美妙的收尾，使乔园成为镶嵌在古城泰州的一枚精美的"完璧"。

2014年7月

家住殷家巷

那天散步，我惊讶地看到一张路牌，蓝底白字，贴在乔园门球场的北围墙上，赫然三个字——殷家巷。

我摇摇头，哑然失笑：这哪里是殷家巷？殷家巷是南北向，根本不是这东西向，眼前的，不过是两栋楼之间留下的一条通道，哪里有小巷的韵味呢。殷家巷的调子应该是青灰色的，地上铺的是青灰的砖，靠墙角的地方总是苔痕点点。小巷两边，是高高的青砖墙壁，斑斑驳驳的，被风霜、被岁月侵蚀得凹凸不平，墙缝里时不时冒出一两株倔强的蕨草。往上看，还是青黛色的，一溜的青灰屋脊，三三两两的黛色瓦松，兀自在风中摇曳。20年前的殷家巷，悠悠长长的，从北边入口，一直往南，到了顶头，右首一个大院门，进去，右拐进一个更窄的小里巷，有个朝东的小院门，推门进去，那便是我家的老屋。

老屋有一个小院，院子里有棵柿子树，我住在西屋，推开南窗，就是这柿树，晨昏相对，四季相伴。每到秋天，抬眼就可以看到累累的柿子挂满枝头，黄黄红红的，让人着实欣喜。柿子红的时候，母亲会执拗地自己爬上树摘柿子，她生怕我们爬树摔着，只是让我们拿着篮子在下面接柿子，那时的母亲，脸上笑盈盈的，手脚麻溜得很，是那样的年轻。晚来，父亲斟一壶酒，在院子里小酌，忙了一天的他，这是最惬意的时候，头顶的月亮很亮，照着他微醺酡红的脸。小院入夜，格外的美，那密密的枝叶筛着月光映在地上，是清简的素描，如画如诗。

悠悠长长的殷家巷，是我出嫁的地方。夜来，小巷里总有杂沓的声音响起，我听出是他，对，是他的，来来回回的跫音。小小的离愁，竟也如池塘春草，在心头寸寸滋生。巷子里的路灯，朦朦胧胧的，拉长我们挽着手臂的身影。

那时候我们并不在意，巷口墙上的那一张小小的，蓝底白字的路牌，上面是殷家巷三个字。

然而，我婚后没几年，这里就拆迁了。仿佛一夜之间，老屋和殷家巷倏地消失，了无痕迹。院子里的柿子树无处移栽，只能放弃，竟不知所终。

时光行色匆匆，挽不住，也拽不住，不知不觉中，父亲和母亲日渐衰老，已然白发苍苍，满面褶皱。近来，我有些怕看父亲上下楼的身影，慢慢地，缓缓地，很谨慎很谨慎地迈出每一步，再不似从前的大步流星。母亲总是提醒他："不要逞强，要服老，要扶着楼梯慢慢上下楼。"母亲的牙齿多半换成了义齿，最爱吃的水果是柿子，甜甜的，软软的，也因为好咬嚼。父亲还是喜欢每天晚上喝点儿小酒，喝得脸上红红的才爽，他说，我如果不想喝酒就糟了，身体就要出毛病了。这么多年，他这个喝酒的理由一直通行无阻。

薄暮时分，夜晚将近，各家的灯光次第亮了。眼前这锈蚀斑驳的路牌，或许就是当初的那一枚，但巷子却真的不是当初的那一条。

今夜，想找寻一条小巷，一条青灰调子的，叫作殷家巷的青砖小巷。怎样才能通往我的老屋，找到年轻的父亲和母亲，找到我们的青春和爱情？今夜，请让我枕梦而眠，找寻回家的小巷。

2019 年 11 月 23 日晚

能饮一杯无

大雪未雪，晴窗丽日。

但下雪的日子总归近了。

想起那首诗："绿蚁新醅酒，红泥小火炉。晚来天欲雪，能饮一杯无？"

这是白居易发给他的朋友刘十九的邀请函。新酿的米酒还没有过滤，酒面上泛起一层绿泡，像绿色的小蚁，阵阵酒香扑鼻。红泥烧制的烫酒小火炉已经准备好了，天色阴沉，看样子晚上即将下雪，能否一顾寒舍来与我共饮一杯？

多么有诗意的邀请！

新酿的酒这么香，一个人喝，多没意思呢！当时白居易已经退休，隐居在洛阳，他觉得独乐乐不如与人乐，但人多了也不行。那与谁乐呢？白居易想到了刘十九。这个刘十九是刘禹锡的堂兄刘禹铜，据说是洛阳处士，刘禹锡排行靠后，是刘二十八。且不管刘十九是谁？但肯定是白居易的老朋友，而且是个谈得来的老友，不拘礼节，临时相约，何况还是个即将下雪的冬夜，有可能还要冒雪前来，唯其如此，更见交情不浅！一起喝酒，一起聊天，一起赏雪。这样的邀请函，让人难以拒绝！吸引前来的是这新酿的酒，是在寒冷的冬夜坐拥火炉的温暖，更是知己间可以把酒畅谈、相互慰藉的情怀！

宋朝杜耒的七绝《寒夜》有异曲同工之妙。"寒夜客来茶当酒，竹炉汤沸火初红。寻常一样窗前月，才有梅花便不同。"不同的是，上首诗是主人临时相邀，这首诗是客人不请自来。

寒冷的冬夜，有兴趣出门访客的人，想必不是俗人，因与主人志趣相投，故而一时想到了便即刻来访，事先也不及招呼。主人没有准备，来不及备酒，熟不拘礼，就以茶当酒。二人寒夜煮茗，围炉清谈，只顾谈得开怀尽兴，哪里在乎有没有酒呢？不知不觉夜已深了，抬头看到明月照在窗前，一剪寒梅掩映，送来幽幽的清香，哎呀，这月光好像都与平常不一样呢！

如此看来，喝酒还是喝茶，其实并不重要，重要的是与谁一起饮酒，一起喝茶。

前年冬天，扬州的老朋友尤尤来访，天晚了，尤尤说不要到饭店里去，太油腻太嘈杂，找个安静的地方坐坐，随便喝点儿什么就好。我们三个人先在钟楼巷里走了走，后来在一个叫作巷口咖啡的小屋坐下来。这个咖啡屋正好就在钟楼巷和关帝庙巷的十字路口，喜欢这个贴切的名字，也喜欢这家的咖啡，都是现磨的，很新鲜。咖啡屋不大，灯光暖暖的，很柔和，刚好也没有其他客人。经营的是年轻的小两口儿，女子眉目清秀，声音轻柔。我们各取所需，热的铁观音，还有现磨的咖啡，很快端了上来。一人一杯，捧在手心里，手暖和了，胃里心里也是温热的。我的焦糖玛奇朵，香气很浓郁，上面的拉花很精美，我用小勺慢慢地品。那一晚，我们三个许久未见的姐妹聊了很久很久，回家的时候，夜已经很深了，外面飘着细雨，巷子里的青石板湿漉漉的，忽明忽暗的路灯照在上面，反射出长长短短的光影来。

我们在巷口作别，她们沿钟楼巷往东去海陵路，我往北从关帝庙巷回家。寒夜里，寂静悠长的小巷里足音响起，"笃笃笃"，越来越远，足音渐杳。

这样的相逢小聚，看起来很简单。但大家似乎总是忙忙碌碌，牵牵绊绊，即便一座城市里的朋友也很难约得齐，只能在微信上发个笑脸，发一盏没有温度的茶。

东坡叹曰："何夜无月，何处无竹柏，但少闲人如吾两人耳。"拙政园里有一个轩亭，叫作"与谁同坐轩"，答曰：明月、清风与我。

是的，最要紧的，不是喝什么，饮酒也好，喝茶也行，咖啡也可。是与谁同坐，与谁同饮？不必多，三两个明月清风一样的良朋至交便可以了。

闲情、闲时、闲人，一个不能少，如此说来，似乎又有点儿奢侈，有点儿难得了。

许久不见的朋友，我且邀你，"能饮一杯无？"

2019 年 12 月 7 日晚，今日节气大雪

感知唐甸

今天适逢周六，难得闲暇，驱车再往唐甸走走，两天前的三月三庙会，赶了个晚集，终究有些匆遽，似乎还有些意犹未尽。与前日里摩肩接踵、喧闹非常的庙会集市相比，今天的唐甸显出了它的另一面，格外的宁静和安详。

从积庆庵北侧穿过村庄的主干道，一连越过友谊桥、奋进桥等几座模样差不多的农桥，在一个小的三岔路口把车停下来。往南可以看到不远处的一座小楼，那是村部。视野最为开阔的是西边，放眼望去，满眼的油菜密密麻麻地都已经结了菜籽，时光荏苒，节气转眼已到了谷雨，油菜籽高高低低地在风中摇曳，只有极个别的菜花东一个西一个俏皮地点缀其间，偶尔还夹杂着几簇白色的花，那是萝卜花。近处田埂边的蚕豆花也多半蔫了，刚刚结出小小的蚕豆角，无须几日，城里的菜市场就可以买到新鲜饱满的本地蚕豆角了。如果仔细看，还可以找到夹杂其间的豌豆花，淡淡的紫色小花，躲藏在叶丛中。最妙的是，一条弯弯的溪流蜿蜒在田野间，岸边是新冒出的芦苇芽，嫩绿嫩绿的，这一泓清流宛若邻家的村姑有了一双水汪汪的明眸，即便不施粉黛，也一下子增添了几分水灵气。不远处还看到一条铁路线从村庄的外围穿过，又增添了些许现代的气息。前日里赶集只顾着目不暇接地在集市上找寻有没有什么新鲜玩意儿，倒忽略了这原生态的田园风光。

正好有一位老爹骑在三轮车上停歇在路旁，车后面放着水臿子、小锹一应农具，还有一个竹篮子里放了一把绿滴滴的茼蒿，一看就知道是刚刚从田地里采摘的。老人家瘦瘦的，看起来挺精神，悠闲地坐在车座上慢悠悠地抽着烟。

我上去跟他攀谈起来，老人家姓洪，72岁了，是唐甸老村民。我问他眼前这条小河可有名字，是不是活水。他说不晓得名字，水倒是一直通到卤汀河，还说村里的水荡子太多了，桥也多。我又问他是否知道唐甸村的来历。

他告诉我也是以前听村里的老人们说的，相传唐王李世民东征时，曾于此扎筏堆土，建成一座水上宫殿，称为"唐王殿子"，年深日久，泥沙在"唐王殿子"周边沉积，形成了高出水平面的滩头。据说明朝以后，苏州移民迁至海陵城北的唐家殿子，但无法考证这种传闻的确切性，不妨只将其当作一则民间趣闻。但有一点是确定的，就是20世纪50年代才将原"唐殿"更名为"唐甸"，一直延续至今。我又跟他聊起前两天的三月三庙会集场，洪爹谈兴更浓了："我们唐甸每年三月三热闹得不得了，家家户户像过节，烧高香，逛集场，办酒席，请客人，看舞龙，看戏，快活呢！"洪爹说到这儿，脸上笑呵呵的，"说来说去，还是因为现在人日子好过，所以庙会才弄得起来，大家才高兴来赶集！"

我说洪爹你日子也过得蛮惬意的，洪爹说："还不错噢，我每天也没什么事要忙，没得什么要愁的心思，每个月反正国家都有补贴，平时就帮着带带孙子，弄弄自家的一点儿自留地，种点儿菜，吃不掉的话，还能卖一点儿。"他用劲吸了一口烟，又慢慢吐出烟来，很受用、很享受的样子。

两天前来庙会的场景又浮现在眼前，被乡民称为的三月三庙会，古称"上巳节"。上巳节最早可以追溯到周朝，其中有个重要的仪式叫作"修禊"，时间一般选在春季三月初三上巳日，也叫"春禊"，修禊的地点一般选在临水之处，修禊的人可以"漱清源以涤秽"。洗漱过后，把酒洒在水中，再用兰草蘸上带酒的水洒到身上，借以驱赶身上可能存在的邪气，以求幸福美满。时光流转变迁，如今修禊活动已不多见，渐渐演绎成更加接地气、聚人气的庙会形式。早在1665年前，东晋永和九年（353）的那场三月三活动——兰亭雅集，加上了独创的曲水流觞、饮酒赋诗的文艺元素，把上巳节推向了文艺范儿的极致，成为千古流传的文艺盛会和佳话，令吾辈不胜神往。"苔花如米小，也学牡丹开"，于是效仿先贤，邀上肖放、沙翁等作家文友一起到唐甸采风雅集，白发红颜，老少同行，此行虽无曲水流觞之雅趣，如能体验一二乡风俚俗亦可也。但我们来得有些晚了，一开始的祭祀仪式和民俗演出已经告一段落，舞龙等民俗表演已经转为流动演出。村口的积庆庵人流穿梭，门前门内一片香烟缭绕，到处都是乡民祈福的高香。整个村庄变成了一个大集场，沿途两侧都是各种各样的摊点，吃的、用的、玩的都有，还有平时不多见的农具，苗木，竹编的筛子、匾子，自制的马扎、小凳儿，都是百姓日用之物，浓郁的生活气息扑面而来，不由得让我们也融入其中。我亦随喜买了一株蔷薇花，一张马扎。

那日，后来我们一行又到村部落座，先是街道的宣传科老科长国胜简单地开了个场，他脖子上挂着个相机，忙前忙后，这次村里的民俗摄影大赛，他是积极的策划者和参与者。然后村里的徐支书把村庄的情况做了介绍，徐支书还少壮得很，长得敦敦实实的，语速很快，说到唐甸下一步的规划设想更是激情满满，让我们有理由对唐甸的未来充满期待。

今天我走过两天前的道路，一切已经归于宁静。沿着往南的小路走过村部再向南，则是我前天没来得及走的地方，很快空气中弥漫的喷香的菜籽油香味吸引了我，原来路西有一家榨油的小作坊，我走进去，一架老式的榨油机正在轰轰作响，眼见着黑黑的菜籽从透明的管道里运到机器里，出来的却已是黄黄的菜籽油了，浓浓的，香香的，十分的诱人。还有个管道通到另一间屋子里，是掉下的菜籽饼渣，也很香。正在榨油机边忙碌的陈老爹老两口儿主动跟我搭讪，问我要不要买油，告诉我他这个小榨油厂已经开了将近20年，乡里乡亲都在他这儿榨油买油。我跟他说，我今天开眼界了，从没见过这样的榨油场景呢，下次到你这儿买。"好，马上就有新菜籽了，到时你可要来买啊，我们这儿比城里的又新鲜又便宜，保你满意！"陈老爹不紧不慢地说，跟我很客气，脸上的笑容是淳朴的、恬淡的。

我在村子里随意转了转，不少人家的小楼房砌得很洋气，院子很宽敞，有一家院子里还竖立了一大块挺漂亮的太湖石，筑了个颇有意趣的小园林。人家门口多半还有一点儿小园圃，栽种着苋菜、莴苣、番茄秧，充满了盎然的生机。"种豆南山下，草盛豆苗稀。"陶渊明的诗句一下子蹦出来了，这样的田园生活真让我心生艳羡，"晨兴理荒秽，带月荷锄归。道狭草木长，夕露沾我衣"，多么充满诗意的乡居生活！

唐甸再度归来，一路上我总在想，三月三的庙会也好，平日里的村居生活也罢，诗意地栖居在这美丽的乡村田园，或许就是唐甸人正在追求的梦想吧！

2018 年 4 月 22 日

罡杨归来话桑麻

"不到田园，怎知秋色如许？"站在纯垛的田头，这样的感叹油然而生！眼前，一大片一大片的稻田已经泛黄，风过处，沉甸甸的谷穗在招摇着，稻浪层层叠叠，空气里弥漫着收获的味道。往远处看，一湾湾水泊河塘，天光云影共徘徊，高高低低的芦苇错落丛生，芦花自在地随风摇曳。极目处，秋水淼淼，一群白鹭忽飞忽落，轻捷地画着漂亮的弧线。转眼已是霜降过后，秋天已近尾声，与作协诸友相约去罡杨踏秋，数月来的案牍之劳顿时消弭。

难怪同行的陆书记跟我说：我可把到这儿来驻村扶贫当作一种享受，你看空气这么好，风景这么美！陆书记原来在市烟草公司工作，是组织上派来驻点到村扶贫的第一书记，每天都要从城里驱车几十分钟到纯垛来。

纯垛是罡杨最西北的一个村，北望华港，西邻江都郭村，也正因其交通相对不便，使之更多地保留了原生态的水乡风貌。纯垛的周支书如数家珍地跟我们介绍，纯垛有"三宝"，一曰螃蟹，二曰飞鸡，三曰莲藕。刚刚一路过来，我们看到了蟹塘、虾塘、藕塘，一个连着一个。确实，纯垛水网密布，环境优美，不宜发展工业，关键还是要发展生态农业，要打的就是这张"生态"牌。今年，纯垛对村里的30多条大大小小的河流进行了全域整治，河里的水更清了、更干净了，水清草肥，螃蟹产量大增，且个大味美，蟹农虾农收获颇丰。村里还专门拿出100亩稻田，尝试在稻田里套养螃蟹，稻蟹共生，既保证水稻绿色生态，又能使螃蟹更加美味，可谓一举两得。走过长长的田埂，弯弯的河岸，周支书和陆书记把我们带到了一个四面环水的小岛，岛上一群一群的公鸡母鸡，或在闲庭信步，或在草丛觅食，或在河边饮水，你看，这就是传说中的"纯垛散养飞鸡"，头顶着蓝天白云，自由穿梭在林间水边，个个如能飞上树的飞鸡。我们又在一片荷塘边驻足，但见枯荷莲蓬参差支离，别有一番风致，殊不知，这淤泥下的莲藕更是事关百姓口袋子的营生。听介绍说，挖藕人通常下午来挖，得益于这里得天独厚的水环境，这里的莲藕要比市场上一般的莲藕品质更好，价格也更高一些。到春节前后莲藕价格最高，所以这片藕塘一块一块慢慢挖，慢慢上市，一直要持续到春节前后。周支书不满足于村里已经脱贫的现状，对未来的发展颇有想法，将来纯垛要发展水上休闲、农家美食、乡村旅游，让村庄更美，让百姓更富。明天纯垛就要举办一个垂钓比赛！

刚刚我们观看了汊港，是一片自然形成的河流交叉的水域，河里的水已经抽去不少，近岸处的河床已经裸露，却见远水深处有两艘小舟漂在水上，舟上各有一人，用趟网推鱼，但见天高水远，蒹葭苍苍，人烟寥寥，竟有几分元人水墨的萧疏意趣。正好遇见前来踏勘现场的水利站的人，说这里已经立项，马上要动工做驳岸，我们几个不约而同地说，这样的原生态自然风貌最好不过了，千万不能千篇一律地做成混凝土驳岸，那就毫无乡野的自然天趣了！他们说，不会的，这里是生态驳岸，沿岸用树桩，然后再种上绿化。我们说，就这样随意生长的芦苇、皂角树就很好，又经济又自然，乡村就要像乡村，可别种得像城里一样！

而我们在罡杨的第一站，是参观罡门村的飞彩园艺项目，一走进高大、敞亮、温暖的智能大棚，各个惊叹仿佛走进了春天，走进了一个红掌花的海洋。这个智能大棚，可以调节光照和温度，温度控制在最适宜红掌生长的18℃~26℃，大大小小的红掌、叶子青翠、花儿嫣红，一眼望不到头，园艺师告诉我们，目前有十多万盆红掌，而且不愁卖，订单飞飞的。他又带着我们看正在试种的蝴蝶兰，并高兴地告诉我们试种很成功，都已经打了一串串的花苞，除了红掌，下一步还要栽培蝴蝶兰，那个效益更好。村里的几个大妈正在帮助换盆。带我们来的是罡门村的朱支书，我问他这些土地流转出来搞园艺、种花木，老百姓愿意吗？朱支书门儿清，跟我们算了一笔生意账，说老百姓每亩地的收入比种粮食更多更实惠了。"这才是第一期"，他指着正在扩建的新大棚说："我们还要再扩大，争取创造更大的效益，给村民带来更大的实惠。"朱支书笑哈哈的，语气很笃定。

"相见无杂言，但道桑麻长。桑麻日已长，我土日已广。"古人以桑麻二字代指农事，如今这农事，岂是这桑麻二字可以囊括，如今的农事，远远不止以前所说的稼穑之劳，更有花木园艺、水产养殖、农家美食、民宿休闲等。不知不觉，绿色和生态成为此行的最大感悟，这也是当下乡村发展的最重要的一点。发展固然重要，但一定不能辜负这脚下的土地和河流。一方水土养一方人，脚下的这一片土地和河流，只要你善待它，它必定会给你丰厚的馈赠！

2019 年 10 月 27 日

第四辑　写意人物

种树的人

春节过后上班没几天，肖仁老先生托人捎话要请我吃饭，我顿时吃了一惊，啊，老先生年前不是才摔了跟头，跌断了四根肋骨，腊月里去探望时他还躺在床上休息的，怎么都大安了，这才多长时间，还出来请客，这个可爱的"老顽童"又快活起来了。老先生今年88岁了，巴巴地请你吃饭，你若不去，他岂不着恼。恭敬不如从命，到了时日我应邀前往。到了酒店一看，嘿，老先生精神地端坐着呢，包间里开了空调，暖洋洋的，老先生穿着件厚的大格子夹棉衬衫，脸上红扑扑的，稀疏的银发不见一丝杂色，温文尔雅而又风度翩翩，老帅锅一枚啊。

我上前招呼他，问询他的身体恢复得怎样，他老人家快活得不得了："没事了，都好了，能下床了。"眼睛几乎眯成缝，"薛梅，你能来我太高兴了！哈哈哈，承蒙你们大家都关心，你看我好着呢！"

我四顾一看，不禁乐了，座上还有汪秉性、张执中、俞扬、邵展图四位老先生，加上肖老先生正好五个老寿翁，见到我都笑呵呵的，嘿，不是李公麟的《会昌九老图》，活脱脱一幅《海陵五老图》啊！还有徐同华、李晋两位青年才俊，呈霞一位年轻女士亦同席。几位老爷子都是泰州文艺界响当当的人物，一肚子的才学，都好久没见了，看他们神采奕奕的，肖、汪、张三老还携了夫人同席，让人真是高兴。

落座后，斟了点儿酒大家小酌，一点儿小酒下去，气氛就热嘈起来了。先是几位老爷子排序齿长幼，肖老最长，88岁，汪老次之，85岁，然后是张老、俞老也都上了80岁了，邵爹还算"小盆友"，才七十有五。今日之聚，恰也如白香山会昌九老的"尚齿"之会。

我逗他们开心："肖老、汪老还有张老、俞老，你们都还年轻着呢，你们跟同华、李晋他们一样都是80后；邵爹，你跟我一般，是70后！"

"是啊，我今年才88，乃二八佳人，哈哈哈。"肖老真是个老可爱！

"我今年是本命年，属猪，薛梅，你不是也属猪么，我是老佩奇，你是小佩奇！"汪老一向以风趣著称，果然又妙语如珠！

几位老先生你一句，我一句，说得兴起，说得最多的还是文艺界的一些旧闻轶事，不知不觉已是酒意阑珊。

汪先生突然话锋一转，抛出一个新话题："薛梅，人一生要看看自己种了几棵树？"我一下子懵住了，"比如说，你看冯骥才一生种了几棵树？我看种了四棵树，他是作家、画家，文化学者、还是个教育家。"

汪先生的思维是跳跃式的，我差点儿跟不上他的节奏。冯骥才？！老先生真是眼明心亮，说得正是。冯骥才早年以反思文学出道，是"伤痕文学"的代表作家之一。后来又攻中国画，以其中西贯通的绘画技巧和含蓄深远的文学意境，被誉为"现代文人画的代表"。他还是著名文化学者，近20年来，投身历史文化保护和传统古村落等民间文化遗产的抢救，去年当选为"中国非遗年度人物"。此外，冯骥才还出任天津大学冯骥才文学艺术研究院院长，致力于文化研究和文化人才的培养。今天汪老用种树来比喻冯骥才的成就，我觉得倒也贴切，他可不是种了四棵树！而且是好大的四棵树呢！

汪先生接着往下说："你看看，桌子上的几位也都了不得，你看肖先生，音乐、绘画、写文章、排戏，样样了得，执中老则是诗书画印文'五绝'圣手……"

"我算不上什么，就是个'万金油'，样样通一点儿，就是喜欢做这些工作，"肖老接过话头开讲了，"我搞文艺几十年了，现在回想起来倒是有三件事值得说道：一个呢，就是从1962年开始和大家一起办了个《花丛》，刚开始就是橱窗里的灯光报，区文联能把《花丛》恢复起来，而且现在办得这么好，算是大功一件。第二个呢，就是20世纪80年代初创办了《海陵潮》这个小报，这个报纸一直是文化局主办，反响也很好，怎么现在停刊了呢，这个太可惜，最好还是恢复起来。第三个呢，我还倡导成立了个红粟诗社，杨本义做首届社长，那还了得啊，省文联的李进主席都专门来祝贺了呢，扬州的绿杨诗社写了好多贺诗，红粟对绿杨，对得多工整，我专门为诗社作了首歌，叫《红粟社歌》，歌词是石林作的，我谱的曲。"

"肖先生，看来你种了三棵树！"

"不对，种了一朵花，一粒粟，还有一个小报！"

"不止呢，肖先生本来有个独生女，后来又有了二姑娘呢，叫《凤凰姑娘》（一本民间文学集）"！

大家七嘴八舌，都跟肖先生打趣，听不清是谁在说。

"肖爹，你把那个红粟歌唱给我们听听，好不好？"我也跟着煽风点火。

"好呦。"老人家真的哼唱起来，脸上的笑意更浓了。

红粟结诗社，广订文字交，
可以陶性情，可以励清操。
春播一粒种，秋实盈枝条，
巧思构奇想，丽句流风骚。
运裁千百虑，奋笔如霜刀，
歌唱新时代，江海翻波涛。

肖先生一边舞着手打拍子，一边唱，很投入，真好听的歌，我被迷住了，一唱完，我就嚷嚷道："肖爹，我要到你家去寻宝呢，找不找得到这个歌词曲谱，要想办法激活它，可不能仅仅睡在你的记忆里！"先生连连称好。

细细端详几位老先生，心中有些许感动，又不禁陷入了沉思。

汪秉性先生，身穿一件盘扣小立领中式外套，酱红色，戴着一顶"座山雕"式的貂绒帽，大模大样的，尤其那双眼睛，挺亮，甚至带着点儿狡黠的意味。他从人民医院退休，是位牙科专家，因家学深厚，旧体诗写得很好，曾担任红粟诗社社长10多年，还是撰写楹联的大家，上次在素素那儿就看到一幅他写的嵌名联：从来素面朝天不修边幅，简直兰心毓秀只有诗文！把"从简""素兰"二名都嵌进去了，妙！最难得的是，汪先生虽然是80多岁的人了，一点儿不古板，特别通达洒脱，是个诙谐风趣的妙人，有他在席，你就准备拾笑料吧。

张执中先生，身材比较高大，80多岁了，腰板还挺硬朗。斋号"三师堂"，师古人，师今人，师造化，最擅长的是中国画，工花鸟，师古不泥古，尤擅画仙人掌，自创一格，每画必题诗。张老的"三师堂"设在乔园，《花丛》上发过他写乔园的一组小品文，甚是清隽佳妙。

俞扬先生，一头灰白长发过耳垂肩，飘飘洒洒，不拘小节，学问却是了得，他早年毕业于南京大学，后来在史志办修志编史，是《泰州志》的主要编撰人之一，他还是研究方言、考据地方文史的专家。

邵展图先生，年纪比前几位少壮些，原先是技校的电工老师，编了31部电工教材，不少都是职业教育的国家精品教材。邵爹总是乐呵呵的，兴趣广泛，雅好甚多，写写文章，搞搞篆刻，乐此不疲，最近在学画画，且专攻人物画。上次一连画了几稿泰州名医宋濂舫送给我们看，还真是颇得神韵。

你看看，这几位"70后""80后"的老先生，可以说都是泰州的老文化人，术业有专攻，都挺有精气神的，从他们身上我看到了老一代文化人的风骨和精神。不仅在座的5位，我还自然而然地想到了其他的一些老文化人，比如"80后"的陆镇余先生、徐一清先生、李雪柏先生，"70后"的沙黑先生、黄炳煜先生，再少壮些的"60后"，如王申筛先生、武维春先生等，他们正在以各自的方式保护着、表达着、传承着这座古城的文脉，他们何尝不是一个个种树人！这群"80后""70后""60后"的文化长者，可敬、可佩、可爱！

种树多好，前人栽树，后人乘凉。待有时日，又能开花结果，众人分享甘甜。文化这棵树，需要一代代人接续不断，你种一棵，我种一棵，慢慢长成一片森林，滋养众人，荫庇后人。

那么，我也加入他们的行列，努力去做一个种树人吧，哪怕是种一棵小小的树苗。如果实在种不好，就做一个园丁，为这棵树浇浇水、松松土、捉捉虫，也蛮好。

2019年3月12日正值植树节

清风徐来一先生

一

好久没见徐一清先生了，心里一直惦念着，终于前几日得了空，上门去拜望他。

先生今年八十有二，精神不错，就是腿脚不太利索，只能以很慢很慢的小碎步走。我坐在他身侧，陪他说说话，聊聊家常，谈谈《花丛》。不知不觉，东拉西扯，已经到了饭点，先生说："薛梅，就不走了，一起吃个随菜便饭，喝点儿小酒。"我推辞不了，只好留下，先生喝酒，我喝茶，伴他小饮。

先生一向嗜酒，即便痛风多年也不舍放弃，只是将喜欢的花雕酒改成白酒，每天中午雷打不动小酌一下。先生烫一小盅酒自斟自饮，小口小口地啜，他的动作慢悠悠的，先生还是一向地讷于言，更多的时候是我说得多，先生微笑着颔首称是："好好好。""嗯，不错，不错。"

恍惚间，我仿佛又回到了施湾北街121号的那个老屋里，那是20多年前的事了，那时候隔三岔五的，约上三五个朋友到先生那儿，谈天说地，高谈阔论，那时真是太年轻，不知道天高地厚，也不谙人情世故，先生却没有一点儿师尊架子，总是和颜悦色，待我们这些后生亦师亦友，甚如自家儿郎。每每地，还要留下我们吃饭，支派徐飞到演化桥口买烧腊肉、卤鹅，师娘再炒几个下酒菜招待我们，动不动家里就是一桌人。夏天的时候，我们就坐在院子里，喝酒，侃大山，大家伙儿开心得不得了。那个清风吹拂的小院啊，靠近南围墙的地方长着一棵枇杷树，枝叶很葱茏，在风中摇曳着，老屋早已拆迁多年，那枇杷树却依旧在风中摇曳，摇曳在我的心里。那时节，先生还未年老，我还年少。

先生案上堆着几本书，是子川和庞余亮的赠书，其中还夹了一份折叠的简牍手札，打开一看，是子川先生的字迹。子川的行草如行云流水一般，但不易辨识，我跟先生一起边看边猜。简牍手札从右到左，先题了一首诗，然后有数行字这样写道：

> 徐一清先生，海陵故旧，相识于20世纪80年代初。擅诗能文，诲人不倦，海陵文艺青年皆奉其为师。先生谦谦君子，待后生如友，力推海陵文事，执《花丛》编务日久，编撰评校无不累心操劳，感人至深。值《花丛》期刊入围省文学内刊二十强，右录小诗奉先生兼致敬意。戊戌小寒大可斋子川。

寥寥数行字，竟仿佛从我心窝子里掏出来一般。

时光再次穿越回去。真记不清是什么时候认识徐一清先生的了。上小学的时候就依稀记得跟表哥到徐先生家去过，掐指算起来，认识徐先生竟有近40年之久。我的小学时代在姨母家度过，徐先生的家靠在路边，是我上学放学的必经之地。我和他的公子徐飞是小学同学。我高中最要好的同窗亦石叫徐先生姨父。后来读高中时，我也曾跟亦石结伴去徐先生那里借过书，但似乎有些失望，先生的书没有我想象得多，书斋也没有想象得那么像样。

去的最多的时候，则是我到南京上大学以后，每逢假期回来，总是要到先生那儿去报个到。那时节，跟先生也通过信，但并不多，我跟徐先生之间的信息往往由徐飞来传递。那时徐飞正痴迷于写新诗，通信的话题主要是关于文学和诗歌，现在想来简直不可思议。

大概是1991年春天，张荣彩、叶茂中和徐飞联合举办三人诗画展，张、徐二人是新诗，叶是画，在当时的工人文化宫举行，徐飞很够哥们儿，专门将展览延期到我放暑假回泰，等我看了展览方才撤展。后来，张荣彩调进省作协，成了专业作家和诗人子川，叶茂中则北赴京都，成了全国知名的广告策划大咖。而当年，子川、叶茂中都是清风小院的常客。

20 世纪 80 年代末 90 年代初,小城文风很盛,文艺青年似乎很多,我的周围好像都是诗人。我的表哥钱进也算是一个。他喜欢唱歌,热衷画画,也爱好写诗,这跟擅诗能文的一清先生不无关系。徐先生是他的高中语文老师,学校里有"芹塘文学社",徐先生兼任文学社的指导老师,表哥有时便拿了诗稿去徐先生家请教。表哥的诗歌先是登上了《芹塘》,那是个油印小报,后来又登上了《花丛》,一个薄薄的小册子,徐先生是编辑。我依稀知道了泰州还有个文学刊物叫《花丛》。表哥说,徐先生对学生很宽容,一点儿不凶,讲课语速很慢,着急起来甚至会有些口吃,同学上他的课默契得很,没有谁捣蛋,大家都明白先生虽然不善言辞,但是满腹经纶,所以徐先生口吃的机会并不多。因为有着少时文学的功底,表哥后来专攻文化创意设计,成为业内著名的品牌设计师。

    我对文学的爱好或许就在那时开始萌芽,潜滋暗长。要成为一个真正的文学青年,渐渐成为我心里头疯长的草。于是乎,我开始疯狂地找诗读,手头有一本《探索诗集》,几乎翻烂了,进而学写诗。1988 年高三毕业那年夏天,我的一首诗居然在《语文报》上发表,诗名《夏日的情思》,这是我发表在公开刊物的第一篇。

二

    跟徐先生的更多接触是因为《花丛》。

    1991 年暑假,学校里要求大学生进行暑期社会实践,找谁呢?头脑里首先想到的就是一清先生。我找先生求援,请他最好帮我安排到文化部门去,先生很快把我推荐给了肖仁先生。真是太好了,肖先生在文化局上班,隔壁就是文联,我就经常文化局和文联两边跑,接触了不少文化人,如诸祖仁、顾维俊、尤我明等。当时的文联主要是夏春秋和刁泽民两位常驻,他们手头上就忙着编《花丛》,而徐先生一直就是《花丛》的主要编辑之一,这回跟《花丛》有了零距离的亲密接触,知道了《花丛》是个文学内刊,并不发行,以赠阅为主，但是好像影响还不小，经常看到有人在文联来来往往，不少是来投稿的，或者来拿《花丛》的。我也受了鼓动，暗暗地练笔操刀，不久，我的一篇散文《等待时分》被《花丛》采用，那是1991年秋天。写文章的时候，常常心里没底，不知道好坏，这时候我就到徐先生那儿去，请他指点指点，虽然我奉其为师，但是先生却不好为人师，总是一贯地老样子，连连点头："不错，不错，挺好挺好。"先鼓励肯定一番，然后再提一点儿修改的建议，语气温柔敦厚。先生发了话，我心里也便有了底。

时光如流，后来兜兜转转离了学校，进了机关，2004年海陵区终于恢复设置了文联组织，我也参与筹建作协和文联，不久服从组织安排调任到宣传部工作，并兼文联副主席。其间，我与文联主席吴家宽同在一个办公室工作，两人一合计，决定恢复文学内刊《花丛》。谁来主持编务呢？需得一位资深的老《花丛》人来带领我们才行，我的头脑里又自然而然想到徐先生，毋庸置疑，一清先生是最合适不过的人选。我请先生出山，先生一听说是恢复办《花丛》，二话没说，欣然应允，但坚持不担任主编、副主编，说我就是帮帮你们的忙，还是挂你们的名。我和作协的范观澜、周昊、程越华、徐同华诸君共同商议，从封面设计和内部版式，从开本大小到厚薄程度，从刊物定位到栏目设置等，无不一一考虑周详，事无巨细，一清先生也都参与其中。编稿就更烦了，尤其刚开始几期，真是煞费苦心，恰如子川先生所说"编撰评校无不累心操劳"。《花丛》一直设有卷首语，可别小看这短短的数百字，是对这一期文章的点评和推介，先生须得花费大量时间通览所有稿件，才能写就短小精悍而又恰如其分的卷首语。印刷厂又很远，在鲍徐，我开始也和一清先生、同华去过几趟，坐在电脑旁边指导设计编排，一坐就是半天甚至一整天，眼睛都看得疼。先生成了《花丛》的定海神针，正是有了先生的引领和把关，《花丛》得以顺利复刊，并且为后来的发展种下了良好的基因。先是一年两期春秋版，慢慢聚集了人气、稿源，后来又扩容至一年四期春夏秋冬四季歌，《花丛》进入了良性循环，我审稿时也越来越轻松，无须太过劳神。到2016年，《花丛》又华丽转身升级为双月刊，赢得了各方认可肯定，并且在全省100多家文学内刊中脱颖而出，成为江苏文学内刊联盟理事单位。从2005年恢复新版《花丛》，一直到2017年第六期，不觉竟有13年之久，先生为《花丛》孜孜不倦，不仅《花丛》日益茁壮，也发现培养了不少文学新人。薪火相传，一直跟随先生做编务的徐同华逐渐担纲主要编务，"《花丛》二徐"成为一段佳话。2017年底，先生80岁了，他主动请辞不再担任《花丛》编辑工作，说《花丛》已然茁壮，同华也已成熟，要完全退居幕后。13年，弹指一挥间，先生就是这样悄悄出场，悄悄退场，一直甘当绿叶、甘当配角，默默奉献。每念及此，作为《花丛》主编之一的我，感激感佩之情，真是无以言表。

好几次，为表谢意，我主动问先生，可有需要我效劳之处，先生总是淡淡一笑，连连摇头："没有没有，不需要不需要。"我以为先生身上是有着老一辈传统文人的"士大夫"气的，这个不在于他的样貌看起来是否高贵，而在于浸润在骨子里的气质和性灵。

三

一清先生是我尊崇的文学导师，我对先生心中不无愧怍。

先生作品并不多，结集出版的有四本书，一本《逝去的灵性》，一本《海陵文学》丛书中的《平原鹰》，还有两本是《泰州知识》丛书中的《红粟飘香》和《海畔初见人》。先生早年毕业于杭州大学中文系，有学院派的扎实根基，文风清雅干净、轻灵洒脱，读其文，如清风徐来，时时拂面。先生做了一辈子的中学语文教师，从来与世无争，淡淡泊泊的一个人，职业生涯中无官无职，可谓一介布衣，却因其高洁人品和锦绣文章，不仅引不少晚生学子尊其为师，而且文艺界上上下下一众人等说到一清先生，无不仰其风范，没有谁说个"不"字。

惭愧的是，我对文学，也算钟情，但不够执着，借用一句戏词："我本是散淡的人。"兴之所至，就信笔涂鸦，杂务多了，就搁搁笔。写作于我，好像不是你侬我侬的深情款款，更多的是若即若离的君子之交；不是殚精竭虑的苦耕不辍，更多的是自娱自遣的率尔操觚。如此这般，真有些愧为先生的弟子。

2001年那年，适逢而立之年，突发奇想，要出本书，权当与青春作别。这个念头近乎疯狂，因为没有底气，所以去跟一清先生说，先生说好啊，值得弄。于是乎，回去翻弄故箧，整理旧稿，粗粗梳理了个目录，捧到先生那儿去求援，请先生帮我审订。真亏得先生，他花了半个月的时间认认真真、仔仔细细把我的文稿看了估计不止一遍，帮我遴选了文章不谈，还专门写了一篇两千多字的序——《或浓或淡的一种词味儿》。先生多有褒奖，说我的作品："情调和笔致多委婉曲折，轻灵妙曼，其内在节奏，即其音乐性，富有词的韵味。"但也中肯地指出有些作品"其意未化，其味未出，笔也未放开"。

到了2015年，区文联要推出《海陵文学》丛书，先生自然又是我们依仗的"靠山"，先生不仅要忙自己的《平原鹰》手稿，又帮忙审看其他几本书稿，我还跟着添乱，把整理出的《坐看云起时》的初稿送过去给他看，先生一点儿没有厌烦之色，帮我审看书稿，特别是对我的分辑方案提出了修改意见，我接受他的意见做了调整，果然书稿看起来文气更加通畅了。

先生就是这样，对我如斯，更不知道为多少个"他人"做了多少件"嫁衣"，为此消耗了太多的精力和时间。我是经常找他麻烦的人，《花丛》不必说了，先生付出太多的心血，其他还有些小事情，比如单位要编家风家训的小册子等，也请先生帮看看。想及此，心中的愧疚又多了一分。人的精力是有限的，如果没有这些牵牵绊绊，先生投入自己创作的精力或许会更多一些，个人创作的作品或许也会更多一些。

这么多年来，我载着自己的文学梦慢慢启航，慢慢远行，这小小的文艺之舟或许并不会行走很远，但是文学的光芒确确实实照耀了我，使我的灵魂洁净而明亮。时常地，我恍惚觉着自己在一片汪洋之上，飘飘荡荡不辨方向，而一清先生就在那里，有时默默地给我递过桨，示意我怎样划桨，划向何方；有时又如一缕清风，轻轻吹拂，在不知不觉中助我行得远些，更远些。

我所尊敬的一清先生，就是这样的人。

2019年3月

一根思想的芦苇

当我在范家花园人文会客厅,看到潘浩泉先生从南门第一进迈进来,逆着光,看不清先生的脸,还是那样高高瘦瘦的身影,我在心底惊喜地叫了一声,快步迎上去,好久没见先生了,竟然情不自禁跟他来了个拥抱,这是一个学生和老师的拥抱,甚至是一个女儿和父亲的拥抱。正是乍暖还寒时节,先生年逾七旬,许是穿着件薄羽绒服的缘故,这回显得不那么清瘦单薄。头戴一顶深灰色的帽子,脸上的气色还不错,我看了心里踏实许多。

这次活动是区文联和作协举办的"名师带徒"结对仪式。此前我怀着试一试的心情,致电靖江的浩泉先生,邀请他担当文学导师,并且结对带一位年轻的海陵后生为徒。先生一向是个安静的人,且一直身体单弱,没曾想他居然一口答应了。我问,把几个入选学员的个人信息和代表作发给你看看,你选个徒弟,他说,一切听你安排。我心里只有感激的份了。想想也不奇怪,先生一向是对晚生后辈乐于提携的。

活动开始,五位学员依次发言,然后沙黑、陈社、庞余亮、李明官几位导师以及市文联主席刘仁前也都一一作了精彩恳切的发言。浩泉先生也说了不少,他语速缓慢平和但语气坚定,是经过斟酌,一字一句吐出来的,大致三层意思:在提倡多读书的同时,要多体验生活,注重从生活中感受;要珍惜对文学爱的过程,过程比成果更重要;写作不仅需要才能,还要有情怀。说得真好!我心中不禁感喟,先生还是我初识时的先生。

第一次见到潘浩泉先生,我惊讶于他的清瘦和单薄,个子高高的,脸庞瘦削,有些苍白,自带一丝忧郁的气质。我想起了帕斯卡尔的那句名言:"人是能够思想的芦苇",浩泉先生给我的第一印象是,他好像就是一根芦苇,一根瘦瘦高高、思想着的芦苇。

那是在 1997 年的春夏之交,适逢泰州市筹建首届作家协会,先生被推举为作协主席候选人，到泰州参加第一届作家代表大会。开会前一天晚上，在日报做记者的姜素素邀徐一清先生和我同往，去潘主席下榻的乔园看望他，素素准备为他做一个人物专访。他当时是民盟泰州市委主委，同时任泰州市政协和靖江市政协副主席两职。繁忙的公务之余，文学创作颇丰，其长篇小说《世纪黄昏》当时正在《清明》连载，反响不小，各方面的评论也颇多，一清先生也写了一篇。我当时才20多岁，怀着仰慕的心情跟在后面，竟不敢造次多说话。好在这样局促拘谨的心情很快得到了纾解，潘主席一点儿也不端着，毫无官架子，倒是有着浓浓的书卷气，他说话慢言细语，是带着靖江口音的普通话，温婉软糯，听来非常让人熨帖。他在应对素素记者式访谈的同时，没有冷落一旁不吭声的我，主动问询了我的情况，眼睛里带着一种让人可以信赖的热忱，从他的眼睛里，我读到了一位师长对一个初涉文坛的后生晚辈的关切。

后来一次近距离的接触是在2001年秋天，市文联和作协组织10多位作家去溱湖采风雅集，文联洪东兵主席和作协潘浩泉主席率众前往，同行的还有徐一清、沙黑、刘仁前、庞余亮等诸君，那一次的雅集行程宽松，白日里在景区转转，晚上在喜鹊湖度假村下榻，把烦冗的事务暂且打包搁在一边，很是舒心惬意。因白天有些疲乏了，我美美睡了一觉，第二天清晨在鸟鸣中醒来，出门溜达，呼吸一下新鲜空气。一抬头，看到了在湖边伫立的潘浩泉先生，我走过去问早安，见他面有倦容，问他昨晚可睡得好，先生说，夜里没睡好，大家聚在一起太闹太兴奋了，很晚才睡，早上窗外叽叽喳喳的不少鸟雀叫，眠着了一会儿又被鸟儿吵醒了。跟先生一聊，才知道他长期被失眠困扰，难怪他身子这样单薄。我当时心里揣测他失眠大概是思虑过多的缘故，总是若有所思的样子。湖边一大片一大片高高低低的芦苇，一簇簇的芦花在风中摇曳，很有些意境。浩泉先生站在那儿，越发地像一根芦苇，一根思想着的芦苇。很多年之后读到先生的文章，才知先生本应孪生兄弟二人，但出生时仅他一人幸存下来，我似乎明白了他的忧郁气质和单弱的体格，或许是与生俱来的吧。

那次的采风活动中，我和浩泉先生经常结伴同行，也是缘分吧，我俩颇谈得来，虽然他比我的父亲还年长一岁。浩泉先生手执一枝很精神的狗尾巴草，跟我戏称：这是疾风知劲草的"劲草"！我便采了一大簇黄灿灿的野雏菊，两枝缀着红艳艳的枸杞果的枝条，外加一束白茅草，跟先生说，你看我这一幅色彩斑斓的《秋色图》，比你的劲草好看！浩泉先生被我逗乐了，哈哈大笑，我很高兴，先生终于笑了。

那年我刚刚出了第一本散文随笔集《何处是归程》，记不得是托人带给他还是寄给他的，隔了一段时日，接到先生的电话，说，薛梅啊，你找找今天的《泰州日报》，我给你写了个书评《如歌的行板》，出来了，你看看。啊？！真是让人惊喜！我并没有开口请他写评论，虽然有过这个念头，但一萌芽就被自己掐掉了，因为心里缺乏足够的底气和勇气！我急忙找来报纸一看，是的，先生的书评赫然在报纸的右上方，开篇就是这样一行："薛梅的散文随笔在泰州是别有芳菲的。如果以两个字来概括其特点，也许可以用典雅。"不得了，我心底一迭声叫，先生太过厚爱，有些拔高了！他还指出："作品流露的观念与情怀也不无古典神韵，而语言似乎有点暗香无痕。""薛梅的写作属于相对纯粹的写作。当然相对纯粹的写作也是相对寂寞的。"先生显然是懂我的，评点大抵契合，我的写作确实是纯粹的，但有一点不同，写作于我更多的是一种自我遣怀，自足率性但并不寂寞。我很明白，时任作协主席的浩泉先生为我写这篇评论，对年轻人的奖掖扶持之意不言自明，那年我刚好是而立之年。后来这本12万字的小书有幸获得了泰州首届政府文艺奖。

我是个不够勤奋的人，时隔10多年后的2015年才出第二本书《坐看云起时》，我托人带了一本到靖江送给先生，我还是没有请他写评，虽然心里很想。没多久，还是这样，先生又写了一篇书评——《踏歌而行》，不一样的是，这回先发了电子邮件到我信箱让我看看，不几日，《泰州日报》和晚报副刊相继刊载。文中他这样写道："我还喜欢文章里头的中年况味，包括对万物的悲悯和感恩……世事缤纷，物欲横流，倘若没有修炼出一份从容和淡定，对树木花草岂能爱到深处？又如，我还读出一点儿人到中年的那种隐痛。"先生还是当初的先生，爱护扶持之心丝毫未减。

想想惭愧，先生自己每每出了新书，总要寄给我或者托人捎我一本，长篇小说《幸福花决心要在尘土里开》如此，散文随笔集《忘忧草》亦如此。我必定认真看的，但却未作太多回应，更不敢写上片言只语来品评，总觉着自己笔力尚不够。先生的小说以其一贯的悲悯情怀，关注小人物的命运。《忘忧草》这本散文集我看过多遍，很耐读，第一篇写母亲的通关手，不忍卒读，每看必要堕泪。先生常自谦他出手慢，在我看来，他是个讲究的人，是个自律近苛的人，写文章尤是，字斟句酌，炼字炼句，写得辛苦，但读其文字，特别干净。我称先生为用"文火煮字"的人。

我与先生往来并不频繁，市文联开会我们会遇到，因为都是文联委员，见了面，也并没有太多的话。有一回，先生主动问询我："你看可需要我跟你们有关领导打打招呼？"我迟疑片刻说："不必吧，一切顺其自然。"后来有领导跟我说，潘主席在我面前夸你呢，说你是他的学生，人品文笔都不错。我才知道先生还是帮我美言了。先生后来跟我解释，为了好说话，只好把你说成我的学生了。言下之意，倒像是委屈了我，我说，我可不是你学生吗？自此，我对先生执弟子礼，以师生相称。

先生曾经说过：尽管我有多个身份，但垫在最底下的还是"作家"。他以作家和文友的姿态和我往来，我们是君子之交淡淡若水，然如涓涓细流，细水长流。偶尔我会寄上一本书给他，有一次，在书店看到一本装帧雅致的汪曾祺自选集，名曰《逝水》，白底的封面画了一支墨荷，我买了两本，自留一本，寄给先生一本，虽然知道汪老的书，先生必是有的。有次去靖江开会，顺便带了一包花生米和开心果给他，先生喜欢吃花生，称之为"长生果"，我愿他身体康健，日日开心。先生也时有馈赠，有一次送我两本书，一本《巨流河》，一本《杂花生树》。

我们见面并不多，隔段时间，电话互致问候。一次先生发来手机短信，是贾平凹的一句话："人过的日子，必是一日遇佛一日遇魔。风刮得很累，花开花也疼。"让我想起若干年前，在省青年作家读书班上我曾经写下这样的文字："让文学之佛度我的灵魂"。

偶尔我们也聊聊家常。他时常问起我的女儿庄儿，孩子的学业、身心成长都要问问。我也知道他的女儿路路，和我年纪差不多，他的外孙女米米，比庄儿长几岁，虽然并未与路路见过面，在心底倒是觉着是自家姐妹样的亲切。

先生曾对我说："薛梅，我们都是有隐痛的人。"这话，他一开口，我便懂得了。何尝不如是呢？我亦曾处于困顿涸辙之中，跌到低谷的心境很久难以调适。2014年8月的一天，突然牵挂起几年未见的潘先生，这念头一冒出来，掐都掐不掉，说走就走，赶紧约了几位文友一同赴靖江看望浩泉先生，其实，他已经从工作岗位退下来好几年了。他和庞余亮、陈永光几位在政协会议室接待了我们，看到他虽然清瘦，但尚还精神的状态方才释然。我们找到了共同话题，聊起了苏东坡，聊起这位可敬可爱的"倒霉蛋儿"和"乐天派"，仿佛找到拯救自己的良方。

先生写过一篇长篇散文《自捡残花插净瓶》，可以说是一篇披肝沥胆的自传长文，回顾了自己与文学结伴而行的点点滴滴和心路历程，娓娓叙说了数十年凭借文学自救的初心，这篇文章我读了好几遍。他引用庄子的话："不精不诚，不能动人。"自谦自己离文学上的"精"太远太远了，那么，何以动人？他说，我只有更多地依靠"诚"——对现实更诚，对卑微者更诚，对文学的追求更诚。诚如先生所言："写作不只是写作，其中自有心灵的滋润和拯救的。""面对文学，我心日渐澄明。我感恩文学。"读这些文字，每每让我回味良久，感悟良多。

先生这篇文章的题目虽有禅意，然总觉寒凉，如果可以，我想帮他改个题目——《且插芦花入玉瓶》。芦苇的花是不会凋零的，何况还是会思想的芦苇的花。净瓶是佛家器物，于先生于我，文学即佛，度人度己度苦厄，净瓶里总归是有甘露的。这净瓶也应是玉质的，不耀眼不冰冷，内敛而温润。

2019年4月23日

单声先生的三个镜头

我对单声先生久闻其名，但一直未曾谋面，直至这次单老夫妇借单老90岁寿辰之际，带领单氏家族回到家乡泰州开启"根在中国，根在泰州"的寻根之旅，才有幸零距离接触单老先生。在这次单老回乡的接待工作中，宣传部门主要负责纪录电影《单声》的试映仪式，我作为部门代表牵头负责，先后与单老有三面之缘，虽是匆匆相逢，但这位可亲可敬的老先生却深深打动和感染了我，在此，仅撷取三个镜头以飨读者。

镜头之一："今天这样的场合，我要穿中式服装！"

6月30日下午，是单声先生在泰行程的重头戏，鹏欣国际大酒店二楼会议室，高朋满座，济济一堂。第九届单声教育奖学金颁奖大会、单声珍藏文物馆扩建备忘录签字仪式、纪录电影《单声》试映仪式以及名人纪念封首发仪式将依次进行。

出席活动的市区领导陆续来到候会的小会议室等候单老夫妇，不一会儿，我看到单老在陆镇余老先生等几位的陪同下，慢慢走过来了，正如我此前在纪录电影中看到的那样，单老虽然已经年届90，但是身体硬朗，精神矍铄，脸上红润饱满，气色很好，衬得他老人家鹤发银髯，显出一种不同寻常的气度。更惹人注目的是，单老今天穿了一袭黑色的中式长衫，小立领、领袖均无镶滚，简洁合体，不仅显得他的身量更加高大伟岸，而且又添了几分庄重和儒雅的意味。两边的袖子都挽起来，露出白色的内里，与一头白发及颔下银须正好形成了呼应，浑身上下仅黑白两色，清清爽爽的，我第一次这么近距离地看这样一位长者穿着长衫，竟是那样的有韵味、有气质。我和其他工作人员一起迎上去，向他问候致礼，陆老在一旁一一介绍，单老则非常有礼节地一一点头，并招呼回应："你好！你好！你们好！"声音一点儿也不苍老，浑厚好听的男中音，非常标准的普通话，纯正的中国腔调。

这时，人群中不知谁问了一句："单老，今天天这么热，你老人家怎么穿了一件长衫呢？"

单老不假思索地回答："今天这样的场合，在我自己的国家，我的家乡，我当然要穿我们中国人的中式服装！"

我在一旁听得真真切切，心头不觉一热。

是的，这一袭长衫——民国时男子的日常服装，是中国男性特有的标识，我的脑海里浮现出那些穿长衫的影像来，鲁迅先生在我的印象里是总穿着一身长衫的，朱自清的《背影》中父亲也是穿着长衫的，不过不是单的，而是夹的棉袍……

不一会儿，单老先生的夫人单桂秋林女士也来了，我注意到她穿着一件色彩鲜明的黄底绣花的对襟中式上装，衬得她愈发的优雅雍容，也自有一种大家风范。这不仅仅是默契，看来，两位老人家事前一定就穿什么样的衣服出席今天的活动做了认真的思量和精心的准备。霎那间，我强烈地感受到两位老人身上所传递的那种浓浓的、地道的中国范儿和中国味儿！

镜头之二："我始终都是中国人！我爱中国文化，我爱我的祖国！"

隔了几天，接到侨办的电话，约定下午的两个活动：先是和相关方面人员一起到单老下榻处就纪录电影《单声》进行一个小规模的座谈会，主要是让制片方听听单老的意见；然后是单老与教育奖学基金会理事单位负责人的见面会。下午，我和本部门的李捷和徐同华两位同志一起前往单老的下榻处，陆镇余老先生和侨办的几位新老主任都在，制片方量润电影发展有限公司亦派员参加。大家先是就电影做了交流，认为电影运用写实手法，通过家人、朋友的真情叙述，以场景对话的形式，刻画了单老出国求学、艰苦创业的过程，讲述了他旅居海外多年，始终心系祖国和家乡，捐献文物、捐资助学，支援家乡建设的感人事迹，以及他力促《反分裂国家法》出台、积极倡导依法促进祖国统一，展现了单老期盼国家强盛、民族复兴的强烈情感和崇高的爱国主义情怀。单老肯定了制片方前期做出的努力，也交换了自己的一些想法。

单老非常健谈，跟我们侃侃而谈："我虽然90岁了，大家会觉得年纪大了，但是我觉得我还没有老呢，我身体挺好的，还要为我们祖国的统一大业尽些力量，我还在努力做不少事情。"接着又说："我虽然在海外60多年，但始终没有忘记我是个中国人，是个幸福的中国老人。我现在五代同堂，是有二三十个不同肤色子孙的大家庭，这次我以回国过生日为由，就是想让他们都跟我回到家乡泰州来！就是要让这些儿孙们知道我们的根在中国，根在泰州！"

后来教育局凌华余局长等几个基金会理事单位的负责人也相继来了，我们的谈论更加热烈了。

"我始终觉得一个国家要强，就是先要强教育，教育就要靠人才，人才就要从学校里开始培养，我的这个教育奖学基金会还要连续不断地办下去，继续地帮助那些需要帮助的孩子！"单老说。

陆老在一旁补充："单老不简单呢，他不仅在泰州支持教育，还在四川等地捐资办学，在全国已经有10多个他捐资办学的学校了！"

凌局也说："单老，您老人家甘于奉献的精神真让我钦佩，从2008年成立教育奖学基金会到今年，连续9年了，每一次您都专程从英国赶回来亲自颁发这个奖，当面给学生勉励，先后已经有270位品学兼优、家庭贫困的学生获得了奖学金，我们真的要感谢单老您为我们海陵教育做出的贡献！"

单老谈兴甚浓，我们的话题很广泛，谈到中国文化，谈到中国的家风孝道，为了让老爷子开心，我们也投其所好，跟他聊中国菜和家乡的美食，跟他谈谈京剧，要知道，单老是个京剧迷，年轻时经常和朋友一起票戏，是个很不错的票友呢！不知不觉，一个下午很快过去了，虽然跟单老初次接触，但是却如同与家中的长辈交谈，时有春风拂面之感，亲切而不疏离，坦诚而不拘谨。当我提出请他与我们宣传部三位晚生小辈合影留念时，他欣然应允，于是留下了他居中端坐，我和李捷、徐同华三人后排垂手侍立的一张珍贵合影。

临走的时候，单老赠送了我一本单声珍藏文物馆印制的《赤子心声》纪念册和他的九十华诞纪念首日封，纪念册里有一张明信片，上面印着单老的题字："我爱中国文化，我爱我的祖国。"落款是 2004 年 4 月英伦。首日封的左下角也赫然印着这十二个字："我爱中国文化，我爱我的祖国。"十二个字带着滚烫的温度，我的眼睛忽然有一种被灼烫的感觉。

单老的桌案上有一个笔架，笔架上挂着粗细不一的几支毛笔，他用毛笔在首日封上给我题字。他一边写着，一边说："我喜欢用毛笔写字，只有我们中国人才用毛笔写字。"

我突然灵光一现，单老这么喜欢中国文化，何不请老人家给我们区文联的刊物《花丛》题个字呢？于是不顾唐突，就跟单老说明了事由和想法，本来想碰碰运气的，没想到，单老一口就答应了。时候已经不早，为了不扰单老休息，我们与单老约定第二天专程再来一趟，请单老题字。

镜头之三："花开海陵，万紫千红。"寄语家乡刊物《花丛》。

按照前一日的约定，第二天我和徐同华两人再次登门拜望单老，这是近几天内第三次与他老人家见面了。见面寒暄，更是又熟络亲切了几分。我们和单老商量，题什么样的内容，写横幅还是条幅，最终决定写条幅，内容简洁一点儿，就题八个字："花开海陵，万紫千红"，既把《花丛》之名包含其中，又有祝愿家乡文艺事业百花齐放、蓬勃发展之意。

徐同华在一旁裁纸折痕，周宝宁在另一旁研墨试笔，单声先生一笔一画专注地写起来。90 岁的单老，手不抖，臂不颤，写的都是繁体字，很难说得清他写的是什么体，行中带楷，还带点儿隶书的影子，却也自成一格，题款处他的姓名"单声"两个字却是地道的草书了，看得出老人家多年来经常写毛笔字，颇见功底。这样一位旅居海外 60 多年的游子，一位 90 岁高龄有着深厚故园情结的长者，为我们题下这几个字，无疑是对我们文联人、《花丛》人的鼓励和鞭策！

单老写完以后，我对他表示诚挚谢意，并跟他谈了一下关于编辑第四期《花丛》的一些初步想法，拟开设一个关于单老的专辑，刊物中间加上彩版册页，展示珍藏馆的部分藏品，并准备把单老为《花丛》的题字刊发在封二。单老听了很是高兴，叮嘱到时刊物出来后转交侨办，让侨办一定要寄给他。

临别的时候，我们向他致谢告辞，单老执意起身道别，我握着他的手，扶他坐下，那一刻，我感到单老——这位比我的父亲还要年长近20岁的老人，他的手掌厚实、温暖，而且有力，一时间，我心中感触良多，心中默默祝福这位令人尊敬的老人开心快乐、健康长寿！

三面之缘，与单老面对面交流畅谈，像翻阅一本厚重的书，匆匆几瞥，真的难以完全读懂读透；又像在一座高山之侧，让人油然而生仰止之慨。他身上那种浓厚的家国情怀，不仅仅在他的举手投足、一言一行之中自然而然地表露出来，更深深地融入他的血脉中、骨子里。单老，他或许更像是一座非常深广的富矿，他身上可以挖掘和呈现给世人的美好还有很多很多，断断不是我一时半会儿所能完全参透和领悟的，也不是仅仅一部电影、一部专题片就能表达充分的！

最后，我想借用纪录电影《单声》试映仪式开场时专题片的解说词来结束我的这篇文章，解说词的主题是《家乡情，中国梦》：

一段乡愁，牵连家山万里的思念；

一句乡音，唤醒少小离家的记忆；

一腔乡情，承载游子炽热的情怀。

单声，世界知名的华侨领袖，可亲可敬的泰州老人。

他爱中国文化，他爱自己的祖国。修身、齐家、治国、平天下是他从小的追求。

作为全英华人华侨中国统一促进会会长，两岸统一是他毕生的愿望；

旅居海外六十年，思乡明月八千里，家乡泰州是他梦中的流连。

他把祖宅捐给了家乡，

他出资成立了单声奖学基金会，

他把用毕生心血收藏的珍贵的文物，无偿捐献给了国家。

异国的风雨，洗不去他对故土的眷念；

天边的归雁，带回了他对家园的深情。

根在中国，根在泰州，是单老永远、最深情的向往和寄托。

2017 年 8 月

速写林明

　　7月4日上午，天气特别的闷热，前两天雨还下个不停，现在雨止了，太阳也出来了，空气里热烘烘的，正是地道的梅雨季的气候。

　　我带着创建办宣传组的同事和海陵新闻报的记者到街上察看创建文明城市的社会宣传氛围。事先我们排了线路，第一站就到鼓楼北路，这是最近海陵区着重要打造的4条样板路中的一条。加之，昨晚在一个微信群里，获悉南师大泰州学院美术学院的林明副院长带领一群老师和学生在鼓楼北路画彩绘墙，已经冒雨画了几天了，便当即决定第一站就到这里。我处理了手头上较急的一些公务，时间已经到了近10点，昨晚知道他们今天早上7:30开始上路作业，这会儿太阳上来了，天儿很闷热，心想说不定他们起早作业，这会儿已经收工不画了吧。

　　当我们一过了泰州第四人民医院门口，远远地就看到鼓楼北路北延的路两侧，都有人在画画呢！太好了，他们在现场！下了车，我们一边向学生问好，一边跟他们打听林明副院长在哪儿，他们告诉我在路西。我在路西的一群专注画墙的人中找到了林明副院长，彼此一见，忍不住相视大笑起来。一向斯文儒雅的林明副院长居然打着赤脚，一脚泥泞地站在泥地里！他头戴着宽边遮阳帽，脸上都是汗，皮肤晒得红红的，脖子上挂着条毛巾，左手是颜料盘，右手拿着笔。他的身后是一长段已经基本完成的彩绘墙，有水墨画，有民俗画，"社会主义核心价值观"几个大字也正在勾画填色当中。这段路从南到北，有不少学生都在那儿专注地画着！远远看去，这一段墙的画风实在太美！画美，人更美！

　　我上去与林明握手，道一声辛苦，道一声谢谢，林明随即向我介绍了张艳书记。张艳书记也正在墙上作业，一身防晒行头全副武装，手上还戴着胶皮手套，没法握手，彼此打了个招呼，她又继续去作画了。

"怎么打着赤脚呢？"我笑问。

"前两天不是下雨吗，墙体脚下的泥地泥泞不堪，在那儿站久了，鞋都拔不出来了，算了，索性赤了脚，这样反而爽快！"

我跟林明副院长算是老朋友了，通常都是在文艺圈的一些文艺活动现场看到他。他还兼任我们区美术协会的副主席，他给我的印象一直是谦和而儒雅的，身上有江南人特有的温和细致，有浓浓的学院风和书卷气。他原是浙江宁波人，后来到泰州工作，算是个新泰州人，很年轻，身量不高，长着一张娃娃脸，每次见到他交流并不多，但是他总是带着标志性的笑容，看起来特别阳光。我曾看过他的画作，他专攻油画，颇有建树，在业内也颇得赞誉，不到40岁就执掌美术学院的副院长之职。

今天一见，没想到他活脱脱变成一个打着赤脚的"泥腿子"！虽然与通常的风度不同，但别有一番不同寻常的气度，俨然是个赤脚男神啊！

林明向我和记者介绍，他们团队共计21人，老师5人，学生16人，他和学院党组织副书记张艳两人带队，从7月1日进场，计划5天完成60张墙画。

我说："没想到你亲自披挂上阵，以为你督督阵就行了。"

林明说："因为人手也不多，学生都放假了，这些学生大多数不是泰州人，留下来作画，也是一次很好的暑期社会实践活动，为了保证墙画的质量和进度，我们几位老师带着学生一起来作画，这样效果更好！"

林明还介绍，这几天他们就住在附近的快捷酒店，早出夜归，平均下来每天都要作业10小时左右。中午为了节约时间，就在附近吃碗牛肉面。

说实话，我在旁边听了，真的非常感动，他的语速是缓缓的，说起来好像轻描淡写，但我知道前两天雨下得不小，今天太阳出来又这么闷热，可以想见这几天他们冒大雨、顶烈日，持续作业的辛苦！

我看到他们在地上支着的遮阳棚里，几个学生歇下来喝水，地上有不少空的矿泉水瓶。我叮嘱他们多喝水，适当休息，千万不能中暑。

做完采访，我们准备到下一站。我对林明他们说："你们是最美的创建志愿者！谢谢你们！"

　　林明感谢我们来宣传他们，并且还说了一句："部长，你放心，我们一定会把这段墙画成一道美丽的风景线，最后离开的时候，战场我们也会打扫得干干净净！"

　　说实话，之前，我心里有一点儿存疑，就是觉着林明不过才 30 多岁的年纪，这样年轻，担纲一个学院的副院长并主持工作，他行吗？而今天的这一幕，让我的存疑一下子消失殆尽了，我们的林明，这样的精气神，他做掌门人，足矣！

2017 年 7 月 6 日

我的小学老师

一

　　母亲那时在徐家垛小学教书，学校的教师不多，而大多又是和母亲年纪相仿的插队知青。母亲其实真该算是我的启蒙老师，我打小就是母亲的小跟班，母亲上课的时候，我常坐在教室后边，默不作声地玩儿，母亲对我的要求是不影响上课就成。时不时我也听上两句，这样一来二去，我居然比同龄的孩子多识了些字，于是还没到入学年龄，母亲就让我早早地入学了。我和母亲在同一个学校，母亲做教师，我做学生。

　　母亲那时三十二三岁，身上的衣服总是扯得齐齐整整的，头发有点儿自来卷，揪了两只小辫子，松松地挽在耳朵下面，走起路来，小辫子自然地上下跳动着。在我的眼里，说不出为什么，母亲显出与庄上其他女人不同的意味。母亲整天忙忙碌碌的，但说话总是那么斯文熨帖，做事总是那么稳稳当当的，一副清爽干练、不知疲倦的样子。母亲什么功课都教，语文、算术、历史、美术，还带领学生到田野里劳动，锄草、捡麦穗，教学生唱歌等，我至今还记得母亲和她的学生排演的《绣金匾》去乡电影院参加文艺调演时的情形。

　　我在徐家垛小学读完了一年级和二年级上学期。我们的学校在庄上顶东头，教室是临时的，暂且安置在一溜儿抗震棚子里，教室里只有一块黑板和几排桌子，桌子是几块木板拼凑起来的，压根儿没有抽屉，又因为木板通长到头，所以教室里也没走廊的空档，凳子是学生从自家带的，条凳、杌子、爬爬凳，杂七杂八，找不出俩一样的。教室的简陋似乎丝毫没有影响孩子学习的兴趣和整天嘻嘻哈哈、晴朗十二分的心情，我们亮开了嗓门跟着老师读课文，摇头晃脑得跟唱歌似的。最讨厌的是雨天，教室外面下大雨，里面就东滴西漏起来，不一会儿脚底下就成了烂泥糊，恼人得很。有一回，我戴了父亲特意带给我的女式黄军帽，偏偏不小心掉在泥水里，连帽檐上别的簇新的红五角星也沾满了泥巴，我手捧着黄军帽，心疼得直要掉泪。

班主任老师姓沈，教我们语文，她也是插队知青，模样很嫩气，脸圆圆的，皮肤白白的，总是笑眯眯、挺可亲的样子。她领着我们一遍遍读 a、o、e 时的声调是那样特别，像嚼生脆的萝卜那样脆脆的，还带着长长的尾音。其余的，我已经多半没有印象，只格外清晰地记得她教的那首《悯农》诗："锄禾日当午，汗滴禾下土，谁知盘中餐，粒粒皆辛苦。"想来是因为打小就看多了庄稼地和在庄稼地里劳作的人们，故而感受格外深切些吧。

还有一件快乐的事，是在下午的自由活动时间跟着庄上的妇女学编草帽，权作是手工劳技课，她们两只手各捏了一根麦秸秆上下利索地编驳着，手腕下面不一会儿就是长长的一片，手脚快的半天工夫就能编出一个整草帽来，然后用毛笔蘸了红漆，在帽檐上写上"农业学大寨"几个字，帽子是黄灿灿的麦本色，字是鲜红的，很漂亮，这便是那会儿最时髦的凉帽了。

整个一年级稀里糊涂地就过去了，学年结束的时候，我居然被评为三好学生，奖品是一幅日历画，名字叫作"飞向未来"，画上有一个圆圆脸、圆圆眼睛的小姑娘，握着笔、侧着脸，目光很清澈，沉思的样子，背景是闪亮的星空和腾飞的火箭。这算是我生平第一件奖品。后来进城上学了，母亲还一直把这张画带在身边，张贴在我们借居的小斗室里很长一段时间。

2004 年 8 月 16 日

二

二年级下学期，我随母亲回城，为了便于就学，住在城北的大姨母家。我的学校和稻河隔街相望，校门正对着二布厂厂门，下坝派出所在紧隔壁。学校只有三排校舍，共计十多间教室，都是平房，真的是个很小的小学，校长室和老师的办公室就在一、二排教室之间，也不大。那时是五年制，一个年级顶多两个平行班，全校加起来统共不超过十个班，很袖珍。我刚入校的时候叫红色小学，不久就依地名更改为施湾小学。学校虽然小而且也算不得新，但从大人嘴里听说，好像解放前原是一个私立的教会学校什么的，不知确切否，但也可见她的陈旧。然而这一切对于刚从乡下来的我来说，是新奇的、满足的，总比乡下灌风漏雨的教室强多了。

三排教室之间都有一块空地，是我们做早操、上体育课的地方。北边的空地有几张水泥乒乓球台子，南边的空地上靠近西头有一棵粗壮的泡桐树，得两个大个子学生伸直了手臂才能合抱过来。下课的时候，我们围着它追逐、打闹，泡桐树成了最佳的掩体。到了春天，泡桐花开了，像一张张孩童的嘴巴，咧开嘴可劲儿地笑着。

我到新学校读二年级下学期，班主任冯老师50岁上下，第一次照面就感觉到她很古板，也很威严，有些望而生畏。事实果然是这样，我很少看到她的笑脸，而且她在上课时会严厉呵斥不听讲的学生。我初来乍到，一切都是陌生的，心里本就有些失落，加上在农村学校时学习拔尖的我到这里显然没了优势，心里更是缺乏了底气，于是我很害怕这个新老师，怕被她批评，活泼俏皮的我一下子沉默了许多，也忧郁了许多。

好在升到三年级的时候，换了个新老师，我不知道她的名字，只知道姓朱，好像刚从学校毕业出来的样子，梳着一条乌黑油亮的长长的辫子，又年轻又漂亮。朱老师有一双很有神采的眼睛，你上课回答问题的时候，她的眼睛带着鼓励和热切；你犯错的时候，她的眼睛带着一点儿探究、一点儿温柔，等待你的坦白交代。她的嘴角总是挂着甜甜的笑，对每一个孩子都是那么和蔼可亲，让我们觉着她是那么美丽、那么可爱。朱老师带领下的班级活跃多了，我们的课堂纪律也没有因为她的和气可亲而变得糟糕。我也因为日记写得好，字迹工整，时常得到她的表扬，在她关注下我终于从阴郁走向晴朗，融入新的班集体。

印象最深的是她带领我们迎接六一，搞文艺表演，朱老师给我们编排的节目是我们的一篇课文——《群鸟学艺》，我被朱老师选中扮演勤劳可爱的小燕子，那是多少同学向往的角色啊，我心里甭提多美了。朱老师还亲自教我们边朗诵边表演，指导我们的动作、表情和声调，六一演出的时候，我们的节目自然赢得了最热烈的掌声。

可惜朱老师只教了我们一年，后来就调离了我们的学校，听说是嫁了个外地人，离开泰州了，之后再没有听到她的消息。后来读到魏巍笔下的可亲可敬的蔡芸芝老师，我便自然而然地想起了我的朱老师。

2014 年 9 月

那时的星光曾照我前行

下午偶遇我的初中老师冯星辰先生的儿子冯钧，本想问询先生身体可否康健，却惊悉先生于中秋节前已经因病谢世了。

听闻消息的刹那，我惊得站了起来，怎么可能呢？今年春天，他还打过电话给我，电话那头的大嗓门儿，声音有些沙哑，让我猜猜他是谁，我略一愣神，那头就说了："死丫头，你不会听不出我是谁吧！"我一下子反应出来了，"您是冯老师吧！"电话那头哈哈笑起来，带着点儿小得意。能叫我"死丫头"的也就是他了。何况还是那样熟悉的沙哑嗓音、大嗓门儿。原来冯先生和几个人一起吃饭，不知怎么说到我，跟人家说我是他的嫡系学生，我要是听不出他这个老师的声音，那可没面子。那天我正在外地，跟他在电话里聊了几句，问询了近况，他告诉我搬了新房子，邀请我去玩，我应允他，等忙过这一阵儿，约上几个同学一起去看他，未曾想先生竟然这么快就走了，让我的允诺落了空，心中真是懊悔不已。

坐下来细细问询，我才知先生在年中时查出癌症，很快扩散，缠绵病榻数月后离世，享年78岁，而我却一点儿也不知道消息，万分自责："先生，我错了，我应该去看您的，这么久我都没有去看您，更不知道您跟病魔苦苦作战，哎，都是我的错！"上次他打电话给我的时候，虽然沙着喉咙，那是他多年教课的缘故，但声音却是洪亮的，有精神的，一点儿听不出有什么病兆。听闻噩耗的时候，我们正坐在梅兰文创园巴秋美术馆门口一起喝茶，因为下午还有一场文艺讲坛即将要主持，所以我必须克制自己的情绪。时节虽然交了冬，但并不算冷，这个老园子里很是空旷，树木蓊郁成林，阳光从树叶里筛下来，清幽得很。一阵风过，半黄的树叶从枝头纷纷扑簌簌地落下来，到底是冬天了，凉意随风袭来，我心中亦不由凛凛生寒，顾不得旁边有人，眼泪还是止不住流了下来。

冯老师教我的时候是1984年和1985年，那时我在四中读初中，冯老师是我初二、初三两年的班主任。他那时应该40多岁，个子不算高，戴着一副大眼镜，几乎遮住了小半个脸，讲课的时候，经常用满是粉笔灰的手推眼镜，眼镜框上和鼻子那儿经常会蹭上点儿粉笔灰，白白的，看起来有点儿滑稽。他穿衣也不太修边幅，灰色的西装袖口上经常沾着粉笔灰，那是擦黑板时顺便带上去的。但是，冯老师讲课是真的好，他教数学，上课不死板，嗓门儿大，特别有激情，生动有趣，善于深入浅出，让学生好理解、好接受。我小学上学提前，比同班的孩子小一两岁，懵懂得很，玩心重，不晓得学习，初中入学的时候是班上垫底的。初一的时候，我略有起色，语文好像还有点儿天分，但数学还是有些怕学，常有畏难情绪。遇到了冯老师，听他的数学课，很快激发了我的学习欲望和潜力，成绩噌噌噌地往上蹿，冯老师趁热打铁，动不动就把我拎到跟前谈心："死丫头，你能学，能学好，要相信自己！"这一声"死丫头"成了他叫我的口头禅。果然，我找到了自信，很快在班上名列前茅，上演了一出黑马逆袭。初三毕业，我们班有七个同学考取了省泰中，我也在其中。那年是当时四中这个郊区学校历年考入省泰中学生最多的一年，我们班也是人数最多的一个班。我至今还真真切切地记得，发录取通知书的那天，天都黑了，我们一家子都在家看电视，我家住四楼，冯老师几乎是一步两个台阶地飞上楼来，人没到，就听见他激动的大嗓门儿："薛梅，你考取省泰中了！"那时没有电话，他亲自上门送通知书报喜。

成绩真是来之不易，当时四中的生源并不好，周边还都是农村，到了农忙，班上会有一小半孩子不来上课，说是回家割稻收麦了。为这事，冯老师没少费劲儿，反复做家长的工作。冯老师因材施教，他把我们成绩较好的尖子生留下来开小灶，讲一些有难度的提高题，争取出高分，他也时常把一些后进生留下来，有针对性地补差、抓基础。有一段时间他忙不过来，甚至把他的老父亲请出山，到我们班上帮我们讲题目。老爷子很特别，是个独臂老头，讲课也很牛，用左手板书，写得唰唰的，一点儿不含糊。我回去跟母亲谈起，母亲连声说："还了得，冯老爷子哪个不晓得，教数学顶呱呱的，是二中的退休老教师,还教过我的课呢!"怪不得,冯老师是有家学渊源的,我母女二人受教于他父子,真是机缘巧合、受益匪浅了。从四中考入省泰中,这一步非常关键,可以说,改变了我以后的人生轨迹,后来上大学、顺利就业等似乎都顺理成章。那一段人生路,冯老师如暗夜里的星光,照亮了我摸索前行的路。

工作以后,似乎一直忙,忙于工作,忙于家庭,虽然心中偶尔也想到几位初中、高中的恩师,但都探望得不多,包括冯老师。有一回在路上遇到冯老师,他拉住我说了好一会儿话,还觉得话犹未尽。冯老师是挂念我的,我经常拐弯抹角地听到教育系统的朋友说:"冯老师背后经常提到你呢。"我似乎成了他经常挂在嘴边的得意门生之一。每听闻此话,我常常感到惭愧,又懊恼拜望老师不多。2015年我出了本新书,本想当面送给他,可后来有事耽搁了,便托一位同学转交给他,想想我真是太偷懒了。

而冯老师却一直关注我的情况,几年前,有一次接到他的电话,说是在《泰州晚报》上看到我写的《荷花池》一文,便认真地看了几遍,觉得还有一处写得不妥,跟我说应该怎么写怎么写,因为他家原来就住在区政府后面的荷花池巷子里,周围的情况他熟得很。他说,我天天看《泰州晚报》,只要报纸上有你的文章,我都要反复看几遍,还把报纸留下来,不信,你什么时候来看看。

而今,那个如同暗夜里的星光照亮我前行的人,那个用沙哑嗓音亲昵地叫我"死丫头"的人,那个喜欢读我的并不像样的文章的人,我的冯老师,居然已经悄悄地离开了。在这样一个暮秋初冬交接的日子里,我仿佛一夜入冬,寒意顿生。唯有再写一篇小文,让这字字句句捻成心香一瓣,长揖到底,敬供先生在上,道一声先生安好!学生失约,对不住您了!

2019年11月16日夜

桃李锦绣自芳菲

一

心里一直有个疑问，李先生知道我们高三（6）班的同学背后叫他"老毛"吗？但这个答案永远无法求解了，因为李先生已经驾鹤云游3年多了。李先生额前有一绺头发，有点儿自来卷，呈现一个自然的弧度，头一低下来，这绺头发会耷下来，先生就头一扬，右手顺势很有风度地把这绺头发往上一捋，这成了他的标志性动作，久之，得名"老毛"这个绰号。我们尊称他的时候叫李先生，戏称他的时候叫"老毛"。

高中同学有个微信群，联系起来很方便，有时约聚餐，有时开玩笑，有时互相攻击一下，我们的动向李先生或许都知道吧，因为李先生一直都在高三（6）班的微信群里。李先生是个喜欢热闹的人，喜欢和学生打成一片，大家好像有了默契似的，谁也没有把李先生从微信群里删除。

李先生是我的高中班主任李锦芳先生，他教语文，从高一到高三整整教了我们3年。其实我们叫李先生"老毛"的时候，李先生还不算老，应该是四十大几奔五的年纪。先生挺时尚的，那时候大部分老师都穿中山装，他则穿西装居多，走起路来气宇轩昂的。先生很少批评人，有种"不怒自威"的气象，说起话来带一点儿老家泰兴的口音，但不重。他言语风趣，看他"谈笑间灰飞烟灭"的架势，似乎也没有哪个学生敢挑战他的尊严。当然，先生一向不摆老师的谱，3年下来，师生间可谓和风细雨，其乐融融。

那是1985年暑期过后，我考入泰中就读高中，报名上了新开设的文科实验班，我们这个实验班学生总数不超过40人，非常精干齐整。其他科目与往年没有什么变化，主要是语文教材采用的是人民教育出版社为重点中学新编的一套语文实验教材,高一《文言读本》,高二《文学读本》,高三《文化读本》,另外还有配套的《写作》读本和课外阅读书本,内容和分量远远超过原来的老教材。

先生非常强调古文的朗读和记诵。从先秦到明清,先生择其经典之作要求我们一一记诵,且须背得如行云流水,起初大家背得晕头转向,再后来倒成为一种美的陶冶和享受了。于是几年下来,《论积贮疏》《陈情表》《兰亭集序》《阿房宫赋》《归去来辞》《滕王阁序》《赤壁赋》等名篇各个烂熟于心,班上每个同学都有几十篇古文垫底,这实在是大有裨益的,至今我们尚受用不浅。记得有一次,李先生为了让班上的读书和背诵互不干扰,竟然让部分比较自觉的学生到泰山公园里去读书,以此作为奖励,我们几个被选中的同学如鸟入山林,从学校大礼堂后面的小后门出来,一溜儿烟跑到泰山东麓脚下一片草地上,席地而坐,高声诵读,好不潇洒快活!

李先生鼓励我们课外阅读。也正因为此,我们文科班的学习氛围显得格外浓厚而又轻松。那段无瑕的年少时光啊,我们快乐而又单纯,我们纵容着自己的兴趣和热爱,莫名地喜欢那些充满忧伤气息的诗歌和散文,徐志摩的《再别康桥》、戴望舒的《雨巷》、庐隐的《象牙戒指》、席慕容的《七里香》以及曹雪芹的《红楼梦》,甚至金庸的武侠小说、琼瑶的言情小说、亦舒的都市传奇等都曾在班级里风行一时,从悄悄的地下行动进而到公开传阅。李先生没有简单地横加干涉,而是因势利导。有一次,他"别有用心"地在班级里搞了个武侠小说阅读利弊正反方大辩论,让大家对武侠小说有了一个比较辩证的认识。我们班还专门举行了经典美文朗诵会,印象最深的是男女生合诵刘再复的散文诗《读沧海》,充满激情,充满哲思,情境特别的美!

李先生格外重视写作练笔。我们班的同学每人一本练笔本,每周都要完成一篇小作文。周记小作成了大家"小试牛刀"的园地,先生常常是不定体裁、不命题,任你天马行空,哪怕你写一首拟古诗,写一篇读书心得,甚或写一篇武侠连载,先生都不责怪,而且多半会给你个高分。李先生对每次的周记都要进行细细讲评,对其中的佳作更是要在全班宣读和推介。同学玲最擅长人物刻画，记得她曾描摹一个绰号"姜太公"的人物，文笔极是传神和有趣，先生点评时，同学纷纷忍俊不禁。爱东的小杂文自成特色，也常常得到李先生的褒奖。我那时则开始了对《红楼梦》的痴迷和钟情，与潇湘子和蘅芜君纠缠一气，写了一大堆没有章法的拟古歌行体，却也经常得到90分以上的高分。因着李先生不加拘束地鼓励，大家的笔头完全放开，思维也没有了太多的羁绊，如果说开始还是视之为作业来完成，到后来，则成为自发的一种需要了，如果不写点儿什么，倒觉得有点儿"技痒"，有的同学甚至一周写上几篇才过瘾。记得有一回，我和玲、旻三人合作写了一篇反映中学生生活的长篇，题目叫作《云无心以出岫》，每人接着前面的人的内容续下去，居然写了挺长。在这样的情形下，我们班的"北辰"文学社应运而生，社名取"北辰居其中而众星拱之"之意，以"北辰"命名的文学小报在班上颇为盛行了好一阵。

如今想来，那时的语文学习因为先生激发了兴趣，所以是轻松和快乐的。而对李先生来说，新教材的备课量却是惊人的，一切从零开始，因为没有什么辅导教材和参考资料，也不好在年级组一起研讨商量，完全是"一个人的战斗"，戴着像厚瓶底一样的眼镜的他，经常要一个人泡到图书馆里做相当浩繁的案头工作，殊为不易。他的教科书像本"天书"，字里行间都是密密麻麻的注脚，更不必说其他诸如大作文、小作文的批改讲评等工作。好在耕耘总是有回报的，高考时我们实验班人数虽少但成果丰硕，大学录取率近百分百，三人考取南大、一人考取北师大、一人考取上外，考取南师、苏大的还有好几位，我们班的语文成绩在全省名列前茅，自是发挥了扛鼎的作用。

当然，成绩只是一个方面，跟随李先生学习的这3年，对我来说，最重要的收获是养成了以书为友、以阅读为乐的好习惯。还有就是，李先生为我文学梦的潜滋暗长提供了最初的土壤和养分。我在公开刊物上发表的第一篇作品是李先生代为投稿的，等到发表后我才知道，是一首诗，题目叫《夏日的情思》，发表在《语文报》上。那是1988年高考前夕，为此我收到了一摞摞来自四面八方的读者来信，一直到南师读书了还收到从泰中转过去的信件，这对我来说，无疑是莫大的鼓励。

二

我高考志愿填报南师是和李先生商定的，无疑是受了他的影响，因为先生也是南师毕业的。我的目标本来是中文系非师范类新闻专业，不料因一分之差被师范类中文专业录取，成了与先生同校同系同专业的地道的同门校友。

毕业后，先生就更没有师尊的架子了，他跟我们是朋友式的交往。许是倾注的心血特别多，先生虽然桃李遍天下，但对我们这个班感情甚笃。每次到南京参加教研活动或者高考阅卷，他都抽空去看望在南京读书的学生，关心我们的学业，记得一次在随园西山上的小食堂，我和爱东陪他一起吃饭，聊了很久，甚至谈到了恋爱观。

寒暑假回来，有时同学相约一起到他家中看望。他喜欢热闹，看到学生来特别开心。有一次春节前，我们一大帮同学一起去了，他跟我们神秘兮兮地说，今天都不走，先请你们看录像，再请你们吃夜饭。你们猜猜是什么录像？《射雕英雄传》！哇！李先生你太好了！你太懂我们了！大家欢呼雀跃！当时刚开始流行武侠剧，录像带也很难找得到。师娘忙了一大桌子菜，大圆桌上摆得满满的，我们这群熊孩子"真老实"，不客气地留下来吃饭，大家推杯换盏，大呼小叫，互相敬酒，先生笑哈哈地看着我们，时不时地、不失风度地将将他前额的那绺头发。

毕业后我成为一名中学语文教师，也做班主任，受了先生的影响，我一直秉承"教学当乐教，学生当乐学"的教学理念，追求师生间亦师亦友的状态。作为年轻教师，我不太喜欢按套路出牌，喜欢和孩子们打成一片。运动会上，我是我们班的啦啦队队长；活动课上，人家班上的老师死看着做题读书，我让孩子们看报纸，拓宽他们的知识面，我们班上还别出心裁地订阅了《语文报》和《中国青年报》。我鼓励孩子们阅读课外书籍并做读书笔记，在班级里评选两本最佳笔记给予奖励，获奖者可以到书店随意买一本新书，管它多少钱，老师我自掏腰包报销。我和先生虽然不在一个学校教书，但是教学上的问题我时常向他请教。潜意识里，努力做一个像李先生一样的教书先生，或许已经成为我的人生追求。先生也经常戏称，要培养几个"衣钵传人"，我或许也是他认为的好苗子之一，几次全市语文学科教研活动、开公开课等，他都给予我不少指导。我那时教初中语文，教材用的是苏教版，主编是泰中的老校长洪宗礼先生。作为泰中的教研骨干，李先生自始至终参与了这套教材的编写修订，做了大量烦琐具体的工作，这套教材也几经修订，广受好评，用了很多年。只是，没过几年，没想到我的工作发生了变动，离开了三尺讲台，"衣钵传人"之梦戛然而止。

先生退休之后，退而不休，被学校留下来做校友会的工作。校友会设在泰山脚下的老省泰中内，他家住在新区，离学校挺远，每天乘公交到学校去转转，整理收集校史馆的资料，帮助安排来人参观讲解等，他都乐此不疲。省泰中的百年校庆和110年校庆，他都参与其中，帮助收集图片资料，整理结集纪念册。两次校庆，先生都向我约稿，写回忆母校的文章。我跟先生说笑，你老人家又布置我写作文了！当然，师命不敢违，我分别写了《初航》《母校散忆》复命。

记得第二次，是2012年吧，我写好文章到学校向他交稿。省泰中已经东迁，没有了学生的老校区颇觉冷清，好在校园里的树木蓊蓊郁郁的，增加了一些生气，那棵千年银杏树还是那样精神矍铄地立在那里，一如我们当年在学校里读书时的模样。但先生已经不是当年的先生，70多岁的先生，两鬓斑白，岁月风霜都写在了脸上。先生带着我在老泰中转了一大圈，校史陈列馆、安定书院等，先生对学校的点点滴滴如数家珍，耳熟能详。先生对省泰中校训的由来和措辞的精准与否又跟我探讨，我深有感触的是，其时先生更多的不是把我当作他的学生，而是当作一个可以交谈的同道中人，当作一个可以对话的朋友来谈心、来交流。

在蝴蝶厅里，先生为我讲解，边走边谈，还不无骄傲地说："你看看这副楹联是我拟的，你看怎么样？"我一看上联是"治平赖上儒体用兼备"，下联是"教化依鼻祖身心俱尊"，甚好！

先生又指着旁边石碑上的《泰州新建学堂碑记》说："这篇记是光绪年间泰州知州侯绍瀛撰写的，没有句读，模糊不清，我拓下来，一字一句慢慢啃出来，才搞清楚究竟是什么内容，虽然费了不少事，但还是值得的。现在加了句读，加了注释，陈列在校史馆里，让大家都能看得明白。"先生脸上有得意之色，时不时头一扬，顺手将一捋他前额的那绺已经花白稀疏的头发，很有风度的样子。

我连连颔首："当然了，先生，你的小学训诂功底还用说嘛，你一出手什么搞不掂呢！"心中窃笑，这个老先生，还是当年那个"老毛"，这么自信！又不禁感叹，我们的李先生，做了一辈子的教书先生，好像还没有干够，还是那么执着，那么乐在其中！

然而，再次听到先生的消息，却是先生病了，且不是什么好毛病。我早想去看他，但又不想让他觉察病情的沉重，得找个恰当的理由去看他，所以酝酿了一段时日，正好我的新书出版，我带上书上门去看他。先生憔悴多了，精神不是太好，但看到我出了第二本书，还是很高兴，说："我的学生中，一个姚舍尘，一个洪东兵，再就是你，都喜欢写写弄弄，人有个爱好还是挺好的。写东西就是要多读书，多动笔，才能有长益。"对先生的教诲我连连称是，我说两位师兄我望尘莫及，还要多多努力呢！对他的病我则轻描淡写，不敢深谈，但他是何等一个明白人，听他的言语，想必已是猜出一二。离开的时候，师母单独送我出门，在门外跟我低语，告诉我先生的病很不好，说着就抹起眼泪来。我轻声安慰，会好起来的，会好起来的，你们多多保重！眼眶忍不住也湿了。我明白，我的言语是何等的苍白无力！

虽然有心理准备，但是获悉先生的离世，好像还是有些突兀，因为一个星期前，他还在我们88届高三（6）班的微信群发布信息，我们觉着他的病情应该还稳定，回头想来，先生与病魔和死神周旋搏斗了几个回合，先生太辛苦了，先生是真的累了。先生在微信群里发布的最后一个信息是2016年5月21日，内容是：测测你的思考方式！先生的微信头像是他在望海楼前拍的一张照片，这么多年，李先生一直在我们班的微信群里！看我们笑，看我们闹，他一定还是那样笑哈哈的，时不时将一捋他的那绺花白稀疏的头发。

2019年12月22日时值冬至

唐风遗泽今犹在

时光荏苒，往事成梦。闲来追忆随园旧事，留下的除了对少年峥嵘岁月的眷念外，对我来说，还留下一件憾事，至今想来，心中还隐隐作痛，那便是与一代词坛巨匠唐圭璋先生擦肩而过，无福成为先生的门生，无缘一睹先生风范。自先生1990年辞世至今已有10多个年头了，我早有撰文以寄缅怀追思之意，然自1988—1992年，4年随园生涯，我并未听先生一课，并未与先生谋一面，故常有不知从何说起之慨，但心结已成，不吐不快，虽几度搁笔，终成此小文，略表后生些许寸心。

一

我对唐圭璋先生景仰已久，在泰州中学读高中的时候就曾一度痴迷于唐宋词，高考前夕，居然还"不识时务"地买了一本上海古籍出版社的《唐宋词简释》，偷偷地翻看。封面是沉着的深绿色，竖式排版的繁体字，所选词作极为精当，更喜一反通常选本只简述作者生平、注释典故或略解难字的惯例，而重在对词作本身的结构章法及遣词用句加以分析品评，文字极其清简精练，一卷在手，句句引人入胜，颇解我迎考前的沉闷。这本不厚的册子就是圭璋先生亲自选定和注释的版本。

二

1988年我开始负笈求学于南京师范大学中文系，甫一入校，唐圭璋先生的名字就如雷贯耳，才知唐先生就是我们中文系的老教授兼博导，是当代词学的扛鼎人物，时有"北夏（承焘）南唐（圭璋）"之称。其时唐先生已年逾八旬，不能出来授课，只带几个硕士、博士研究生。我心中唏嘘不已，感叹余生也晚，恨不早生十年八年投其门下。

好在先生在中文系的追随者甚众，其弟子更是可观，当时有常国武、钟振振、史双元、肖鹏、程杰、张采民、秦寰明等一批中文系的教授、讲师。其中，肖鹏是我们唐宋文学的老师；程杰，我则选修了他的宋诗研究。古代文学史是主修课，大一学毕先秦、秦汉文学后，大二一年是唐宋文学，每周至少有半天的课程，我与肖鹏老师接触得更多一些，当时肖鹏老师还是唐圭璋先生的在读博士生。肖老师从唐先生叩问词学达9年之久，与先生情深意笃，称唐公为恩师，他上课喜欢在课间穿插些南师旧闻和名人掌故，来调节长达半天的授课气氛，授课时每每提及唐圭璋先生，让我等后生晚辈虽不能直接面晤先生教诲，但亦能从肖老师那里感受到不少唐风余泽。肖老师一向以唐门弟子自居，常与我们打趣说，你们便是唐先生的再传弟子了。于是我与圭璋先生虽未谋面，然却感觉并不遥远，对其愈了解，愈增敬重、仰慕、感佩之心。

三

或许真的是"文章憎命达"，"诗穷而后工"，先生一生可谓历尽坎坷艰辛。先生1901年生于南京，双亲早逝，从小孤零，生活艰难，多赖亲友师长资助，才于1920年读完中师，从事小教工作。1922年，先生考进国立东南大学（即后之国立中央大学），师从词曲大师吴梅先生，开始了他终生为词的起点。吴梅的学生很多，但最为出色的是任中敏（半塘）、唐圭璋和卢前（冀野）三大弟子，人称"吴门三杰"，任、卢专攻曲学，而词学以唐圭璋独领风骚。1936年先生的妻子不幸病故，1937年抗战爆发后，先生将三个幼小的女儿寄养在仪征岳父家，只身随迁内地，赴西南联大执教，1949年复被国立中央大学聘教，中华人民共和国成立后在南京大学中文系担任教授，后又服从分配调至东北任教3年，一直到南师成立后，中文系的孙望主任聘其来南师执教，方才安定下来。先生辛勤耕耘70载，长期讲授唐宋词选，桃李遍及天下。泰兴老诗人周培礼先生以及我的高中语文老师李锦芳先生都是南师早我30年毕业的前辈学长，都亲聆过唐老的讲课，我曾经和他们谈及唐先生，他们回忆当年都说唐先生身材瘦小，是个看起来很朴实、普通的老先生，但满腹诗词文章，上课很有感染力，经常在课堂上吟词唱曲，有时还像他的老师吴梅一样，携长笛一支，伴词伴曲，以加深学生对词曲意境的理解，甚至还会情不自禁地用昆曲清唱其中的精彩之处，那种优美、高雅的情境令我欣羡非常，遥想不已。

先生在学习和后来任教之余，得暇则研究词家的生平事迹、历代词学评论及做宋、金、元词的辑佚工作。他一生致力于词学研究，潜心著述，著作等身，编过《纳兰容若词》《宋词三百首笺》《南唐二主词汇笺》《词话丛编》《全宋词》《全金元词》《宋词四考》等书，尤以《全宋词》《全金元词》《词话丛编》等皇皇巨著，堪称我国词学史上的巍巍丰碑，泽被后学，昭若日月。

先生在《我的学词经历》一文中曾自述从启蒙到写作、校词、辑词、论词的体会，有一点儿便是钩沉表微，贵有恒心，对此我感触犹深，先生辑《全宋词》《全金元词》，早在抗战前夕就已开始。《全宋词》的编纂起自1931年，1937年全书初稿完成，送交上海商务印书馆排印。因抗战开始，至1939年出版20册线装书，计辑两宋词人约1000多家，词2万余首。20年后的1959年又荐请王仲闻先生重新修订，1965年又增补重印出版。无论时世多艰，先生总是力克险阻，一以贯之，那种坚守学术家园，以学术为生命的精神怎不令我辈动容！

四

令人惊叹的是，先生幼丧双亲，中年丧妻，晚年又丧女，倍受人生之大悲大痛，然先生穷一生心力，矢志不渝、殚精竭虑以治词，终成一代词学大家、词坛巨擘。

曾经偶然读到南京章品镇先生的一篇忆旧文章,其中有一段文字提及唐公,这样写道:

"四人帮"打倒不久,我因病住珞珈路一医院。一天吃过午饭,到山西路口一家小铺子去吃馄饨。吃过出门下台阶,觉得有一个人站在一边等我过去。一看,原来是唐老,他也看清了我,面现喜色。我看他双手捧着个铝饭盒。我似乎觉得这个瘦瘦小小、面无血色的老人瑟缩着,竟像一个沿门托钵行乞的老丐了。我忙跨下台阶问他:"唐老,你怎么了?"他答:"买两个包子当中饭。""你不回家吃饭?""回家费时间,而且也没人烧饭。""你姑娘呢?"他很自然地放低声音说道:"夫妻两个还下放在农村,没有回来。"我连忙扶着老人进铺子坐下,又代他买了两个包子,要了一杯开水说:"就在这里趁热吃了罢。"他点头答:"好、好、好。"我看着他艰难地吞咽着。大概牙齿已经所剩不多了。

读到这段文字的时候正是秋凉时节,北窗的风阵阵袭人,心中凄然,我几乎临风堕泪,这就是老一辈学人皓首穷经、不改初衷的真实写照!这就是以大半生的时间,费尽心血致力词学的一代学者唐圭璋先生!

五

先生除了致力词学研究外,亦亲为词。肖老师曾介绍说,先生卧室兼书房不足10平方米,命名"梦桐斋",故先生词集得名为《梦桐词》,并曾录唐先生两首词作给我们,一为《菩萨蛮·辛巳除夕宿重庆小龙坎大雪》,词曰:

年年只见江南月,今宵却见江南雪。火冷已三更,开门四野明。
无家空有泪,谙尽天涯味。万里一灯前,娇儿眠未眠?

另一首词牌是《行香子·匡山旅舍》，词曰：

狂虏纵横，八表同惊。惨离怀、甚饮芳酪。忍抛稚子，千里飘零。对一江风，一轮月，一天星。

乡关何在？空有魂萦。宿荒村、梦也难成。问谁相伴，直到天明。但幽阶雨，孤衾泪，薄帏灯。

两首小令，字数不多，然颇为耐读，情深意切，充溢着对故园、娇儿之思。前词注明是写于1941年除夕，本应是亲人团聚之夜，先生远在西南，夜宿重庆小龙坎，又逢大雪，思念家乡的小女儿而作。后词写于匡山旅舍，同样也是泪湿纸稿，浸透了国难家愁。

先生的《梦桐词》早已结集出版，可惜我曾在不少城市的书店寻寻觅觅，至今没能购买到。

六

1990年深秋季节，传来噩耗，唐圭璋先生病重不治而长归道山，时11月27日深夜，当今词坛一颗巨星不幸陨落。获悉后我心中如焚，很想前往吊唁并瞻仰先生遗容，略表寸心，然渺渺一晚辈学子，当时真是叩问无门，怅怅不知何往。直至学校发出讣告，告之在傅厚岗举行追悼会，我才得以约上同学前往吊唁。追悼会庄严、肃穆、隆重，海内外学人济济一堂，无不哀感戚然。印象最深的是大礼堂内不可胜数的挽联飘飘，很多写得非常出色，我和同学忍不住匆匆抄录了一些，留存纪念。可惜毕业回乡后几经搬迁，物什多有散失，而今翻弄故箧，已无迹可寻了。只余肖鹏老师所撰一联记录在课堂笔记本上，上联："师瞿安，友瞿禅，前半塘，后冀野，吴门三杰，共传宫商徵羽。问而今、梦桐吟杳，先生安在？"下联："搜词集，订词话，笺二主，释敦煌,常州一脉,独汇唐宋金元。怅此后、招魂歌罢,弟子泪空!"所说"常州一脉"是指先生词派归属,犹记肖鹏老师在课上曾与我们分析、追溯唐先生词学的渊源,乃源自清代常州词派,先生师事吴梅,吴梅师友为刘毓盘,刘毓盘之师为谭献。先生之词友陈匪石、林翔、夏承焘,皆师承于朱祖谋。谭、朱为清末词坛盟主,议论创作并属常州词派。

唐圭璋先生去世后不久,唐门弟子成立绍唐词社,以继承和光大唐先生的词学。当时公推钟振振为社长,常国武、曹济平、钟陵为顾问,肖鹏老师等弟子都是社员。师大学报上曾用整版专题纪念唐老,其中也刊登了不少绍唐词社的纪念词作。

七

近来,从网上获悉唐老与毛泽东词作《沁园春·雪》的一则佚闻,更对唐先生肃然起敬,感佩非常。

2001年11月,唐老去世已整10个年头,"唐圭璋先生诞辰一百周年纪念会"在南京师范大学隆重召开。词学家曹济平教授作为唐老生前的助手,在研讨会上披露了唐老1945年被中央大学解聘的内幕。1945年秋,毛泽东从延安飞抵重庆同国民党进行和平谈判,当时柳亚子向他"索句"。毛泽东遂将《沁园春·雪》相赠。很快重庆各大报纸相继发表或转载,一时轰动山城。其后柳亚子等人的和韵之作也纷纷涌现。国民党当局为之震惊,急于物色文人填词攻击。时任国民党图书杂志审查委员会专员的易君左,受人指使,找到当时正执教中央大学的唐老,要求他写词与《沁园春·雪》唱反调。唐老谢绝此事,拒写"佞词",结果得罪了当局,被国立中央大学解聘。此后四五年中,唐老处于失业状态,生活十分窘迫。在风云突变的动荡时代,在诱惑与威胁的双重考验面前,先生捍卫了自己的人格,由斯可见,先生不仅是一个治学严谨的学者,还是一个有学术气节的人,在那样的时世情境之中,又是何等不易,需要何等勇气!南京大学前校长匡亚明先生曾以"立德、立功、立言的三不朽"概括了唐先生一生的成就,真是毫不为过!

行文至此,忽想起不知是谁说过的一句话:"纪念一个人,纪念的那一天,读读他的书。"我无法做出什么,或许只能在追怀先生的时候,再低吟一阕梦桐词,再品读他亲自编订的那一本本书。

2004 年秋

乡间的一棵老树

好多年前，就喜欢听约翰·丹佛的乡村歌曲，特别是那首《乡村路带我回家》，那自然清新的吉他弹唱一下子就打动了我，更被浸润其中的浓浓的怀乡韵味深深感染。近些日子，又听起这首歌，听到这熟悉的旋律，我的心思又仿佛在通往家乡的乡村路上蜿蜒着、伸展着，约翰·丹佛用他的歌声撩动了我思乡的心弦。我知道，我又该回乡了，回乡去看一棵苍老的树，这棵树的年轮已经是89个圈。我所有的思乡情绪就是围绕着她——已然白发苍苍、瘦骨嶙峋的我的奶奶。

上一次见她，还是去年国庆长假，眼见着今年的五一又快到了，不知何时，好像成了无须多说的约定，我和小弟两个每年会利用五一和国庆两次长假结伴下乡，主要就是看望她老人家，我们两个自小都是奶奶带大的。我常常想，也许有一天她老人家不在了，我们姐弟俩的约定或许也就取消了。

奶奶身世凄凉，父母早年就去世了，我的爷爷家是个大家族，弟兄六个，还有几个姊妹，爷爷行二，所以庄上的人都称奶奶为"二奶奶"，但是奶奶原本该是"六奶奶"的，相亲的时候奶奶看中的是年轻俊俏的六爷，结婚的时候却调包成了年纪大得多的二爷，至今我想象不出奶奶当时的心境。爷爷去世得很早，把一贫如洗的家和三个未成年的儿子全都撇给了奶奶，那年我的父亲才12岁。奶奶一人拉扯三个孩子，再未成家。还有一件事，奶奶从未提起过，还是后来从我父亲嘴里听说，奶奶除了三个儿子之外，原也有过一个女儿的，在我父亲上面，只是养到12岁的时候，不幸溺水而亡，据说奶奶为之大恸。奶奶还一直犯胃病，一看到她蹙着眉，"呃，呃"嗳气，就知道准是又犯胃病了，挨到60岁前后连续做了两次大手术，胃切除剩了三分之一，奶奶算是劫后余生。后来年年到了大伏天，奶奶就把当时置下的寿衣拿出来翻晒，一晒就晒了将近30年，看起来有些搞笑。早年丧父丧母，中年丧夫丧女，包括疾病缠身，不会不给奶奶悲伤和打击，但是从我记事起，我从未看到奶奶脸上流露出悲苦的神情，也没有在她的脸上读到怨艾。她总是忙碌着，忙碌着，穿着手缝的蓝布斜襟大褂、黑布大脚直筒裤，脑后梳着小鬏，崴着明显的外八字，在园圃里挑菜、在河边汰衣裳、在灶膛前烧火，打猪食、喂鸡、翻菱，她瘦瘦精精的身影在门前屋后穿梭不停。也许她只顾专注于现实的生活而无暇去体味和咂摸那些悲辛的滋味，也许她一个人默默地进行她的追思和怀想而不为我们所知，也许过多的艰辛和苦难使她透视了生活而变得淡然和豁达，当然，这只是我的种种揣测，我无法触摸到她的心灵深处。

父亲弟兄三人，父亲最小，大伯和二伯一直在老家，奶奶现在就在大伯和二伯家轮流过，一替一年。而在此之前，准确地说，自打我出生以后直至父亲从部队转业回来的12年间，奶奶跟我们家一起过活，那正是我们家最需要她的时候。我的母亲插队到徐家垛那个小村庄可以说是一个人无所依傍，外婆在我母亲插队没几年就久病不治去世了，外公是小业主，成分不好，自身难顾，对插队在两个不同地方的我妈和我舅更是鞭长莫及。母亲和父亲成家后，父亲一直远在浙江当兵，直到母亲怀了我，要生产了，奶奶决定从一直住的大伯家搬到我妈这边，照顾我母亲和后来生下来的我。为此撇下大伯家长我不到两岁的二堂哥，也没有带二伯家长我几个月的三堂哥，独独带了我这个丫头片子，这在当时乡下的通常见识来看，几乎绝无仅有的，放着几个大孙子不带，偏带个小丫头。这也是奶奶的特别之处，奶奶虽然一个大字不识，但是身上绝无粗鄙之气，她不闲言碎语、不与人争短长，对于重男轻女这样的事情她似乎不经心，也不在意。奶奶有五个孙子，两个孙女，我又是孙女中的小幺，奶奶很疼我。当然这是我感觉出来的，因为我的奶奶寡言，不唠叨，更不会嘴里"宝贝""疙瘩""肉"地叫。我小时候很闹，甚至整宿整宿莫名地哭，我母亲到现在还说，亏得你奶奶大半夜抱着你满庄子地转，一直转到你睡着了才回来。直到后来我长大，奶奶还叫着我的乳名说："我家的玲啊，圆盘子脸，大眼睛、高鼻梁，块块都不丑，就是个皮肤不白，都是小时候夜里晒月亮晒太多了，比不得晒太阳，捂不白了。"

小时候在乡间我跟着一帮叔伯弟兄到处撒野，疯跑得凶，又是汗脚，奶奶给我做布鞋穿，说布鞋跟脚、透气。不知道奶奶究竟做了多少双，但记得一直到回城后小学三四年级的光景，奶奶一年总还要为我做双布鞋。我喜欢她糊袼褙的时候，这时候我也可以跟前跟后的拾掇来拾掇去。她先选了一篮子棉布条搁着，再找来旧门板，用水擦干净晾着，然后到灶膛打糨糊，糨糊打好后，在门板上一层一层糊骨子，空气里弥漫的净是酸酸的糨糊味儿。等到几天后袼褙晾干了，硬正正的，取下来，裁好鞋底样子，然后钉鞋底，鞋底薄了会硌脚，过厚又嫌太结实，但奶奶纳的鞋底正合适。钉鞋底其实是很费力的活儿，要用巧劲儿，我至今还记得她左手拿着鞋底，右手拿着针，食指上套着顶针，用顶针一顶，针便从厚厚的鞋底这边顶到那边了，每钉几针，就扬起右手，在头发间把针磨蹭一下，擦点儿头油。冬天我脚上生冻疮，奶奶做棉鞋更精心，用红灯芯绒做鞋面子，衬上最新的棉花做瓤，外面还滚上一道黑边，穿在脚上又漂亮又跟脚，舒松松、暖乎乎，还亮堂堂。奶奶从灶膛里铲来燃着的草木灰填进家里火红的铜炉里，把我穿着棉鞋的脚搁在炉上，草木灰的火星子隐隐地一闪一闪，不一会儿冻得木木的脚和身上都暖和起来。

奶奶最擅长的倒不是女红，她的性子其实不太好静，更喜欢到处转悠，莳弄园圃或者下河摸河蚌、螺蛳更是她爱干的活计。春天来了，她带着一把小锹、一个小竹篮到野地里去挑野菜、荠菜、马兰头、秧草、野苋菜、枸杞头，我和小弟乐颠颠地跟在后面，根据奶奶所说的特征在草丛间找寻野菜，找到了，就大呼小叫。我们俩在田野里、草地上追逐、打滚、翻连叉，吸吮着浓郁的泥土和青草杂糅的芳香。直到今天，每到春天我都喜欢到郊外随意走走，看看田园和庄稼，自然而然地会低下头在丛生的杂草中辨认那些熟悉的野菜。

我8岁那年，在乡下插队了16年的母亲回城，可是父亲还没有转业，城里又没有寸土片瓦可以容身，因为我要上学，母亲只好先带着我到城里，奶奶带着小弟暂且在乡下待着，一家人分了几处。好在这样的日子大半年后有了改观，母亲所在的厂子分了一间楼房在西郊，我们终于有了栖身之处，奶奶和弟弟也进了城，一家人欢天喜地，除了父亲，总算又团聚在了一起。当时，顺理成章的，奶奶一起跟我们到城里，因为我们家真的已离不开她的照拂。后来我知道奶奶其实是不喜欢到城市的，不喜欢城里的大马路，冷不丁地会蹿出一辆车来，车一跑，路上灰蒙蒙的；不喜欢城里的一幢挨一幢的高楼，家家像个鸽子窠，人与人之间也不熟络；买根葱、买块姜还要到菜市场上挑来选去，又贵又不方便……因此每到我和小弟放暑假，奶奶必定带着我们两个到乡下待上一段时日，她是属于乡村、田园和广袤的旷野的。父亲转业那年回来，一切安顿好了，奶奶却提出要回乡下去，她的理由是"老三回来了，玲和勇俩孩子也大了，我也该回去了"。她的语气好像是，这么多年她一直在替他的儿子站岗放哨，为我们娘儿仨，父亲回来了，她也就交班了，父亲保卫祖国扛枪扛了 18 年，我奶奶把照顾我们的重担扛在肩上扛了 12 年。

后来我们搬了几次家，越来越靠近城中心，和奶奶相反，我们更喜欢人气旺、市口热闹的地方，奶奶年纪也越来越大了，来的次数也渐渐少了，但每逢端午节前、桃子收成的时节，她必定会来的。她知道我母亲不会裹粽子，端午节前的哪一天，她就会肩扛着一大袋香糯米，手拎着一小布袋红小豆，还带上一把新鲜的粽箬，用草绳扎着，崴着她的八字脚来了，特地来帮我们包粽子。她包的是漂亮的小脚粽子，最后收紧的时候用牙咬着棉绳使劲一拽，扎得紧绷绷的。到了秋后，满街叫卖桃子的时候，奶奶带着桃子也就会来了，那是我们在乡下种的桃树结的果子，奶奶挑个大饱满的扛过来，要知道，从泊船的下坝韩桥口到我们家有三四里路呢，她又舍不得搭三轮车，那时候也没有电话联络，我们也搞不准她什么时候来，没法接她，她就这么一个人吭哧吭哧地背着、扛着一路走过来。等我们看到她站在门口，她的脸上总是汗湿湿、红通通的，但笑容是喜滋滋的，眉眼皱纹都舒展开来。

这些都是超过一二十年前的事了，那时奶奶才五六十岁，身子还健朗，所以每想起她，我眼前总还是她那时的情景，瘦瘦精精的，穿着蓝布斜襟大褂、黑布大脚裤，脑后梳着小鬏，崴着明显的外八字。

然而奶奶终究是日复一日、年复一年的老了，终于老到不怎么能出行，只能待在她待了一辈子的乡村，活动的半径只在大儿子、二儿子的家前屋后。近 10 年来她到城里老三家的次数屈指可数，只是我和小弟结婚的时候才接她过来两回，她更不愿意待在城里，我们都住在楼房，她爬不动楼，好容易上去了，就下不来。前年我父母带她过来消夏，照顾她的饮食起居，我也时常抽空回娘家探看她，买她喜欢的小馄饨和豆腐脑给她吃，她的牙一个不剩，悉数掉了，只能瘪着嘴，用牙床磨碎食物，然后囫囵吞咽下去。每逢我和母亲给她买了吃的、用的东西，她皱纹丛生的脸上会显露腼腆的神色，她怕给人添麻烦。她是那样的"识趣"，很少多话，生恐别人嫌恶了她。待了个把月，她羸弱的身子稍稍胖了一些，脸色也红润多了，但是她还是执意要回乡下去。好几次，我回去看她的时候，她拄着拐杖，倚着窗怔怔愣愣地看着五楼窗下车水马龙的街道，默无声息，看着她瘦骨支离的背影，我忽然黯然神伤，几乎要落泪，因为我明白，这繁华喧闹的街市不属于她，她也不属于这个繁华喧闹的街市！她像一只衰老而疲惫的鸟，敛翅低垂，再没有心力去飞、去逐。我无言以对，也无能为力。

今年春节过后一个春寒料峭的傍晚，下班回家发现楼底人家门前放了不少花圈，吹吹打打的声音不绝于耳，一问才知是邻人家的八旬老太过世了。那是一个强冷寒流侵袭的夜晚，夜来枕上无眠，吹打的哀乐一阵一阵随风送来，我蓦地想起了我年近九旬的奶奶，她那样苍老，那样瘦弱，如何禁得起这忽冷忽热的鬼天气！这么多年来，我一直忙于自己的学业、自己的工作，惦念的是我自己的家庭、自己的孩子，真的是疏忽了故乡的奶奶！我似乎有足够的理由不去眷顾她，而细细深究，又有什么理由一年只是两次应景似的看望她，故乡现在离我们居住的城市不过40分钟的车程。这么多年来，我甚至没有给她做过一次饭，陪她洗过一次澡，即使见面也难得跟她唠个嗑，而她已垂垂老矣，不知何时她或许就会永远永远地离开我们，离开我，真的遥不可及。这个夜晚我的灵魂被自责一次次地鞭打和拷问，我的良知被愧疚一次次地淹没和裹挟，在这个暗冷的夜里，我躲在被子里泪水横流，这泛滥不可挡的泪水从心底层层漾溢上来，拭了又来。

现在，当丹佛的歌声再度响起，就像一滴墨，在宣纸上，不，在我的心上肆意地浸渍开来，乡村路带我回家，这个春天，我迫不及待要奔回家乡去看看我的奶奶。她不该是一棵孤单单的树，从她的根旁已经衍生出一片树林，大大小小，粗粗细细，我也是其中一棵，只是我是一棵行走的树，而奶奶就是那棵铁定在乡间的最苍老、最绵长的树。我要回去看看那棵老树，那棵乡间的老树，在岁月之内，在岁月之外，风霜尽染，斑斑驳驳。

2006 年 4 月 20 日

又记

今年五一长假，我和父母兄弟一起下乡看望奶奶，奶奶虽然苍老瘦弱，但精神尚好，头脑也很清楚，看到我和弟弟的孩子高兴得合不拢嘴。没想到，这竟是最后一面，到 8 月 5 日早上，老家的叔伯兄长打电话给我，说奶奶不行了。我们举家动身，这才发现 40 分钟的路还是很长很长，半路上又得到消息，奶奶去世了。我的眼泪忍不住就下来了。

等我们赶到老家，大家正忙着给奶奶装殓，奶奶穿着藏青的寿衣，戴着绛红的寿帽，面目如生，我上去摸摸她的手，还有些温热，一下子忍不住泪雨滂沱。今年春天我就萌生奶奶不久于人世的担忧，这是多年来从未有过的念头，现在终究成了眼前不可更改的事实。奶奶是早更去世的，没有留下一句话，算是无疾而终，遗憾之余又稍感欣慰。奶奶享年 89 岁，一生清贫，最大的财富就是膝下三儿三媳，五个孙子两个孙女，七个重孙重孙女，一个不缺，人们都说二奶奶福寿齐全，家门兴旺。因为是喜丧，办得很热闹，按照乡俗请来了戏班子、六胡，吹吹打打，人头涌动，而热闹是别人的，奶奶独自一个人躺在冰棺里，看不见也听不见，冰冷而孤单，确确实实已与我们阴阳两隔。

我种种承欢尽孝的设想和计划终究沦为空洞，难以兑现，她把无尽的思念留给了我，也把无以回报的遗憾、自责一股脑儿留给了我。想到奶奶，我的心是纷杂的，笔是滞涩的。唯有心中祈祷：安息吧，我的奶奶。

2006 年 9 月 26 日

清芬如兰

1978 年，我随插队的母亲从乡下回城后，寄居在稻河边的大姨母家 4 年之久，并在那儿读完了小学。那年我 8 岁，在姨母家读书学习、嬉戏玩耍，健康而自由地成长，那是一段多么简单、多么快乐的少年时光啊。

姨母比我母亲整整大 12 岁，是家中的长姐，那时四十五六岁，个子不算高，不胖不瘦，从来都留着齐耳的短发，清清爽爽的，模样端庄中带着秀气。

姨母只有一个儿子相依为命，对于我的到来是乐意的、欢喜的。我成了她的小尾巴，到厂里浴室去洗澡啊，下河边口汏衣裳啊，到巷头茶水炉打水啊，等等，我总是屁颠屁颠地跟在她后面。到了寒暑假和节假日母亲来接我回自己家，姨母跟我妈开玩笑："人家的姑娘养不熟，你看看，到了放假还是要回家去。"其实，在我孩童的心里，在姨母家，我从来没有外人的感觉，也没觉着是寄居在那里，倒是过得十分安逸和自在。

姨母的家住在演化桥东边的巷子里，叫演化新村，其实也就是四五排相连的平房，都是二布厂的职工宿舍。外公外婆以前家里开小布厂，公私合营后，外公和姨母都进了二布厂。

姨母的家从南边进来依次是一间小厨房，一方小天井，后面就是一间主屋隔成里外两间，里面是卧室，外面是小堂屋。家不大，但是小得温暖，且很整洁。

小天井里靠墙用砖头堆了三层做花台，摆了不少花，紫竹、宝石花、天竺，还有夜来香等，天井里一下子有了生机。有一次，夜来香要开花了，嫩黄嫩黄的，花苞将开欲放，据说它是必须在夜里才开花的，到了晚上我和表哥把它捧到堂屋中间，两个人四只眼盯住它，要好好看看夜来香的花是怎么开。香气似乎越来越浓郁，但是我们眼皮子都打架了，花还是没有开，后来我们终于顶不住瞌睡虫，等我们一觉醒来它却已经绽放了。天井里还放着一口大鱼缸，里面总是游着几尾金鱼，水泡眼啊、珍珠啊、龙眼啊，红的、黑的、花的，在水中快活地游来游去。捞鱼虫成了我和表哥的常做功课，长长的竹竿子前头装上特制的纱布网兜，总要捞得网兜沉甸甸的才回来，倒在盆子里养着，慢慢地喂给鱼吃。夏天的晚上把小方桌搬出来，我和姨母、表哥三个人在小天井里吃晚饭，抬头能看到天上的星星，闪啊闪的。

小堂屋里面摆设很简单，一张方桌，几张圆杌子，还有一张沉得搬不动的太师椅，和外公家的是一对，坐着很舒服。边上一个简易书橱，书橱上有不少书和杂志，《八小时之外》《青年一代》等，还有很多大画册，人物素描、水粉水彩、山水花鸟都有。表哥那时上高中，是个文艺青年，爱看书、爱画画。书橱顶上放了个石膏雕塑——断臂的维纳斯，开始我看她不觉得美，看多了，似乎越来越美了。家里到处都是画。堂屋正对门的画经常变换着，记得有一幅支振声的梅花，还有一幅不知谁画的孔雀图，很漂亮。东边墙上挂着的是列宾的一幅油画印刷品《无名女郎》。门背后也裱了一幅画，画着一只母鸡和一只虎视眈眈的黑猫对峙，护着一群小鸡在吃食，活灵活现的。房间里三门橱上面有两块玻璃里也嵌着画，一幅是老鹰站在松枝上，还有一幅好像是螃蟹。表哥经常约上几个画友，背着画夹子去写生，稻河边的河房、赵公桥北边的村庄都是他的题材，大多画的是水彩，表哥说画这些小桥流水人家用水彩最适合，有水气。表哥手头还有一本速写簿，我和邻家的小青、小凤跳皮筋、跳房子的玩耍场景一不小心就成了他速写簿里的画作。"术业有专攻"，表哥凭着他画画的特长，高中毕业后考进了印刷厂的设计室，后来又自己创业，现在已经是颇有名气的品牌设计师。

表哥还喜欢写诗，写新诗。他是徐一清和刘渝庆两位先生的学生，在学校里是"芹塘"文学社的骨干，工作以后又是厂里"墨池"文学社的创办人之一。在他带回来的文学社油印报上，我读到他的诗，挺押韵的。有时表哥坐在那儿发呆，问他在干吗，他深沉地说："我在构思呢！"不知道是画的构思，还是诗的构思。受了他的感染，虽然我不会画画，但是喜欢看画。我更喜欢看书，翻翻《江苏儿童》《少年文艺》，还有表哥的那些杂志和书，并不太懂，只是囫囵吞枣地看。在那个物质和精神都匮乏的年岁里，左邻右舍跟我们差不多大的孩子大多在家跟着大人织渔网、糊纸盒、拣猪鬃，搞副业挣外快，我们却得以"奢侈"地沉浸在我们的世界里，这是与姨母的包容与见识分不开的。不知不觉我也喜欢上了诗歌，表哥后来把他的一本旧书《唐宋词一百首》送给了我，翻开来正好看到李白的《菩萨蛮》："平林漠漠烟如织，寒山一带伤心碧。"一下子就读到了心里，原来世上竟然有这样精炼美妙的文字！那是胡云翼主编，1981年3月上海古籍出版社出版的，价格只有0.38元，那本书为我突然打开了一扇神奇的窗，成为我最早的私人藏书，现在还在我的书橱里。

　　姨母的小屋有花香，有书香墨香，还有菜香，都是我留恋的。

　　姨母烧的菜特别好吃。韭菜炒鳝丝、酸辣菜是她的拿手菜。尤其是酸辣菜，我在一旁看着姨母在砧板上把包菜切成丝，放在油锅里爆炒，一边挥着铲子炒，一边动作麻利地淋上一点儿醋，撒一点儿水磨大椒，我的嘴里就开始渗口水了。不一会儿起锅，脆嘣嘣的，微微地辣，火候和口味都特别好。快过年了，一定要蒸馒头的，这是件家里的大事，也是我最开心的事。姨母忙着做馅心，做萝卜丝肉末的，要切好多萝卜丝，用盐搓搓，把麻味去掉，切到嫩脆的好萝卜，姨母把萝卜心留下来给我吃。做豆沙馅儿更烦琐，要把红豆先煮得透烂，再用纱布洗沙，把豆皮滤掉，然后加猪油、白糖文火熬，快差不多的时候，姨母总要先盛一小碗给我："小馋猫丫头，尝一下，看看有没有差不多呢，慢一点儿，别烫着嘴。"

　　姨母是个闲不住的人。她年轻时候劳碌狠了，膝盖关节不好，有风湿性关节炎，经常发作，人家都叫她"沈瘸子"，厂里照顾她，让她在回收仓库上班，但也是三班倒，挺辛苦的，她倒说这样可以顾到家。她勤快，又爱干净，是个"格局"人，家里收拾得干干净净，我和表哥也被她拾掇得齐齐整整。有一次，我才说我的同桌是渔船上的，头上脏得不得了，好像还有虱子，恐怕把我也过上了。姨母一听赶紧把我拉到理发店修成"叔叔阿姨头"，还不放心，弄药水浸透头发，又用毛巾严严实实裹着捂了一夜。

姨母家里经济并不宽裕，一直到表哥工作才稍微宽松些，但是她"穷大方"。无论是上海来了亲，还是老家来了人，不管是娘家的，还是婆家的，都一样热情，好饭好菜张罗不谈，临走还捎带几个茶食包，忙得让人过意不去。甚至连我的奶奶、伯伯从乡下来拢到她那儿，她都跑上街买早茶、买晚茶招待。姨母舍得给我们吃，给我们买书，舍得给他给你，唯独舍不得给自己，身上总是那几件衣服，为了保护，上班也好，在家也好，总是在外衣上罩个纺织女工的大围兜。

姨母没有什么文化，身上却有一股子天生的儒雅气。她只读过几天夜校扫盲班，也能对付着写个纸条什么的。有一次，她上中班去了，写了个留言条："你们晚上要浇一瓶水。"表哥于是拿着那个竹篾子大水瓶到巷头茶水炉去浇了瓶水，第二天才知道姨母本来是让我们在炭炉上烧水的，把"烧"字错写成了"浇"字，晚上光线不好，姨母一般不让我们去打水，好在歪打正着，不管是打的水，还是烧的水，一样好用。说到这个事，姨母总要自嘲一下："腰里夹个死老鼠，假装打猎的，我拿个眼镜一戴，还蛮像个知识分子的。"大家就忍不住笑一回。姨母尽管不识几个字，但是她通情达理，做人端方，与人宽厚。她从不与人争短长、搬是非。她有句口头禅："做人要做收音机，不要做扩音机。"鸡毛蒜皮、飞短流长，到了姨母这儿都打了坝。与家里姊妹兄弟、邻里关系都处得特别好。

尽管我们三个人的日子过得稳稳当当、条条实实的，但我渐渐发现姨母时常是不开心的、孤单的。白日里，她忙忙碌碌的，见到人总是笑微微的，等到晚上闲下来，她能坐在太师椅上半天不吱声。有段时间甚至抽起了烟，因为厂里调工资，名额有限，姨母本来只指望调半级，不曾想半级都没调到，说是她的工种本来就是照顾的。她不喜欢求人，也不愿意像有的人到厂里去吵去闹，只得一人在家生闷气。

我渐渐长大了，姨母也逐渐跟我谈心、讲故事，讲的都是过去的事情。讲她小时候因为战乱和她的生父失了联系，随着外婆怎么逃难；讲外公怎么带着一家从老家夏朱出来，江南江北行船做买卖，后来又回到江北开布厂；

讲我母亲和舅舅小时候怎么聪明又淘气，外公怎么变卖家当想法供他们读书；讲外婆怎么能干操劳，后来浑身筋骨疼，得病而逝；讲姨父工伤出事的那天，她给他饭盒里准备的什么菜，那年襁褓中的表哥才4个多月；讲表哥小时候在学校调皮被老师批评，回来后怎么被她关起门来打，边打边哭，就怕这没爸的孩子不争气……姨母一定是心中郁结得太多太多，也没有可以倾吐的对象，以至于把年少的我当作了她可信赖的听众。有时她会长叹一声，唤着我的乳名，又好像是自言自语："姨妈的故事啊，能写一本书呢，等你长大了，就懂了。"我随口应着。姨母讲得没有章法，今天这一段，明天那一段，时空上也是乱的，然而我却愿意听，也约略对姨母甚至整个家族的过往有了一个模糊的认识，随着年岁的增长，越来越懂她、敬她。

姨母一个人含辛茹苦地把表哥拉扯大，成家立业，表哥的事业也颇有建树，孙女又读到研究生，总算舒心遂愿，不枉她辛劳一场。她见人这才真的是笑容可掬，打心里高兴。只可惜前几年姨母却被疾患纠缠不放，辗转病榻两年余，三年前舍我们而去。前不久，姨母的孙女文文幸福地做了妈妈。我想天堂里的姨母一定会知道，也一定会乐开怀的。

姨母名讳秀兰，现在回想起她，姨母宛若一株清丽秀雅的兰花，看似柔弱，却傲然挺立，这么多年，默默地散发着芬芳。

2014年9月

水流云在

获悉舅舅去世，心里很不是个滋味。对久被病魔纠缠的舅舅来说，或是一种解脱，而我的心境，却如同下河民歌里的一句唱词："我站在高山上望船沉。"眼见着他这条生命之船往下沉，往下沉，却怎么也够不着，万般无奈。

去世一个月前，他才刚刚勉强过了 70 岁，还专门举行了热闹的生日宴。那天，看得出舅舅是强撑着病体的，在外地的外甥、外甥女婿等大大小小的晚辈都特地赶回来了，一个都不缺，大家都纷纷去给他敬酒。看着热热闹闹的一大家，平素寡言的他执意起身发表讲话："我很感动，感动于大家的这份亲情友情，难得大家都能来，我真的很高兴，很满足。"不知为何，从舅舅说话的口气里，我听出了几分告别的意味。在这之前，他经历了接连两次切除肿瘤的大手术，身体已是每况愈下，一向不喜欢热闹的他再三叮嘱要给他过 70 岁生日，一定要把亲朋好友、老同学都请来，好好热闹一下。家里人一直跟他隐瞒病情，他也从来不查问，大家都以为他并不知情，但听他说话的那一刻，我突然醒悟，舅舅只是佯作不知，不想彼此增加心理负担而已。生日过后，舅舅病况愈趋不妙，去世前十多天我到医院去探望他，他已经形销骨立，勉力跟我说了两句话，就在床上昏昏沉沉入睡了，让人觉着大去之期恐不远矣。

我跟舅舅相处的机会并不多，母亲和舅舅长期不在一处。母亲兄妹四个，两个姐姐，一个兄弟，所以舅舅对于我来说，是唯一的。当年，外祖父是个头脑活络、会经营的人，家里开了个小布厂，还养了几个工人，外祖父拼命赚钱养一大家子，还要供最小的两个子女——我的母亲和舅舅读书。生活固是不易，拮据之时，甚至变卖家当也一定要送他们两个上学。谁知道，姐弟两个幸运地遇上了知识青年上山下乡，1964 年，先是母亲高中毕业后插队到北乡里华公社，紧接着又是舅舅初中毕业后，1968 年，以更小的年纪插队到更远的高邮沙堰公社去了。可叹我的外婆没有等到一双儿女回城，60岁就早早抱憾离世了。一家人聚少离多，所以在我的记忆里，舅舅是难得一见的，只有暑假和春节他带着孩子回城来看外祖父，我们才会遇到。

　　对舅舅最初也是最深的印象却是儿时的一件事，那时我还没有上小学，我和他单独走过一段长长的路。舅舅已经从高邮师范毕业了，在村小学做了老师。那年寒假，快过年了，他回来请外祖父和姐姐们去高邮吃喜酒，他要成家了，新娘子是当地的赤脚医生。因为离正日子还有几天，家里都忙，几个姐姐商量着过两天再带上外祖父一起去，让舅舅先回高邮张罗，只有我是个闲人，母亲让舅舅先把我带走。我乐得开心，这下自由自在了。高邮是水乡，那时候的交通很不方便，我们没有选择，只能坐挂桨船去。一早上船，不知道坐了多久，以至于我的新鲜快活劲儿都等得没有了。到了午后，终于弃舟登岸，以为很快就到了，谁知上了岸，还要走很长很长一段路。那条路是沿着河坎子的一条比较阔但并不平整的土路，一边是庄稼，一边是沿河栽的高高的白杨树，腊月里的土路冻得硬邦邦的，我穿着奶奶做的布棉鞋，那么厚的鞋底走在路上都觉得硌得慌。长长的路一眼望不到头，路上似乎只有我们两个，旷野的风凛冽得很，高高的白杨树叶子已所剩不多，但还是发出呼啦啦的声响。河很长，路也很长，好像总也没个尽头。一路上，舅舅怕我乏了，一边走一边跟我讲故事。可是，故事讲完了，还没有到。我实在跑不动了，耍起赖来，蹲在地上，不走了。舅舅蹲下身来哄我，我不理他，他没辙，只得答应背我走，前提是我要唱首歌给他听。我想了半天，不知道唱什么好，看到旁边的大河，突然想起母亲在学校跟学生排练的歌，"舅舅，就唱洪湖水浪打浪！"一言为定，我唱起来，"洪湖水呀浪呀么浪打浪啊，洪湖岸边是呀么是家乡啊……"舅舅哈哈笑起来，"嗯，唱得好，再唱得大声点儿！"舅舅虽然清瘦，但臂膀很有力，一下子就把我背在身后，我们重新出发，空旷的大路上、高高的白杨树梢飘荡着我的歌声。冬天的衣服穿得鼓鼓的，一会儿就往下滑，舅舅背我想必也是吃力的，"呼哧呼哧"，哈出一阵阵热气来，氤氲在眼前。后来，舅舅索性让我骑在他肩膀上了，一路唱着，一路笑着，家很快到了。第二天，开始下大雪了，雪很大，船不得不停航，外祖父和姨母、母亲他们都去不了高邮，我这个小不点儿，成了沈家参加舅舅婚礼的唯一代表。

1978年底大批知青回城，我和小弟随母亲回到泰州，舅舅却没有，政策对知青家属是农村户口的"半家户"没有完全放开，其时舅舅已经度过了最艰辛的日子，成家后，有了一双儿女，小日子过得还不错。当然，漫长的知青生涯，个中滋味恐怕只有舅舅自己如鱼饮水，冷暖自知。在我看来，苦也好，乐也罢，他都已经深深融入那里的乡村生活了。后来政策松动，他还是有机会回城的，母亲多次劝他回城，为了老父亲，为了两个孩子的成长。只是，曾经精明能干的外祖父这时已经自顾不暇，再难荫庇照拂自己的儿女。外婆过世，他变成一个人了，他的全部家当只剩下一间十来个平方米的"蜗居"，无论是母亲，还是舅舅回城，都面临着上无片瓦、下无立锥容身之地的窘境。舅舅终于没有回，之后他把两个孩子都送回泰州读书，但他却一直在村小学教书，做了一辈子的乡村教师，在学校副校长的任上退休。

舅舅退休后这才和舅母一起回到阔别40多年的泰州，和孩子团聚在一起，但外祖父早已不在了。本想过几天安逸日子，却没想到查出了直肠癌，幸亏是早期，做了手术，闯过了一关，太太平平地又过了七八年，我们提心吊胆的心都放下来了，以为没事了。没曾想，去年疾病又来势汹汹地找上门来。

舅舅虽然扎根农村这么多年，但终究不像个地道的农民，身上还留存着不少书生气。他言语不多，做事慢条斯理。他是个多才多艺的人，课教得好，还写得一手好字，我看过他写回来的家信，一手行草大气洒脱，曾是我和表哥临摹的样板。舅舅回城后很快融入了城市生活，和我父亲一起到老年大学学吹葫芦丝，我爸妈70岁生日宴上，舅舅认乎其真地说，要给小姐姐献歌一曲，姊舅两个一人一个葫芦丝联袂出演，来了个老男生二人组合吹！大家笑成一团，都夸吹得好，两个老男生摇头晃脑，吹得更起劲儿了，小辈们纷纷摄像拍照，场面火爆，简直像追星一样。4年前的场景还是那样清晰鲜活，而如今，舅舅已经离开我们快半年了。

时光如流水，*潺潺复潺潺*，那些美好的人与事如同投影在波心上的云彩，水流走了，云还在。

冬至将至，谨以此小文怀念舅舅大人。

2019 年 11 月 30 日

图书在版编目（CIP）数据

一根思想的芦苇 / 薛梅著. — 北京：中国民族文化出版社有限公司，2021.1
ISBN 978-7-5122-1438-5

Ⅰ.①一… Ⅱ.①薛… Ⅲ.①散文集—中国—当代 Ⅳ.①I267

中国版本图书馆CIP数据核字（2020）第265809号

一根思想的芦苇

作　　者：薛　梅
责任编辑：牟　玉
责任校对：李文学

出 版 者：	中国民族文化出版社　地址：北京市东城区和平里北街14号
	邮编：100013　联系电话：010-84250639　64211754（传真）
印　　装：	三河市金元印装有限公司
开　　本：	710mm×1000mm　1/16
印　　张：	13.5
字　　数：	200千
版　　次：	2021年5月第1版第1次印刷
标准书号：	ISBN 978-7-5122-1438-5
定　　价：	58.00元

版权所有　侵权必究